जिस्म से रूह तक

डेस्टिनेशन ऑफ लव......।

notionpress
.com

जिस्म से रूह तक

डेस्टिनेशन ऑफ लव......।

राकेश गुप्ता

notionpress.com

Notion Press

Old No. 38, New No. 6

McNichols Road, Chetpet

Chennai - 600 031

First Published by Notion Press 2015

ISBN 978-93-5206-510-3

समर्पित

उस प्रत्येक व्यक्ति को जो सच्चाई को

स्वीकार और महसूस कर सकता है।

जिसमें समाज और धर्म की कुरीतियों से लड़ने का साहस है।

हमारा देश भले ही 1947 में आजाद हुआ था। परन्तु आज भी गाँव हो या शहर हम अनेकों रूढ़ियों व पुरानी प्रथाओं में जकड़े हुये हैं। और अपने वर्तमान का गला घोंट रहे हैं। आखिर यह कैसी आजादी है। हमारे अपने सपनों का भारत तो इससे कहीं अलग था। जहाँ हमने हर जाति, वर्ग, सम्प्रदाय को समान स्तर पर देखा था। जहाँ स्वभाव में नम्रता थी। जहाँ भ्रष्टाचार की कल्पना तक नहीं थी। जहाँ सभी धर्मों के प्रति समान भावना थी। फिर आज हम कहाँ हैं। इतने वर्षों में तो बहुत कुछ बदल सकता था। फिर भी शिक्षा और विकास रोड के किनारे कचरे के डब्बे में पड़े हैं।

इन्सान की अपनी भावनायें, प्यार व स्वतंत्रता सब कुछ पुराने नियमों से आज भी बंधा जान पड़ता है। और जब कोई इसे तोड़ता है। तो वह रोती, बिलखती अपनी आज की दयनीय स्थिति पर आँसू बहाती इस देश की आत्मा पर पड़ी माला का फूल बन जाता है।

प्रस्तावना

आज तक प्यार में अपनी जान देने के किस्से और कहानी मैंने या तो दैनिक समाचार पत्र में, टी0वी0 चैनल पर या फिर कुछ उपन्यासों में ही पढ़े थे। परन्तु पिछली जुलाई की उस दोपहर जो घटित हुआ, वह अनापेक्षित सच्चाई थी और एक मूक दर्शक बनकर मैनें वह सब देखा और महसूस भी किया। सुबह नहाने के बाद जब वापस आकर मोबाइल चेक किया तो 4 मिस्ड काल वो भी एक नये अन्जान नम्बर से थी। मैंने उसी नम्बर पर काल बैक की तो–

हैलो, ईशान कहाँ थे कितनी देर से काल कर रहा था मैं तुम्हें – राघव (मैनें उसकी आवाज सुनते ही पहचान लिया था मेरा बचपन का मित्र) कितने दिन हो गये हमें मिले हुये। कुछ याद भी रहता है तुम्हें? एक कॉल तक नहीं कर सके तुम – राघव ने नाराजगी जताते हुए कहा।

सॉरी राघव, पर तुम तो जानते हो बिजनेस का मतलब ही बिजी रहना होता है और क्यूं कि पिछले दिनों माँ और पिता जी अमरनाथ यात्रा पर गये थे। जिस वजह से वर्क लोड कुछ ज्यादा ही था– मैंने समझाते हुए कहा

Okay पर अपने Busy Schedule से अब तुम्हें कुछ वक्त निकालना ही पड़ेगा। समझे, आने वाली 3 जुलाई को दिशा का Birthday है और उसी दिन हम अपने नये मकान में शिफ्ट भी हो रहे हैं। इसलिये तुम्हें सुबह ही यहाँ आ जाना है। – राघव ने कहा

ओह अपनी छुटकी का नाम "दिशा" है। बहुत ही प्यारा नाम है – मैंने कहा, मैंने श्याम से भी कह दिया है। उसने मुझे बताया कि वह तुम्हारे साथ ही सुबह आ जायेगा, राघव ने बताया। सच, यह तो बहुत ही अच्छा होगा। हम तीनों दोस्त पिछले कई महीनों से एक साथ नहीं मिले – मैंने कहा फिर से याद दिलाता हूँ 3 July को सुबह ही आ जाना Okey, मैं इन्तजार करूंगा – राघव, ठीक है मैं जरूर आ जाउंगा– मैंने कहा, Okey bye – राघव ने कहा, Bye –मैंने कहा।

पिछले कई दिनों के बाद यह मेरे लिये एक अच्छा वक्त था। जब बिजनेस से हटकर मैं कुछ समय स्वतंत्र रूप से अपने दोस्तों के साथ बिताने वाला था। मैंने श्याम से फोन पर बात की तो उसने बताया कि वह मेरे साथ ही राघव के घर चलेगा।

3 जुलाई को सुबह–सुबह श्याम का फोन आया की कार किसी प्रॉब्लम की वजह से स्टार्ट नहीं हो पा रही है और ठीक होने में शाम तक का वक्त लग सकता है।

नहीं, हम शाम को नहीं चल सकते, वैसे भी राघव नाराज है और उसने सुबह जल्दी आने को कहा था। आखिर हम उसके मित्र हैं और हमें जल्दी पहुँचकर उसके काम में सहयोग भी तो करना है। पार्टी के वक्त पहुँचकर मैं सच में अपमानित महसूस करूंगा – मैंने कहा।

तो फिर हमें क्या करना चाहिये – श्याम ने पूछा।

अरे हम बाइक से चलेंगे, तुम जल्दी से तैयार हो जाओ। मैं तुम्हें लेने तुम्हारे घर पर आ जाऊंगा –मैनें श्याम से कहा।

Okey ऐसा ही करते हैं – श्याम ने कहा।

राघव का कस्बा जो कि लखनऊ शहर से लगभग 30 किमी0 की दूरी पर है और रास्ते में अगर अधिक भीड़ न हुई तो हम राघव के घर जल्दी ही पहुँच जायेंगे– मैंने सोचा।

मैं कुछ देर में तैयार होकर श्याम के घर उसे लेने पहुँच गया था पर किसी कारण श्याम को कुछ और वक्त लग गया। अब तक दोपहर हो चुकी थी। मैनें अपनी कलाई घुमाई और घड़ी में देखा अब 11 बज रहे थे। मेरा अन्दाजा था कि हम अगले एक घण्टे बाद राघव के घर पर होंगे। पर मौसम की करवट ने जैसे सबकुछ बदल दिया। हम लखनऊ शहर से बाहर निकलकर हाईवे पर पहुँचे ही थे कि सूरज की तेज धूप कभी हमें तेज गर्मी का एहसास दिलाती तो कभी बादल से होने वाली छाँव एकदम से मौसम को सुहाना कर देती। हम कुछ दूरी ही तय कर पाये थे कि अचानक तेज हवा के धूल भरे झोंकों ने हमें दो मिनट के लिए रूकने को विवश कर दिया। हम दोनों ने ही दिशा की बर्थ डे पर उसे दिये जाने के लिए गिफ्ट

लिये थे। जिसे हमने श्याम से बाइक की डिग्गी में रख देने को कहा, यद्यपि दोनों गिफ्ट बहुत ही मुश्किल से डिग्गी में आ पाये और गिफ्ट के डिब्बों की पैकिंग भी खराब हो गई। पर हमें ऐसा करने के लिए मजबूर इसलिये होना पड़ा क्यूंकि अगर हम गिफ्ट को डिग्गी में न रखते तो वह बारिश में भीगकर खराब हो जाते। जैसा कि बारिश के आसार लगने लगे थे। तेज आंधी के साथ ही काले घने बादल आसमान में छा गये। हाईवे पर चलती सभी गाड़ियों में हेड लाइट्स ऑन हो चुकी थीं। दिन में जैसे पूर्ण रूप से रात हो गई थी। मैनें बाइक धीमी स्पीड में आगे बढ़ाई परन्तु हवा के तेज थपेड़े जैसे हमें आगे बढ़ने से रोक रहे थे और सरसराहट की अजीब आवाज जैसे कोई अद्भुत डरावना गीत गा रही हो। हम धीमी गति से आगे बढ़ते जा रहे थे और मन में उम्मीद थी कि मौसम कुछ देर में साफ हो जायेगा परन्तु ऐसा नहीं हुआ जैसे ही हवा के झोंके कुछ शान्त हुये तो तेज बारिश शुरू हो गई। हमने बाइक रोक कर अपने मोबाइल्स को पॉलीथिन में लपेटकर पुनः पॉकेट में रख लिया। क्यूं कि डिग्गी में अब कुछ और रखने की जगह नहीं बची थी।

आगे हाईवे से हटकर एक रास्ता जो कि राघव के कस्बे की ओर जाता है। हम उसपर मुड़े इस रास्ते के किनारे लगे वृक्षों के नीचे रूककर कुछ देर बारिश से बचने का हमारा प्रयास भी अब विफल हो गया था। लगातार तेज बारिश के कारण अब वृक्षों के नीचे भी बारिश से नहीं बचा जा सकता था। इसलिये हम बारिश में भीगते हुए आगे बढ़ते रहे, मैं और श्याम दोनों ही पूरी तरह भीग चुके थे। यद्यपि प्रकृति के सुहावने मौसम ने मन को उत्साह और उमंग से भर दिया था और हम बारिश से घबराने की जगह उसे इन्ज्वॉय कर रहे थे। तेज स्पीड में ही अचानक हमें बाइक की गति धीमी करनी पड़ी। आगे रेलवे क्रासिंग पर एक यात्री गाड़ी रूकी हुई थी और वाहनों की भारी भीड़ जमा थी। मैंने भी अपनी बाइक रोक दी और आस–पास रूके अन्य वाहनों से जानने की कोशिश की कि आखिर ट्रेन क्रासिंग पर क्यूं रूकी हुयी है। पर कईयों ने कुछ न पता होने के कारण सिर हिला दिया। तेज बारिश में जाम में खड़ी कई चौपहिया वाहनों में वाइपर्स्स ऑन थे। अपने पास रूके एक चौपहिया वाहन में जैसा कि करीब होने के कारण मैं देख पा रहा था। उसमें एक शहरी परिवार था और एक छोटा बच्चा जो कि स्नैक्स

खा रहा था। मैनें आस पास देखा पर किसी को कोई जानकारी नहीं थी। हमनें बाइक वहीं पर डबल स्टैण्ड लगाकर खड़ी कर दी और आगे ट्रेन के पास यह जानने चले गये कि आखिर किस वजह से ट्रेन रूकी है। ट्रेन में बैठे एक यात्री ने खिड़की से चिल्लाते हुये बताया कि किसी ने रेलगाड़ी की चेन खींच दी है। रेल के डिब्बों के बीच की जगह से रेलवे क्रासिंग के दूसरी तरफ की स्थिति साफ दिख रही थी। दूसरी तरफ भी लोगों और गाड़ियों की अच्छी भीड़ जमा थी।

अचानक कुछ सुगबुगाहट तेज हुई तो मैं और श्याम वापस बाइक के पास आ गये। हमें लगा कि रेलगाड़ी चलने वाली है और अब हमें क्रासिंग पार करने के लिए तैयार रहना चाहिये। परन्तु जैसे ही हमने वापस आकर बाइक स्टार्ट की तो सुगबुगाहट सी होने वाली मंद आवाज ने कोलाहल का रूप ले लिया था और एक जवान लड़का और लड़की जो सभ्य और शिक्षित प्रतीत हो रहे थे। वह रेलगाड़ी की छत पर जा खड़े हुये थे। बहुत सारे लोग उन्हें हाथ हिलाकर नीचे उतरने के लिये कह रहे थे। पर वह युगल जोड़ा किसी की भी बात मानने को तैयार नहीं था। तेज बारिश में उस युगल जोड़े को देखने की उत्सुकता के कारण आँखे कई बार पोंछी जिससे उस तेज बारिश में कुछ देख पाने में सफल हुआ। कई लोग जो हमसे आगे वाहनों पर सवार थे। उचक–उचक कर यह सब देखने और समझने की कोशिश में लगे थे। बारिश के कारण किसी की भी आवाज सुन पाना बहुत मुश्किल था और पुराने जमाने की चलचित्र (फिल्म) की तरह हम सिर्फ उसे घटित होते देख ही पा रहे थे। कुछ समय में जब तेज हवा के झोंको ने बारिश को थोड़ा धीमा कर दिया था और भीड़ में खलबली और तेज हो गई थी। तब मैंने श्याम से मोटर साइकिल को पकड़ने को कहा और फिर मैं मोटर साइकिल की पिछली सीट पर दोनों पैरों से खड़े होकर आगे ट्रेन पर क्या हो रहा था देखने लगा। यद्यपि मैं मोटर साइकिल से नीचे न गिरूं इसलिये मैंने श्याम के कंधों को अपने हाथों से पकड़ रखा था। और फिर जैसा कि मैं देख पा रहा था। लड़की जो कि गुलाबी कलर का सलवार सूट पहने हुये थी और बहुत ही सुन्दर और गोरी थी और लड़का भी शिक्षित और सलीके के कपड़े पहने हुये था। जिससे यह बात तो साफ थी कि सिर्फ ठिठोली और अफरा–तफरी मचाने वाले लड़कों का इसमें कोई हाथ नहीं है व बात कुछ

और ही है। जब तक कि हम यह सब देख रहे थे। आस–पास के अन्य वाहनों से भी लोग उचक–उचक कर घटना को देखने लगे थे। वह युगल जोड़ा बारिश में ट्रेन की छत पर एक दूसरे को बाहों में लिये आलिंगन कर रहा था। और कई मनमौजी, आवांरा जवान लड़के–लड़कियों के लिये आलिंगन का यह दृश्य बहुत ही उत्तेजक था। और जिस पर किसी प्रकार का कोई सेन्सर बोर्ड नहीं था। उस लाइव दृश्य का इफेक्ट ऐसा कि पास की एक अन्य बाइक पर पीछे तंग कपड़ों में बैठी लड़की के हाँथ लड़के की शर्ट के अन्दर जा चुके थे। और लड़के के कंधे के पास मानों कामुक बातें कह रही थीं। ये देख पुरूष होने का भाव तो मुझमें भी जाग उठा था परन्तु तभी अधिक कोलाहल के कारण मेरा ध्यान रेलगाड़ी की तरफ गया। हमने देखा और उस जोड़े ने रेलगाड़ी के ऊपर बिजली की लाइन को छूने की कोशिश की थी परन्तु भीड़ की तेज आवाज से वह जोड़ा कुछ रूक गया। भीड़ में ट्रेन के पास खड़े कई लोग जो शायद पूरे मामले के भांप गये थे। उनमें से एक व्यक्ति ने उस जोड़े से कुछ बात करनी चाही और उसे ऐसा न करने को कहा परन्तु वह प्रेमी जोड़ा रूकने वाला नहीं था। यह एक अनापेक्षित दृश्य था। एक ऐसी घटना जो समाज की कुरीतियों और सच्चाई को बयान करने वाली थी। रेलवे क्रासिंग पर दोनों तरफ से लगी लोगों की भीड़ इसे देख रही थी। कई लोग ऐसे थे जो अब तक यह नहीं समझ पाये थे कि आखिर यह सब क्या हो रहा है। अचानक ही वह जोड़ा तेज आवाज में कुछ कह रहा था।

हम तक उसकी आवाज साफ नहीं पहुंच रही थी परन्तु एक व्यक्ति जो कुछ ही देर बाद रेलगाड़ी के पास से पीछे खड़े अपने वाहन तक जा रहा था! मैंने उसे रोककर पूछा, ''भाई साहब क्या हुआ वह लड़का और लड़की क्या कह रहे थे''? ऐसा लगता है कि कोई प्यार का मामला है। यह जोड़ा खुदखुशी करने जा रहा है। अब कल तक यह जाम हटना मुश्किल ही है। आप भी गाड़ी घुमाकर वापस लौट जाइये''– उस व्यक्ति ने कहा। उस व्यक्ति के साथ ही आ रहे एक अन्य व्यक्ति ने यह बताया कि उस जोड़े ने कहा कि ''परिवार और समाज दोनों ही उनकी मृत्यु के जिम्मेदार होंगे। अलग जाति और धर्म की वजह हमें इस समाज में साथ जीने से रोकती है, इसलिए मैंने साथ मरने का फैसला किया है। नियम के बंधन सांसारिक

शरीर को बांध सकते हैं पर हमारी आत्मा को नहीं।'' वह व्यक्ति यह सब बता ही रहा था कि हलचल कुछ और तेज हो गई। जैसे मानों ठहरे समुद्र में फिर से लहरों का तेज उफान आ गया हो। मैं दूर से देख पा रहा था कि एक व्यक्ति ट्रेन की विन्डो पर लटककर उस जोड़े के पैर खींचकर उसे उतारना चाह रहा था। पर यह युगल जोड़ा यह देख ट्रेन की छत पर कुछ आगे जा खड़ा हुआ। तेज आवाज में सबसे यह प्रश्न किया कि हमारी क्या गलती थी? हमने तो प्रेम किया था। एक दूसरे को अपना जीवनसाथी चुना था। पर तुम सभी हमें जीने नहीं देना चाहते। और इसके साथ ही सबकी ओर इशारा करते हुये कहा कि ''जिम्मेदार आप हैं'' और यह पूरा समाज है।।'' लड़के और लड़की ने फिर से एक दूसरे को आलिंगन किया और देखते ही देखते अचानक उस जोड़े ने रेलगाड़ी के ऊपर के बिजली के तार को अपने हाथ से छू लिया। एक तेज धमाके के साथ उस लड़के और लड़की का बदन चीथड़ों में परिवर्तित हो जलने लगा था। दोनों ट्रेन की छत पर गिर चुके थे। और भीड़ से तेज आवाज आई नहीं ...।

ऐसा लग रहा था जैसे हमारे पत्थर हो चुके दिल से आवाज परावर्तित हो रही हो। नहीं ...नहीं...नहीं...।

ट्रेन के यात्री भी बाहर निकल कर यह सब देखने लगे थे। वह युगल जोड़ा अब मौत के अंधकार में खो चुका था। हर तरफ सन्नाटा पसर गया था और बेशर्म बारिश ने कई भावुक लोगों के आंसुओं को भी बहा दिया था।

हर तरफ अफरा–तफरी का माहौल था। तेज बारिश ने फिर से सब–कुछ रोक सा दिया। अगर वह बारिश कुछ रोक पाने में असफल रही थी तो वह थी उस युगल जोड़े की जिन्दगी। और अब तो ऐसा प्रतीत हो रहा था जैसे इन्द्र देव भी अपनी इस असफलता पर बिलख–बिलख कर रो रहे हों। बारिश मानो इन्द्रदेव के आंसू और तेज कड़कती बिजली जैसे उनकी धड़कन की आह !!

यह घटना घटित होने से वहां जाम हटने की उम्मीद और कम हो चुकी थी। अहिस्ता–अहिस्ता लोग वहां से लौटने लगे और दूसरे रास्तों से अपने गंतव्य तक जाने लगे थे। रेलगाड़ी अब भी वहीं रूकी थी। कुछ देर में

आर0पी0एफ0 रेलवे पुलिस फोर्स के जवान और कई आफीसर्स वहां पहुंच गये थे।

मैंने मन ही मन विचार किया कि अब राघव के यहां जाना ठीक नहीं होगा क्यूं कि यह सब देख मन में प्रसन्नता के भाव वापस नहीं आ सकते थे। वैसे भी हम काफी लेट हो चुके थे। रोड के किनारे एक दीवार के छज्जे के नीचे खड़े होकर मैंने जेब से अपना मोबाइल निकाला तो देखा राघव की कई मिस्ड काल पड़ी थीं। मन बिल्कुल अशान्त था। सबकुछ ठीक होता है तो सेलिब्रेट करना भी अच्छा लगता है। पर अब मैं किसी भी प्रकार से "छुटकी" के Birthday Party में सहज महसूस नहीं कर पाता इसलिये मैंने कॉल करने के बजाय एक मैसेज राघव को send कर मोबाइल Switch off कर दिया।

"राघव प्लीज नाराज मत होना। मैं और श्याम साथ ही आ रहे थे पर रास्ते में भीषण जाम लगे होने व तेज बारिश के कारण हम एक ढ़ाबे पर रूके हैं। परन्तु हम बारिश बन्द होते ही जल्दी आयेंगे Sorry Dost।"

"मैं छुटकी को गिफ्ट अपने हाथों से ही दूंगा। अन्ततः मैंने पास के एक ढ़ाबे पर तब तक रूकने का फैसला किया जब तक कि तेज बारिश रूक नहीं जाती। परन्तु बारिश अब भी तेज थी। सुबह से हम भीग ही तो रहे थे। हम रोड कि किनारे स्थित उस ढ़ाबे पर रूक गये। उस रास्ते पर बने इस ढ़ाबे पर बैठे अधिकांश लोग इसी विषय पर बातें कर रहे थे। कुछ तो मूल समस्या को ही समझने का प्रयास करते हुये विवाद कर रहे थे कि दूसरे धर्म और जाति के विवाह को हमारा समाज क्यों Accept नहीं करता और कुछ इन बातों को मजाक बनाकर चाय की गर्म चुस्कियों का आनन्द ले रहे थे तो कहीं कुछ लोग गम्भीर होकर अपने–अपने अनुभव बता रहे थे। बड़ी सी झोपड़ी की तरह बने उस ढ़ाबे में हमने और श्याम ने चाय लेकर वहीं पड़ी एक मेज और बेंच पर बैठ गये। जहाँ कुछ व्यक्ति इसी विषय पर Discussion कर रहे थे। पहले से बैठा एक व्यक्ति जो बड़ी तन्मयता से अपने लैपटॉप पर कुछ कार्य कर रहा था। हमें देखने लगा, मैं और श्याम वहीं बैठ गये। हमारे वहां उस मेज पर बैठते ही अन्य बैठे कुछ लोग चुप हो गये थे। मुझे लगा हमारी वजह से उन्हें कोई असुविधा हुई होगी।

क्या हमने आपको Disturb किया?

– मैंने मेज पर बैठे अन्य लोगों से कहा जो अब चुप हो गये थे।

नहीं, आप बैठ सकते हैं – उस लैपटॉप पर work कर रहे युवक ने मुस्कराते हुये कहा। मैं और श्याम उस व्यक्ति और लैपटॉप को देख रहे थे। वह लैपटॉप पर Work कर रहा व्यक्ति बार–बार अपने एक अन्य साथी को कुछ समझाता भी था।

कुछ बातें जो कि इस घटना को लेकर भी थीं – जैसा कि मैं उनकी बातों से समझ पा रहा था। इस बीच श्याम ने उस युवक से पूछ ही लिया "क्या आप किसी न्यूज चैनल से हैं और इस घटना पर रिपोर्ट बना रहे हैं?"

"दरअसल मैं हाल की हुई घटना की अधिक जानकारी प्राप्त करने मुजफ्फर नगर जा रहा था। हम उसी पर एक लेख लिख रहे हैं। परन्तु रास्ते में हुई इस घटना के कारण यहां रूकना पड़ा। जाम के कारण हम आगे नहीं जा सकते थे। हमें अपना प्लान कैंसिल करना पड़ा। और मैंने इस तेज बारिश में यहाँ रूक इस घटना पर रिपोर्ट बनाना उचित समझा। मैं इस घटना की अधिक जानकारी लेना चाहता हूँ। परन्तु मैं सिर्फ एक पत्रकार नहीं हूँ।

तुम मुझे एक विचारक कह सकते हो! एक आलोचक कह सकते हो। या फिर एक लेखक जो सिर्फ धनोपार्जन के लिये ही नहीं लिखता और न ही किसी घटना में मसाला लगाकर प्रस्तुत करता है। और अब तो आप यहाँ इस घटना की कवरिंग के लिए पहुँच चुके कई Anchors को देख सकते हैं जो अत्यधिक मसाला लगाकर इस घटना को प्रसारित कर रहे हैं। पर मैं सिर्फ इस घटना की सच्चाई जानना चाहता हूँ – लेखक।

सुना है कि इस युगल जोड़े की प्रेमिका के साथ कुछ दिनों पहले कुछ व्यक्तियों ने बलात्कार की कोशिश भी की थी? क्या आपको इस बारे में कुछ जानकारी है – लेखक। मुझे इस बारे में कोई जानकारी नहीं है। परन्तु हमें यह मालूम हुआ है कि इस युगल जोड़े की 'लड़की' उसी कस्बे की रहने वाली थी, जिस कस्बे में मेरा दोस्त राघव रहता है। शायद उसे इस बारे में अवश्य अधिक जानकारी होगी। वह आपको अधिक जानकारी दे पायेगा –

मैंने कहा। ओह बारिश तो और तेज हो गई – श्याम ने रूमाल से अपने चेहरे को पोंछते हुए कहा।

क्या आप उस गांव तक चलेंगे अधिक जानकारी प्राप्त करने के लिए? यद्यपि मैं आपके बारे में अधिक कुछ नहीं जानता हूँ पर क्या आपने पहले भी कोई उपन्यास लिखा है? – मैंने लेखक से पूछा, मेरी एक किताब जो कुछ समय पहले ही प्रकाशित हुई है सामाजिक अव्यवस्था, रूढ़िवादिता और Intercaste and Inter religion मैरिज व भ्रष्ट राजनीति पर आधारित है – लेखक ने बताया (यद्यपि तुम प्रकृति और दैवीय शक्ति का प्रभाव भी उस कहानी को पढ़ने में महसूस करोगे।

क्या जब तक ये तेज बारिश और तूफान रूक नहीं जाता है हम आपसे वह कहानी सुन सकते हैं? – श्याम ने लेखक से कहा, ठीक है – कुछ देर सोचने के बाद लेखक ने कहा परन्तु हमें समय का ध्यान भी रख्ना होगा। क्यूं कि यहां हमारा कोई जानने वाला नहीं है और देर रात किसी अनजाने गांव में जाना जहां ऐसी घटना हुई हो– लेखक ने पूछते हुए कहा।

आप ठीक कहते हैं। पर अगर कुछ समय में स्थिति ठीक नहीं हुई तो हम कल सुबह चलेंगे – मैंने कहा।

उफ ये लैपटॉप! इसकी बैट्री को भी अभी जाना था''–लेखक ने अपने माथे पर हाथ रखते हुए कहा।

(मैंने फिर से चाय आर्डर कर दी)

(हमारे लिये यह समय बहुत ही बोरिंग होता अगर वह लेखक वहाँ न होता) परन्तु अब हम आनन्दित थे वह लेखक हमें अपनी उस किताब की कहानी सुनाने जा रहा था)

और फिर हम उत्सुकता से उस लेखक की पहली कहानी सुनने को शान्त होकर बैठ गये।

LOVE

हमारी जिन्दगी में अकसर कई ऐसी घटनायें होती हैं। जिन्हें हम संयोग का नाम दे देते हैं। वास्तव में यह बहुत गहन विचार करने के बाद किसी स्थिति के बारे में दिया गया उपेक्षित निर्णय ही होता है। जिस स्थिति या विषय के बारे में हम और अधिक नहीं सोचना चाहते।

ऐसी ही संयोगिक घटनाओं ने मेरे जीवन के शान्त वातावरण में भूचाल ला दिया था। एक खूबसूरत जिन्दगी जीने का मेरा सपना सच्चाई से बहुत दूर था और मैंने दर्द भरी भावनाओं की ठोकरें खाने के लिए प्यार के पथरीले रास्ते को चुन लिया।

बात उन दिनों की है जब मैं वार्षिक परीक्षा के बाद अपने मामा के गांव से छुट्टियां बिताकर वापस आ रहा था। रात भर गर्मी की वजह से मैं सो भी नहीं सका था। और उस पर भी मामी ने सुबह के छः बजे ही मुझे आवाज लगा दी। ''राहुल, उठ जा बेटा देख बाहर क्या दूधवाला आया है! बेटा आज दूध ज्यादा ले लेना तुम्हारे लिये खीर बनाउंगी। तुम्हें पसन्द है ना! मामी की बात को टालता कैसे, वह कमरे में झाड़ू लगा रही थीं। सरपट उठकर बंद आंखों से दूध लेकर किचन में रख दिया। हमें मामा जी के यहां रूके एक महीना हो रहा था और आज हम शहर को अपने घर वापस जा रहे थे। एक महीना कब गुजर गया, पता ही नहीं चला। मामा–मामी का स्नेह और उनके तीनों लड़कों से मिला भाई जैसा प्यार अविस्मरणीय था। मामी ने जल्दी ही चाय और नाश्ता तैयार कर दिया था। और एक डिब्बे में खीर पैक कर मेरे बैग में रख दी थी।

पिछले एक महीने से कितना अच्छा लग रहा था हम सबको। आज चले जाओगे तो घर खाली–खाली सा हो जायेगा। – नाश्ता लगाते वक्त मामी ने कहा। हमें भी बहुत अच्छा लगा आप सबके साथ – मैंने कहा। चलते वक्त

मामा–मामी ने शगुन के लिये पैसे दिये। मेरे कई बार विरोध किये जाने के बाद भी आखिर उन्होंने मेरी पॉकेट में रूपये का वह लिफाफा रख ही दिया। मामी ने मुझसे घर में सबको नमस्ते बोलने को कहा और फिर मामा व उनके तीनों लड़के मुझे मुख्य सड़क पर स्थित बस स्टैण्ड तक छोड़ने आये। क्योंकि अगली बस आने में अभी कुछ वक्त था और मामा को कुछ देर में अपनी किताबों की दुकान खोलने भी जाना था। इसलिये मैंने उन्हें वापस जाने को कहा। मैंने सबसे नमस्ते किया और फिर वह वापस चले गये। भाई साहब ये लखनऊ के लिये अगली बस कब तक आयेगी? – मैंने सड़क के किनारे एक चाय की दुकान पर पूछा।

अभी ही तो निकली है । लखनऊ के लिए बस'' अब अगली बस के लिये आपको एक घण्टा इन्तजार करना होगा – चाय वाले ने बताया।

सुबह–सुबह 6 बजे घर से निकल कर गांव से बाहर 1 किमी0 दूर मुख्य सड़क पर जहां ''बस'' सिर्फ कुछ समय के लिये ही रूकती और गांव से आयी औरतें, आदमी और बच्चे उस बस पर बैठने के लिये अक्सर होड़ लगा देते। मुख्यतः किसान और गरीब जिन्हें शहर सिर्फ कुछ कारणों से ही जाना होता। या तो वे अपनी बीमारी का ईलाज कराने शहर जा रहे होते या झगड़ों के निपटारे के लिए कोर्ट में जाते होते और अक्सर अपनी मेहनत की कमाई गठरियों और पान–मसालों के झोलों में अपने करीब मजबूती से रखते देखे जा सकते थे।

यद्यपि मैं चाय पी कर आया था परन्तु अभी अगली गाड़ी आने में आधे घं0 का वक्त था और कुछ देर अकेले बैठे रहने से नींद सी आने लगी थी इसीलिये मैंने दुकान पर एक चाय के लिए बोल दिया। बस रूकने के स्थान पर 5–6 चाय की दुकानें थीं। जो कि झोपड़ी की बनावट में सड़क के दोनों ही तरफ थीं। पिछली रात बिजली के तार कट जाने के कारण लाइट नहीं आयी और मैं अपना मोबाइल भी चार्ज नहीं कर पाया था। सड़क के किनारे थोड़ा टहलते हुए मैंने देखा! कि सभी चाय की दुकानों में एक जैसे शीशे और लकड़ी का बना शो केस था। जिनमें कई आकारों और गहरे रंगों की

मिठाई देखी जा सकती थी। पेड़े, कलमें, गुझिया, लड्डू सारी मिठाई लगभग एक ही मिश्रण की बनी थी पर उनके आकार और रंग अलग–2 थे। मैंने देखा कि सभी दुकानों में एल्युमिनियम की ट्रे में जिनमें कुछ मिठाइयों व शकर के बताशे रखे थे, उन पर मधुमक्खी और बर्रैया उड़ रहीं थी। कुछ दुकान वालों ने इससे बचने के लिए धुआँ कर रखा था और सभी दुकानों के सामने यात्रियों के बैठने के लिए मेज ओर बेंन्चें पड़ी थीं। प्रत्येक दुकान वाला मिट्टी के बने ऊंचे चबूतरे पर बैठा था। इन दुकानों में पीछे की तरफ नल लगे थे और वहीं कुछ छोटे बच्चे लोगों के लिए चाय के ग्लास और प्लेटें साफ कर रहे थे। यह देख मन में अजीब सी भावना आई कि बाल मजदूरी आज भी भारत की एक बड़ी समस्या है। मैं यह सब देख ही रहा था तभी किसी लड़के ने मेरा हाथ हिलाया और मुझे चाय का ग्लास थमा दिया। मैंने पास पड़ी मेज पर चाय का ग्लास रखकर उस लड़के से एक समोसा लाने को कहा और फिर वहीं पड़ा हिन्दी अखबार पढ़ने लगा । मेरी नजर अखबार के उस कालम पर पड़ी जहां मोटे अक्षरों में लिखा था ''चोरों ने 8 खम्भों के तार काटे'' कई इलाकों में कल देर शाम से बिजली गुल। लोगों का गर्मी में बुरा हाल।।'' भईया समोसा लीजिए – उस लड़के ने मेज पर समोसे की प्लेट रखते हुए कहा।

क्या चटनी भी लाऊ – ''छोटू'' (वह चाय वाला लड़का)

नहीं, रहने दो – मैंने कहा।

सुबह–सुबह धूप की किरणें रोड के किनारे लगे यूकेलिप्टिस के पेड़ों से होकर मुझ पर पड़ रहीं थीं। मैं खिसक कर दूसरी बेंच पर बैठ गया। कुछ देर में मैंने देखा कि छोटू मुझे ढूढ़ने की कोशिश कर रहा है, मैंने उसे आवाज दी।

''अरे छोटू, इधर आओ मैं यहाँ हूँ।'' हां हम यही सोच रहे थे कि आप कहां चले गये, आपका समोसा, चाय मिलाकर 15 रूपये हुये – छोटू।

अच्छा, मैंने उसे 50 की नोट अपनी जेब से निकाल कर दी। ''अगर फुटकर पैसे हैं तो दे दो बहुत सारटेज है – छोटू।

उसके मुंह से अंग्रेजी सुनकर हंसी आ रही थी, पर मेरे पास 50 की नोट ही है– मैंने कहा, ठीक है दो मैं पैसे कटवाकर देता हूँ – छोटू।

इसी बीच लोगों में हलचल बढ़ी, पूछने पर पता चला कि बस आने वाली है। गांव के लोग तो अपनी गठरी झोला लेकर रोड के किनारे जा खड़े हुये। मैं भी तुरन्त मेज छोड़कर वहीं पहुंच गया। बस आने पर पूरे चौराहे पर धूल का गुबार फैल गया। भीड़ में मैं भी बस पर जल्दी चढ़ने की कोशिश कर रहा था। तभी मेरी नजर पीछे आवाज देते उस चाय वाले लड़के पर पड़ी जो मुझे पैसे वापस करने आया था। परन्तु भीड़ अधिक थी और यदि मैं बस पर जल्दी न चढ़ता तो यह बस भी छूट जाती और फिर घण्टों अगली बस का इन्तजार करना पड़ता। अभी कुछ लोग बस से उतर रहे थे तो कुछ चढने के लिए बाहर खड़े थे। मैंने इशारे से छोटू को पैसे अपने पास रख लेने को कहा। वह मुस्कुराया और चला गया। बस के अन्दर अजीब सी गंध फैली थी और फर्श पर मूंगफली के छिलके बिखरे पड़े थे। हर तरफ लोग Adjust करने में लगे थे। बस की छत पर तेज खट पट की आवाजें आ रही थीं। मैंने पीछे की तरफ देखा तो कुछ लोग बस के पीछे लगी सीढ़ी से साइकिलें और दूध के कैन बस की छत पर पहुंचा रहे थे। बड़ी ही मुश्किल से मैं एक खिड़की के पास की सीट पा सका। मेरे पास की सीट पर एक धोती, कुर्ता पहने अधेड़ व्यक्ति बैठा था। उसकी मटमैली गंदी कमीज और फटी धोती उसकी गरीबी को बखूबी दर्शा रही थीं। उसके हाथ में एक बांस की छड़ी और आंखों पर मोटे ग्लास का चश्मा उसकी शारीरिक व्यथा को महसूस करने के लिए काफी था। उस व्यक्ति के पास कपड़े की एक गठरी भी थी जिसे उसने बस की बीच यात्रियों के निकलने के लिये बने गलियारे में रख रखी थी। बस के भीतर भीड़ और पसीने की गंध के कारण सांस लेना मुश्किल हो रहा था। मैंने बस की खिड़की का शीशा खिसकाकर बाहर की ओर सांस लेने की कोशिश की। आह, कुछ राहत तो मिली।

बाहर की शुद्ध हवा ने जैसे शरीर में जान वापस डाल दी। तभी एक तेज आवाज ने फिर बस के अन्दर के हालात को देखने को मजबूर कर दिया। "अरे बुढ़ऊ ये गठरी अन्दर रखो। बीच में डाल दिये हो, का यहू का

टिकट लेहो का? – बस के कण्डक्टर ने लात से गठरी को खिसकाते हुए कहा। कण्डक्टर कुछ बड़बड़ाते पीछे की तरफ चला गया। और जो लोगों से टिकट लेने का आग्रह करता जा रहा था। मेरे पास बैठे बूढ़े व्यक्ति ने गठरी को सीट के नीचे दबाने की कोशिश की पर असफल रहा। मैंने यह देखते हुए उसकी मदद करनी चाही और गठरी उठाकर ऊपर बने बॉक्स में रख दी। यह देख वह गरीब व्यक्ति कुछ चिन्ता मुक्त हुआ और कुछ हिचक के बावजूद उसने पूछा।

भईया तुम का शहर जा रहे हो? हियां कोई से मिलने आये थे का? हाँ दादा मामा इसी गाँव में रहते हैं। एक महीना से तो यहीं रूके थे हम – मैंने कहा। और दादा आप कहां जा रहे? अरे बेटे हमें तो पास के कस्बे सिरांवड़ी तक जाना है। अरे "सिरावड़ी" मैंने आश्चर्य से पूछा, उसी गांव में जहाँ वह पुराना शिव मंदिर और कुंआ है – मैंने पूछते हुए कहा। उस बूढ़े व्यक्ति ने जवाब देते हुए कहा – हाँ मैं वहीं रहता हूँ। बिटिया को मिलने आया था"। इसी गांव में ब्याही है – उस व्यक्ति ने बताया। टी0बी0 का इलाज चल रहा है उसका। हर महीने सिरावड़ी के अस्पताल से दवा लाकर दे जात हूँ। हियां कोई टी0बी0 के अस्पताल भी न आही।। सुनीता की अम्मा की चूड़ी बेच दी इलाज कराये खातिर – वह व्यक्ति इतना ही कह पाया था कि उसे तेज खांसी आने लगी।

मैं यह सोच रहा था कि आखिर आजादी के इतने सालों बाद भी कई गांवों में चिकित्सा की व्यवस्था क्यूँ नहीं और क्या शादी के बाद भी बेटी का इलाज और उसके घर के खर्च उठाने की पूरी जिम्मेदारी उसके पिता की ही होती है। कुपोषण, गरीबी, और अशिक्षा कब दूर हो पायेगी इस देश से। ऐसे ही कई प्रश्न मेरे मन में उमड़ रहे थे। तभी उस बूढ़े व्यक्ति की खांसी रूकी और फिर उसने जो कहा वह मेरे लिये अत्यन्त पीड़ादायक था। बेटा इलाज न करवाओ तो बेटी को तलाक दे की धमकी देत हैं दमाद।। ससुर तो कहत हैं – बीमार लड़की ब्याह दी है तो इलाज भी करवाओ। और नहीं तो अपनी दूसरी बेटी का ब्याह भी कर दो इससे तो कुछ सहारा हो जाये। विनोद अकेल कब तक रहि सकत है आखिर। "वह व्यक्ति यह सब बताते

भावुक हो चुका था।'' बेटा– रजनी अभी 15 साल की है। ''उस व्यक्ति की बातें काटों की झाड़ी में फंसे किसी पंछी की तरह अपनी वेदना व्यक्त कर रही थीं। मस्तिष्क में सोचने की अधिकतम क्षमता का उपयोग करते के बाद भी समस्या का कोई समाधान नहीं मिला। सिर्फ एक ही बात समझ आई कि साक्षरता और जागरूकता से ही कुछ हल निकल सकता है और इसके लिए भारत को और कितना इंतजार करना पड़ेगा, अंदाजा लगाना भी मुश्किल है।

''तभी एक तेज झटका लगा और ऊपर बाक्स में रखी उस बूढ़े व्यक्ति की गठरी हमारे ऊपर गिर पड़ी और गठरी में रखा सारा सामान बिखर गया। मानों वह गठरी नहीं भारत की स्थिति का पिटारा हो जो खुलकर अपनी स्थिति दिखा रही हो। गठरी का सामान बस में बिखर गया था। मैंने जल्दी ही गठरी सम्भालने की कोशिश की पर सड़क पर बने गड्ढों पर चलती बस हर पल एक झटका दे रही थी। न इंसानों की स्थिति ठीक न सड़कों की। सच, मैनें पागल की तरह व्यथा में मुस्कराने की कला का आज अनुभव किया।

मैंने तुरन्त ही सामान उठाने की कोशिश की जो बस में इधर उधर बिखर गया था। एक पीतल का लोटा जो लुढ़ककर बस के पिछले छोर पर जा पहुंचा था। किसी ने पीछे से लात मारी तो फिर पास आ गया। एक फटा चद्दर, कुछ कपड़े, दो पचास की नोटें और एक Black and White पुरानी तस्वीर जो कांच के फ्रेम में थी पर गिरने की वजह से कांच टूट गयी थी। आखिर मैंने सबकुछ एकत्रित कर फिर से गठरी में बांध दिया और ऊपर बने बाक्स में मजबूती से रख दी। मैं उस व्यक्ति की मनोदशा समझ सकता था और वह और भी परेशान हो गया जब कण्डक्टर उस पर कांच के बिखरने की वजह से बड़बड़ा रहा था। मैंने कण्डक्टर को शान्त किया और अपना और उस व्यक्ति दोनों का टिकट भी ले लिया। मैं नहीं चाहता था कि कण्डक्टर उस बूढ़े व्यक्ति को और परेशान करे । मैंने भावुक हो चुके उस गरीब कमजोर व्यक्ति को शान्त किया और फिर मैंने उस फोटो के बारे में उससे पूछा, उसने बताया कि वह कुछ समय पहले की है। जिसमें वह उसकी पत्नी और उसकी तीन बेटियां हैं।

सिरावड़ी, सिरावड़ी, सिरावड़ी कण्डक्टर आवाज दे रहा था। मैंने खिड़की से बाहर देखा बस सिरावड़ी से 1 किमी0 पहले पड़ने वाली सई नदी के पुल पर थी। कई किसान और लोग सिरावड़ी में लगने वाली बाजार को जा रहे थे। उस बूढ़े व्यक्ति ने मुझसे अपने घर तक चलने को कहा, उसने बताया कि उसने मेरे जैसे नम्र ह्रदय को पहले कभी नहीं देखा, उसके खेत में कई सब्जियाँ और मक्का भी हुआ है। मैं उसे मना नहीं कर पाया और शायद जिसके पीछे दो कारण थे। एक तो उस गांव के बारे में मां और पिता जी से कई बार सुना था यहां का पुराना शिव मन्दिर मेरे जिद करने के बाद भी उन्होंने दिखाने से मना कर दिया था और दूसरा ये कि खेत, बाग और गांव के शान्त माहौल को मैं और करीब से महसूस करना चाहता था। उस बूढ़े व्यक्ति की बात को टालना भी नहीं चाहता था। सिरावड़ी में मुझे कोई पहचानने वाला नहीं था। पहले कभी जो एक छोटा सा गांव था, अब एक बड़ा कस्बा बन चुका था। रोड के दोनों तरफ बड़ी मार्केट थी। सिरावड़ी का विकास यहां के MLA योगीनाथ ने कराया। सिरावड़ी के अन्तिम छोर पर जो कि पहले सिरावड़ी का केन्द्र हुआ करता था। उस व्यक्ति के साथ वहां उसके घर पहुंचा। बूढ़े व्यक्ति ने बाहर से ही आवाज दी, ओ सुनीता की अम्मा, भईया के लिये शर्बत बनाओ।। हम घर के बाहर छप्पर के नीचे चारपाई पर बैठ गये। वह व्यक्ति अन्दर जाकर अपनी गठरी रख आया और एक ग्लास में मेरे लिये शर्बत लाकर मुझको दे दिया। लो भईया शर्बत पियो – यह कहकर वह जमीन में बैठ गया।

उसकी अन्य दोनों बेटियां भी थीं, जिनके बदन पर पुराने फटे कपड़े थे, जो मुझे देखकर अपने पिता जी से मेरे बारे में पूछ रही थीं। मैं तो कल्पना में ही सिहर उठा जब उस बूढ़े की लड़की रजनी को देखा। अभी तो उसके वक्षों का उभार शुरू ही हुआ था। क्या इसी को उसके बालिग होने का कारण मान लिया गया। जो उसकी ही बहन के पति ने उससे विवाह की बात कह दी। मन पूर्ण रूप से दर्द से भर सा गया था। मैंने देखा अभी सुबह के 10 ही बज रहे थे और कुछ किसान खेतों से वापस आ रहे थे। वहीं पास के मैदान में बैल बंधे थे तो दूसरी ओर एक चबूतरे पर कुछ बच्चे

लट्टू नचा रहे थे, तो कुछ कांच की गोलियों से खेल रहे थे। मैं आस–पास के माहौल को देख ही रहा था कि उस व्यक्ति ने मुझे वह कुआँ और शिव मंदिर दिखाने को कहा जिसकी मान्यता है कि उसे देवताओं ने रात में ही बना दिया और सुबह होने तक देवता उस मंदिर का निर्माण पूरा नहीं कर पाये और जिस कारण उस मंदिर की चोटी आज तक अधूरी है। मुझे शहर भी वापस जाना था। इसलिए मैं जल्दी ही उस व्यक्ति के साथ उस कुएं और मंदिर को देखने चला गया। सच, यह एक उत्कृष्ट मन्दिर है– उस मन्दिर को देखकर मैंने कहा। उस जगह के शान्त वातावरण में ऐसा लग रहा था मानों हवा में घण्टियां बज रही हों। मन्दिर विशाल और भव्य था परन्तु उसकी चोटी का पूर्ण निर्माण नहीं हुआ था। मन्दिर से कुछ ही दूरी पर वह कुआँ जिसके बारे में मैंने Mom और Dad से सुना था।

यद्यपि एक धूमिल सी तस्वीर मुझे याद आ रही थी। जैसा कि पिता जी और माँ ने मुझे बताया था कि कई साल पहले जब वह इस प्रसिद्ध मन्दिर को यहां देखने आये थे तो मैं भी उनके साथ था और उस वक्त जब माँ और पिता जी मन्दिर में दर्शन कर रहे थे तब मैं खेलते हुये पास बने इस कुएं तक आ गया था। शायद अगर माँ मुझे वापस तेजी से पीछे न खींचती तो मैं उस कुएं में गिर पड़ता पर उसी समय से एक अन्य Problem ने मुझमें जन्म ले लिया। क्योंकि जब माँ ने मुझे तेजी से पीछे खींचा तो एक चट्टान पर गिरने से मेरे सिर पर गहरी चोट आ गई थीं। थोड़े–थोड़े समय बाद स्वतः मेरी आँखें बन्द हो जाती थीं और मैं अपनी पलकों को पूर्ण प्रयास के बाद भी नहीं खोल पाता यद्यपि कुछ समय बाद फिर से नार्मल हो जाता था। कानों में अक्सर अजीब सी आवाज आती रहती। अब तो मैं इस सबका आदी हो चुका था। यद्यपि दवा की वजह से दौड़े पड़ने की संख्या बहुत कम हो गई थी। उस घटना के बाद ही किसी ज्योतिष के बताये जाने पर पिता जी ने फिर कभी इस गांव न आने का फैसला किया था। परन्तु आज मेरे युवा जोश और सच्चाई जानने की इच्छा की वजह से मैं फिर यहां आ चुका था। मेरे मन में फिर से उमंग थी। मन्दिर देखने के बाद मैं उस कुएं के पास गया। मुझे एहसास हुआ कि कभी–कभी होने वाली अजीब सी आवाज

उस समय मेरे कानों में तेजी से गूंजने लगी थी। उस बूढ़े व्यक्ति ने मुझे दूर से ही उस कुएं के और नजदीक जाने से रोकना चाहा पर मैं नहीं रूका और कुएं में झांक कर देखने लगा। मुझे जो दिखा वह अद्भुत था। कुएं के शान्त जल में जैसे कोई तस्वीर बन गई हो। मुझे कोई कुएं के अन्दर बुला रहा था। जैसे कोई मुझे कुएं के अन्दर खींच रहा हो। उसी वक्त उस बूढ़े व्यक्ति ने मुझे पीछे खींच लिया। मुझे दौड़ा पड़ गया था। अगले 1 घण्टे तक मैं बेहोश रहा। होश आने पर देखा कि मैं उस बूढ़े मनुष्य के घर के बाहर चबूतरे पर चारपाई पर लेटा हूँ और जैसे सभी गांव वाले मेरी बेहोशी दूर होने की प्रतीक्षा कर रहे हों। मैंने आंखें खोलीं तो चारपाई के चारों तरफ बैठे लोग खड़े होकर मुझे देखने लगे। मैं घबरा गया था। अक्सर मुझे इस तरह के दौरे पड़ते थे। पर आज जो हुआ वह मेरे लिये अत्यन्त डरावना था। कुछ देर में जब मेरी तबियत संभली तब वहां के लोगों ने बताया कि कोई भी उस कुएं के पास नहीं जाता है। क्योंकि उस कुएं में कोई खराब शक्ति है जो लोगों को मारना चाहती है।

भईया, पानी पी लो – उस बूढ़े मनुष्य ने पानी का गिलास हाथ में देते हुए कहा। मैंने पानी पिया और फिर वहां मौजूद सभी लोगों से कहा कि मैं ठीक हूँ। उस बूढ़े व्यक्ति ने मुझे झोले में कई सब्जियां दीं जो उसके खेत की थीं। मैं मना करके उसके दिल को ठेस नहीं पहुंचाना चाहता था। मैंने उससे वह झोला ले लिया और फिर सबसे नमस्ते कर बस अड्डे को वापस लौटने लगा। उस व्यक्ति ने गांव के एक लड़के से बस अड्डे तक मुझे छोड़ने को कहा।

बस अड्डे पहुंच कर मैंने उस लड़के को धन्यवाद कहा। लखनऊ को जाने वाली बस खड़ी थी। मैं बस पर चढ़ गया और खिड़की के साइड की एक सीट पर बैठ गया। दोपहर का 1 बज रहा था। तेज धूप और गर्मी से बुरा हाल था। मन में यही सोच रहा था कि कब ये बस चले और हवा लगने से गर्मी से कुछ राहत मिले। पर पूछने पर पता चला कि अभी बस 15 मिनट यहीं और रूकेगी । मैंने देखा जब भी कोई बस (बस अड्डे) पर आती तो कई रेवड़ी, मिठाई, फल और समोसे व मूंगफली बेचने वाले बस को चारों

ओर से घेर लेते और खिड़कियों से अपना सामान दिखाकर यात्रियों को बेचते थे। कुछ तो बस के अगले दरवाजे से अन्दर चढ़कर अपना सामान बेचकर पिछले दरवाजे से निकल जाते। सिरावड़ी के शिव मन्दिर के शान्त माहौल से बस अड्डे का माहौल बिलकुल अलग था। हर तरफ शोरगुल और लोगों की भीड़ थी। मैं कुछ आवाजें साफ सुन पा रहा था। रेवड़ी–रेवड़ी, समोसे–गरम समोसे, नारियल ले लो ताजा नारियल, मूंगफली.... मूंगफली ले लो। तभी एक व्यक्ति हमारी बस के अन्दर आया, जो हाथ में कई चेन और अंगूठियां पकड़े था और बस में आगे ती तरफ खड़े होकर अपने हाथ में पकड़े कई Products के बारे में बताने लगा। ऐसा लग रहा था मानो उसने किसी मैनेजमेन्ट कालेज से मार्केटिंग की डिग्री ले रखी हो। उसने अपनी उंगलियों में कई अंगूठियां पहन रखी थीं। वह बार–बार यह कह रहा था कि मंहगे सोने चांदी के आभूषणों को खरीदने से अच्छा है कि हमारी आर्टीफिशियल जवैलरी को पहनें। आपको न ही अधिक इनवेस्ट करना पड़ेगा और न ही मंहगे आभूषणों के चोरी होने का डर रहेगा। उसके बोल बहुत ही लयबद्ध और प्रभावी थे। जो वह बार–बार दोहरा रहा था।

"सोने से कम नहीं, खो जाये गम नहीं" उसकी यह बातें सुनकर कुछ शहरी और युवा व्यक्ति मुस्कराये और शान्त बैठे बस उसकी बातें सुनते रहे । पर कुछ गांव की महिलायें जो मेरे पीछे की सीट पर बैठी थीं। उनकी आवाज मैं सुन पा रहा था! वह आपस में उस व्यक्ति द्वारा दिखाई गई चेन की बात कर रही थीं। जो वह बार–बार दिखाता था और वह व्यक्ति उस आर्टीफिशियल चेन का मूल्य 50/– रूपये बता रहा था। मेरे पीछे बैठी एक महिला ने उस चेन बेच रहे व्यक्ति को अपने पास बुलाया।

"भाई साहब इस चेन की पॉलिस उतर तो नहीं जायेगी? महिला ने पूछा, अरे बहन ये देखो सोने की चमक जा सकती है पर मेरी चेन की नहीं – चेन वाले ने बस की सीट पर लगे लोहे के गोल हत्थे पर चेन को रगड़ते हुये कहा।

अरे फिर भी आपने इसका रेट बहुत अधिक बताया है – कुछ सही बताइये– महिला ने कहा। तभी पास बैठी एक अन्य महिला बोली – हाँ अगर आप ठीक रेट बतायें तो हम भी ले लेंगे।''

वह व्यक्ति जो मार्केटिंग में मझा हुआ था, तुरन्त ही उसने चेन के रेट को 50 से 45 कर दिया। पर महिलायें 40/– रूपये ही देने की जिद कर रही थीं। आखिर उसने यह कहकर अपना सौदा तय किया कि वह उनकी पहली कस्टमर हैं और इसी वजह से वह उन्हें चेन बिना मुनाफा लिये ही दे देगा। और उसने चेन 40/– रू0 मूल्य से बेच दी। उन दोनों महिलाओं ने दो–दो चेन ली। इसके बाद तो बस में बैठी कई महिलाओं ने चेनें खरीदीं। मैंने देखा कि जिस चेन क लागत मूल्य 10 से 15 रू0 होगी वह व्यक्ति ऐसी कई चेने अब तक 40–40 रू0 में बेच चुका था। उसकी मार्केटिंग का ढंग निश्चित रूप से ग्रामीणों को प्रभावित करने वाला था। बस का ड्राइवर और कण्डक्टर चाय पीने के बाद पुनः बस में आ गये वह चेन बेचने वाला व्यक्ति बस से उतर गया और बाहर अगली बस आने का इन्तजार करने लगा था। तभी अचानक एक अधेड़ उम्र की ग्रामीण महिला ने अपने पास बैठी लड़की को जो कि खिड़की से बाहर देख रही थी। उसे हाथ से हिलाकर कहने लगी। ''अरे बिट्टो देख, चेन वाला बाहर दिख रहा है क्या? मंजू के लिए भी ले ले एक चेन नहीं तो बेचारी नाराज हो जायेगी, – महिला ने कहा।

बिट्टो ने खिड़की से चारो ओर देखा पर वह चेन वाला न दिखाई दिया। बस धीरे–धीरे आगे बढ़ ही रही थी कि अचानक भीड़ में जब बिट्टो को वह चेन वाला दिखा तो बिट्टो ने तेज आवाज लगाकर उसे बुलाया। जब तक कि वह चेन वाला पास आता! उस महिला ने बस ड्राइवर से 5 मि0 रूकने का आग्रह किया। खिड़की के बाहर से ही बिट्टो ने उस व्यक्ति से चेन ले ली। अब वह महिला अपनी पर्स में 40/– रू0 तलाश रही थी। महिला की पर्स में कई बड़े नोट थे परन्तु महिला उसे 40/– रू0 इसलिये देना चाहती थी क्यूंकि उसे डर था कि कहीं वह चेन वाला पैसे लेकर भाग न जाये। कण्डक्टर भी उस महिला पर नाराज हो रहा था। क्योंकि वह बस को चौराहे पर और नहीं रोक सकता था। आखिर महिला ने उस चेन वाले

को 40/– रू0 दे दिये और बस ड्राइवर ने तेजी से बस की गति बढ़ाई। मैंने खिड़की से बाहर देखा तो दूर–दूर तक खेत दिखाई दे रहे थे। तो कई सड़क किनारे के तालाबों में बैठे सफेद बगुले बस की आवाज के कारण उड़ने लगते। मैंने यह भी देखा कई किसान अपने खेतों में काम कर रहे थे। तभी बस कण्डक्टर आगे जाकर टेप ऑन कर देता है। एक पुराना गीत बजता है। ''नाच मेरी बुलबुल की पैसा मिलेगा, कहां कदरदान तुझे ऐसा मिलेगाा'' इसी बीच कण्डक्टर ने सबके टिकट चेक किये। उस मधुर संगीत को सुनते सुनते कब मेरी आंख लग गई पता ही नहीं चला। और फिर कुछ समय बाद अचानक गर्मी और तेज खटपट की आवाज ने मेरी नींद खोल दी। बस लखनऊ के बार्डर पर थी और लोग अपनी साइकिलें व कैन उतार रहे थे। क्योंकि शहर के अन्दर उन्हें चेकिंग का डर था। गर्मी तेज थी, बस रूकने के कारण कई आईसक्रीम वालों ने अपनी ट्राली बस के लगा दी थी। उनसे कई यात्री और बच्चे आइसक्रीम ले रहे थे। कुछ देर बाद बस शहर के अन्दर थी और धीमी गति में आगे बढ़ रही थी। मैंने देखा रोड कि किनारे स्थित जागर्स पार्क में वृक्षों की छाया में बैठे कई युगल जोड़े दुनिया से बेखबर एक–दूसरे का आलिंगन कर रहे थे। यह देख बस में बैठे कई स्कूली लड़कों का मन मानों जवानी के जोश से भर गया था। उनमें से किसी ने बस में तेज से सीटी बजा दी तो बस का कण्डक्टर पीछे आकर मना करने लगा। सभी यात्री मुस्कराने लगे। तो कुछ महिलायें भी अपनी दबी मुस्कान छिपाने में असफल रहीं। यात्रियों ने अपने बैग संभालने शुरू कर दिये । बस कैसरबाग बस अड्डे पर पहुंच कर रूक गई। और सभी यात्री बस से नीचे उतर गये। बस अड्डे के बाहर निकले तो कई आटो और रिक्शे वाले तेज आवाज में बुला रहे थे। हर किसी में जैसे यात्रियों को पकड़ने की होड़ लगी हो। यहाँ का माहौल भी बिल्कुल अलग था। शाम हो चुकी थी। रोड लाईट्स ऑन हो चुकी थीं। आस–पास कई ठेले वाले थे कोई चने तो कोई मूंगफली तो कोई शिकंजी बेच रहा था। ऐसा लगा कि लखनऊ के सैकड़ों परिवार की रोजी–रोटी यहीं से चलती है। मैंने एक रिक्शा किया और अगले 20 मिनट में मैं घर पहुंच गया। सोच रहा था पहले आराम करूंगा पर मम्मी

के सवाल शुरू हो गये, उन्होंने जानकारी लेना शुरू कर दिया। मामी ने क्या कहा, मामा कैसे हैं, कब चले थे ? बहुत थक गये होगे अच्छा तुम आराम करो। मैं खाना लगाती हूं – मम्मी ने जैसे एक वाक्य में सारी बात कह दी। मैंने अपने रूम में बैग रखा और फैन ऑन कर बेड पर लेट गया। मुझे याद था कि अगले दिन यानी 15 जून को मेरा परीक्षा परिणाम निकलने वाला है और पिछली बार की तरफ इस बार मुझे फेल होने की उम्मीद नहीं थी क्यूंकि मैंने बहुत मेहनत की थी।

कुछ समय बाद मम्मी ने जगाया – ''राहुल'' उठो और मुंह धुल के आओ। मैनें देखा मॉम एक हाथ में थाली पकड़े हुए थीं जो अब उन्होंने मेज पर रख दी थी। उफ मम्मा बहुत नींद आ रही है, थक गया हूँ – मैनें कहा। Hmm पर तुमने सुबह से कुछ नहीं खाया है। उठो चेहरा धुल के आओ ! पहले खाना खा लो फिर आराम करना – मम्मी ने कहा। Okey Mom - जैसे–तैसे उठकर Bathroom तक चेहरा धुलने गया। वापस आकर मॉम से कहा –मॉम एक कप चाय बना दो। पहले खाना खाओगे या साथ में ही चाय पी लोगे। अभी खाना खाओ। कुछ देर में चाय बनाउंगी – यह कहकर मॉम रूम से बाहर चली गयी। मैंने T.V. On की और News Channel लगाया। ये आजकल News channel वाले भी पागल हो गये हैं। Comedy show का Trailer भी कोई News है। – मैंने मन में ही कहा, नींद के झोंके अब भी आ रहे थे और खाने के बाद मैं वापस बेड पर लेट गया।

कुछ समय बाद कुछ गर्मी का एहसास हुआ तो उठकर Fan की Speed बढाई और T.V. का स्विच ऑफ किया और वापस बेड पर लेट गया। अन्य दिनों की अपेक्षा आज कुछ अधिक गर्मी थी। रात कब बीत गई पता ही नहीं चला। Window से आने वाली रोशनी जब चेहरे पर पड़ी तो आंख खुल गई। सुबह 5.30 बज रहे थे। शायद रात में पिताजी और भाई देर से आये होंगे इसीलिये हमें नहीं जगाया।

मैं उठा और Room का Window खोलकर बाहर झांकने लगा। बाहर की शीतल हवा चेहरे से टकराई तो कुछ राहत मिली। आज बहुत दिनों बाद

अखबार डालने वाले को मैं देख पाया था। क्यों कि अक्सर मैं सुबह इतनी जल्दी नहीं उठता था। पर पिछली रात जल्दी सोने से आज सुबह आंख खुल गई। मैंने देखा अखबार वाला या तो दैनिक अखबार को घर के मुख्य द्वारा में डाल देता था या फिर कई लोगों की Second floor की बालकनी में फेंकते हुये चला जा रहा था। Mr. Ramji Shukla जिनका घर मेरे घर के पड़ोस में ही है। देखा कि दैनिक अखबार को बालकनी से उठाकर बहुत ही बारीकी से पढ़ रहे थे। मेरे घर के दूसरी साइड लक्ष्मी ऑन्टी का घर था। उनके Husband एक प्रतिष्ठित पत्रकार थे और अक्सर बाहर रहा करते थे। लक्ष्मी ऑन्टी का लड़का शिवम् जो कि सी0ए0 है, और उसकी शादी को 2 साल हो चुके हैं और लक्ष्मी आन्टी की लड़की वन्दना ने इसी वर्ष B.Ed किया है। लक्ष्मी आंन्टी अब शीघ्र ही वन्दना की शादी की तैयारी में हैं। हमारे पूरे मोहल्ले में हर कोई लक्ष्मी आंन्टी से अच्छी तरह परिचित हैं । लक्ष्मी आन्टी की तेज आवाज तो कॉलोनी में हर कोई पहचानता है। मैंने देखा सुबह–सुबह वो अपने घर के बाहर बने लॉन में लगे गमलों में पाइप से पानी की तेज बौछार कर रही थीं तभी ब्रेड मक्खन और दूध के पैकेट बेचने वाला निकला तो कई घरों से लोग बाहर आकर उससे ब्रेड और दूध लेने लगे। जनरल स्टोर की शॉप कालोनी के बाहर मुख्य सड़क पर है। इसलिये यह दूध, ब्रेड वाला भी हमारी कालोनी से अच्छी कमाई कर लेता है। मैं यह सब देख ही रहा था कि मॉम की तेज आवाज मेरे कानों में पड़ी।

राहुल, उठो! आज तुम्हें Result भी देखने जाना है। जल्दी से फ्रेश होकर Dinning room में आ जाओ–मॉम ने कहा। उफ, मॉम के इन शब्दों ने मेरे दिमाग को चक्कर काटने पर मजबूर कर दिया। कितने सुकून से पिछला एक–डेढ़ महीना गुजरा और अब फिर से टेंशन।

यही सोचते Bathroom में आज कुछ ज्यादा वक्त ही लगा दिया मैंने! खैर मॉम के दोबारा आवाज देने से पहले मैं फ्रेश होकर Dinning table पर विराजमान हो चुका था।

मैं मॉम को आवाज दे रहा था। मॉम चाय जल्दी लाइये, इतना वक्त क्यूं लगाती हो आप।। "यह कहकर मैं स्वयं हंसने लगा।" परन्तु पिताजी को आते देख सारी हंसी गुल हो गई थी। गुड मार्निंग पापा– मैंने कहा। Good morning तुम्हारे मामा का फोन आया था। बता रहे थे तुम सुबह जल्दी निकले थे, तो फिर इतनी लेट कैसे हो गई तुम्हें – पापा ने पूछा।

"सुबह–सुबह पापा ने प्रश्नों का जाल फेंक दिया मुझपर" मुझे लग रहा था कि तुम कहीं घूमने निकल गये होगे – पापा। शायद मेरा आन्सर कुछ और होता पर पापा नें स्वयं ही यह कहकर मेरी परेशानी कम कर दी। हाँ– मैनें हां में सर हिलाया।

कुछ ही देर में हम सब Dinning table पर थे। मैं, भइया और पापा जबकि मां प्याज और आलू की पकौड़ियों की प्लेट Table पर लाकर रख रहीं थीं। माँ ने मुझे आवाज दी मैं किचन में पहुंचा तो देखा उन्होंने एक प्लेट में पकौड़ियां और चाय लगा रखी थी। लो चाय और नाश्ता बाबू को कमरे में दे आओ जाकर। मैं नाश्ते की प्लेट और चाय लेकर बाबा जी के कमरे में पहुंचा तो देखा वह तब तक फ्रेश होकर तैयार हो चुके थे। और अब कोई धार्मिक पुस्तक पढ़ रहे थे। बाबू जी चाय लीजिए – मैंने चाय और पकौड़ियों की प्लेट मेज पर रखते हुए कहा। बाबा जी ने बिना कुछ बोले हाथ से रखने का इशारा कर दिया OK - मैंने कहा। और फिर वापस मैं सबके साथ Breakfast करने आ गया। मैंने वापस आकर देखा। पापा और आकाश भईया Business से रिलेटेड कुछ बात कर रहे थे। जब हम चारों Break fast कर रहे थे। मॉम ने बातों के बीच में पूछा – राहुल आज तुम्हारा Result Net पे निकलेगा। तुम किस Time जाओगे देखने? मॉम अभी इस वक्त तो कैफे भी नहीं खुला होगा। मैं 12 बजे तक जाउंगा। एक आखिरी बार उम्मीद है। इस बार 12th pass हो गये तो अच्छा है वरना पढ़ाई छोड़ देना आगे – पापा ने dinning table से उठते हुये कहा।

पापा ने दुकान के कुछ Legal paper files को और चाभियों को बैग में रखा और आकाश भईया से कार निकालने को कहा। मैंने घर का मुख्य गेट

खोल दिया जिससे भईया कार बाहर निकाल सकें। आकाश भईया का कार प्रेम भी बहुत प्रगाढ़ था। अकसर सुबह नहाने से पहले वह कार को साफ कर देते हैं। हमारी Maroon Colour मारूति 800 कार मानों हमारे परिवार की मर्शिडीज थी। पापा और भईया के जाने के बाद मैं वापस अपने रूम में आकर T.V. देखने लगा। Grandfa कमरे के बाहर पड़ी चेयर पर बैठे थे और दैनिक अखबार पढ़ने में व्यस्त थे। कुछ समय बाद मम्मी मेरे रूम में आयीं और मुझसे Result देखने के लिए जाने को कहा। शायद आज शाम का खुशनुमा और तनावपूर्ण होना मेरे Result पर निर्भर करने वाला था। Okey मॉम मैं कुछ देर में निकलता हूँ। बिस्तर पर अंगड़ाई लेते हुये आलस भरे स्वर में मैंने कहा। खिड़की के ऊपर लगी घड़ी पर नजर गई तो देखा 10.30 बज रहा था। घर के ठण्डे और सुकून देने वाले वातावरण से बाहर तेज धूप में निकलने का बिल्कुल मन नहीं कर रहा था। परन्तु आलस छोड़ मैंन कपड़े बदले और कालोनी के बाहर मुख्य सड़क के दूसरी ओर स्थित Cyber cafe पहुंच गया। यद्यपि तेज धूप में भीड़ भरी सड़क पार करने में हमें काफी मशक्कत करनी पड़ी। साइबर कैफे भी पूर्ण रूप से छात्रों से भरा पड़ा था। प्रत्येक स्टूडेन्ट अपना Result देखने के लिये मन्जूनाथ (साइबर कैफे का मालिक) को आवाज लगा रहा था कि उसका परीक्षा परिणाम पहले देख लिया जाये। यह सब देख मैं आश्चर्य चकित तो था परन्तु न ही मेरे मन में खुशी के कोई भाव थे और न ही दुःख के। मैं शान्त एक मूर्ति की भांति था। पहले दो बार मुझे निराशा के दौर से गुजरना पड़ा था परन्तु इस बार मैं निश्चिन्त था क्योंकि मैंने बहुत मेहनत की थी। यदि अबकी बार भी मैंने सफलता नहीं प्राप्त की तो मैं पढ़ाई के साथ–साथ यह दुनिया भी छोड़ दूंगा, मेरे मन में यही सब बातें घूम रही थीं। मैंने देखा मन्जूनाथ के साइबर कैफे में कुछ 8 या 10 कम्प्यूटर लगे थे और सारे केबिन कालेज Students से भरे थे। मन्जूनाथ अपने पर्सनल कम्प्यूटर से छात्रों का परीक्षा परिणाम बताता और फिर प्रिन्ट आउट भी निकाल रहा था। क्यूंकि साइबर कैफे में बहुत भीड़ थी जिस वजह से मैं साइबर कैफे में किनारे पड़ी एक बेंच पर बैठ गया। मैंने देखा कई Student अपना result जल्दी देखने की होड़ में

लाइन में लगकर धक्के खा रहे थे। मैं उस bench पर बैठा आस पास के केबिन में बैठे लोगों के चेहरे के भावों को पढ़ने की कोशिश करने लगा। मैंने देखा कुछ लोग फेसबुक पर लगे थे और कुछ उम्रदराज लोग अपना कोई महत्वपूर्ण कार्य कर रहे थे। तभी अचानक मेरी नजर कोने में बने एक केबिन पर पड़ी। जिसमें एक लड़का और एक लड़की साथ बैठे थे। जैसे ही मेरी आहट उन्हें लगी वे सावधान हो गये। पर वो क्या कर रहे थे यह मैं अच्छी तरह समझ चुका था। घर से coaching के लिये निकलने वाले छात्र और छात्रायें जब भी वक्त मिलता या जब वे अपने ब्वॉयफ्रेंड या गर्लफ्रेन्ड के साथ होते तो साइबर कैफे उनके लिये अच्छा time pass होता। जहां उन्हें छिपने को भी मिल जाता और Porn sites देखने को भी। अगर कभी cyber कैफे का मालिक विरोध करता है तो ये उसे कुछ एक्स्ट्रा पैसे देकर खुश कर देते हैं। मैंने आंख की कनखी से कोने के केबिन में बैठे उस स्कूली जोड़े को देखा। वे लड़का और लड़की आपस में बहुत क्लोज थे और आपत्तिजनक स्थिति में थे। जैसा कि मैं देख पा रहा था कम्प्यूटर पर एक porn film चल रही थी। लड़के के हाथ लड़की की उभरी हुई मांसल छाती को दबा रहे थे। और लड़की धीमी आवाज में सिसकियां भर रही थी। और फिर दोनों ने french kiss किया। मैं चुपचाप यह सब देख रहा था। मन में अजीब से गर्माहट आ गई। यद्यपि cybre कैफे में एअर कन्डीशनर चल रहा था परन्तु अत्यधिक भीड़ के कारण कैफे का वातावरण काफी गर्म और शोरगुल से भरा था। मुझे कैफे में आये हुये काफी समय हो गया था और अब सिर्फ कुछ छात्र ही अपना परीक्षा परिणाम देखने के लिये रह गये थे। कोने के केबिन में बैठा वह जोड़ा अब भी ...। मन ही मन मैं उस जोड़े की हरकतों का आनन्द ले रहा था। और शायद यही कारण था कि मुझे दर होने की परवाह नहीं रही थी। अब मैं उठकर मंजूनाथ के पर्सनल कम्प्यूटर के पास आ गया। मेरे आगे खड़े 2–3 लड़कों ने अपना परिणाम देख लिया था और आखिर कुछ देर बार जब मैंने मंजूनाथ को अपना रोल नं0 बताना चाहा तब लड़कियों का एक ग्रुप अचानक Cyber कैफे के अन्दर आया। उनमें से एक लड़की जो height में अन्य लड़कियों की अपेक्षा कम थी। उसने कहा मंजू

Uncle मंजू Uncle please पहले हमारा result देख लीजिए। हम सभी को लेट हो जायेगा।

उसके अपने परीक्षा परिणाम को देखने के लिये इतने उतावलेपन को देखते हुए मैं कुछ बोलता उससे पहले ही मंजूनाथ ने मुझसे पूछ लिया बेटे अगर तुम कुछ देर और रूक जाओ तो क्या मैं पहले इन कुछ लड़कियों का परिणाम देखकर बता दूं। ठीक है, मैंने हां में सर हिलाते हुये स्वीकृति दे दी। शायद अब मैं चाहता भी यही था कि वो पहले अपना परिणाम देख लें। क्यूं कि उन लड़कियों के सामने मैं हंसी का पात्र नहीं बनना चाहता था। मेरी नजर उन लड़कियों के ग्रुप में White शर्ट और black jeans पहने एक खूबसूरत लड़की पर पड़ी। वह जन्नत की परी लग रही थी। मक्खन जैसा मुलायम जिस्म, काले बाल और दूध जैसा गोरा रंग मेरे बदन के रोयें खड़े करने के लिए काफी थे। उस पर भी बला की मुस्कान मेरी जान ही निकाल रही थी। उसने अपने बालों को ऊपर कर क्लैचर लगा रखा था। चमकदार गुलाबी होंठ जब उसने अपने दांत से दबाये तो मानों किसी ने मेरी गर्दन दबा दी हो। मैंने देखा उसने अपने nails में texchered nail polish लगायी हुई थी। उसका शानदार फीगर लोगों को एक बार उसे मुड़कर देखने के लिए विवश करने वाला था। उस दिन पहली बार मुझे किस करने की फीलिंग का दबाव महसूस हुआ। मेरे अंग–अंग में सिहरन सी दौड़ने लगी थी और उस खूबसूरत लड़की को अपनी बाहों में भरने की बेपनाह इच्छा ने मेरे अन्दर जन्म ले लिया था। पिछले दिनों मैंने अखबार में एक लेख पढ़ा था। जिसमें कई कास्मेटिक्स ब्राण्ड के सौन्दर्य प्रसाधनों, क्रीम आदि में Pork FAT के पड़े होने की बात कही गयी थी। जिसमे बताया गया था कि भारत में बिकने वाली कई प्रमुख fairness क्रीम में Pork FAT होता है परन्तु जानकारी के न होने की वजह से लोग इनका इस्तेमाल करते जा रहे हैं। वो चाहे Hindu हों या मुसलमान सिर्फ लुभावने प्रचार में आकर उपयोग करने लगते हैं। लोगों को पता ही नहीं होता कि नहाने के बाद तैयार होकर जब प्रार्थना के लिए बैठे होते हैं तो उनके चेहरे पे Fairness क्रीम की जगह Pork FAT लगा होता है। अब ऐसे में पाक साफ ईश्वर हमारी प्रार्थना से

कैसे प्रसन्न हो सकते हैं। ओह वैसे मुझे यहां पर यह सब सोचना इसलिए पड़ा क्यूं कि मैं Pure vegetarian हूं और किस करके Pork Fat नहीं ग्रहण करना चाहता। मेरी अपनी भावनाओं को शान्त के लिये मुझे यह एक अच्छा कारण मिल गया था। कुछ देर में जब मंजूनाथ ने result बताया तो वह छोटे कद वाली लड़की उछल पड़ी। उसके पास उछलने का वाजिब कारण भी था। वह परिणाम का print out सबको दिखा रही थी। वह प्रथम श्रेणी में उत्तीर्ण हुई थी। उसके बाद उस ग्रुप की सभी लड़कियों ने अपना परिणाम प्राप्त किया। पर आखिर में जब उस खूबसूरत लड़की ने अपना रोल नं0 बताया तो मैंने भी यह जानने के लिए उत्सुक हो उठा कि वह कितने % मार्क्स लाई है। वास्तव में मैं दंग रह गया जब मैनें मंजूनाथ को 81% कहते सुना । सच में यह एक प्रचलित कहावत के सच होने जैसा था "सोने पर सुहागा"। अक्सर मैं उन खूबसूरत लड़कियों के बारे में यह सोचता था कि वे पढ़ाई में इतनी अच्छी नहीं हो सकती परन्तु इस घटना ने मुझे गलत साबित कर दिया। क्यूं कि वह खूबसूरत लड़की अपने ग्रुप में सबसे अधिक % से पास हुई थी इसलिये उस ग्रुप की अन्य लड़कियां उससे treat लेने की जिद कर रही थीं। Okey, Okey ठीक है – उस खूबसूरत लड़की ने अपने ग्रुप की अन्य लड़कियों को शान्त करते हुये कहा। यार अब तो बाहर भी नहीं निकल पाया करेंगे – उस छोटे कद की लड़की ने कहा। Uff college बन्द होने का मतलब ये नहीं की पढ़ाई बन्द। हम Computer institute join कर लेंगे – उस ग्रुप की ही एक लड़की ने सुझाव दिया। हां घरवालों को problem भी नहीं होगी और हम मस्ती भी खूब कर पायेंगे। हमें Unity comp. institute मे admission लेना चाहिये – उस खूबसूरत लड़की ने कहा।

यह सब सुनते हुये मैं उस लड़की के चेहरे पर आत्मविश्वास से भरी मुस्कान देख पा रहा था। मैं आज पहली बार अपने मन में सपने बुन रहा था। उस लड़की को हमेंशा के लिये अपना बनाने का सपना मैं उसे एकटक देखते हुये मानों खो सा गया था। और वापस होश में तब आया जब मन्जूनाथ ने मेरा हाथ हिलाकर Roll no. पूछा । ओह sorry – मैंने

मंजूनाथ से कहा। यद्यपि मैंने अपना विचार बदल दिया था। यदि अब मैं फेल भी हो जाता तो भी आत्महत्या की न सोचता। उस खूबसूरत लड़की ने मुझे जीने की वजह दे दी थी।

मैं देख पा रहा था कि वह खूबसूरत लड़की मुस्कुरा रही थी। अन्य लड़कियां उसका हाथ खींचते हुए कह रही थीं –''नेहा जल्दी चलो वैसे भी इतना लेट हो गये हम लोग।'' मैनें अपनी सभी जेब खंगाल डाली पता नहीं वो पर्ची कहां रख दी जिसमें रोल नं0 लिख कर लाया था। मैं परेशान हो गया क्यूं कि मंजूनाथ अब Cafe बन्द करने जा रहा था और मुझसे बार–बार roll no. बताने को कह रहा था। तभी मेरी नजर फर्श पर पड़ी उस पर्ची पर पड़ी जिस पर मैं अपना Roll No. लिखकर लाया था। मैंने तुरन्त ही उससे roll no. देखकर मंजूनाथ को बताया। मेरी धड़कनें तेज हो गईं मैं इस बार यह नहीं सुनना चाहता था कि मैं फेल हो गया हूँ। Congratulations तुम Ist div. में उत्तीर्ण हुए हो – मन्जूनाथ ने बताया। मेरी खुशी का तो ठिकाना न रहा। घर पर भी इस बात का यकीन करना सबके लिए मुश्किल होगा। परन्तु मुझे पता था यह मेरी इस बार की कड़ी मेहनत का फल है। काफी देर हो चुकी थी। मैंने मंजूनाथ से मार्कशीट का Print out निकलवाया और चेहरे पर प्रसन्नता के भाव लिये घर वापस आ गया। मैं बहुत खुश था और इसका कारण भी था एक तो मैं परीक्षा में प्रथम श्रेणी में उत्तीर्ण हुआ था। और वह लड़की जिसे मैं अब तक भूल नहीं पा रहा था। घर आया तो मां और बाबा जी ने जैसे मेरे चेहरे की खुशी पढ़ ली। दोपहर के 2 बजे चुके थे। तेज धूप में शरीर की सारी ऊर्जा जैसे निकल सी गई थी। मैंने मां से पानी मांगा। मां एक ग्लास में पानी ले आयीं और पानी देते हुए मुझसे पूछा – राहुल इस बार क्या हुआ ! अबकी बार तो कोई Problem नहीं थी तुम्हारी। मार्कशीट कहां है तुम्हारी – मां शंकित होकर पूछ रही थीं। उन्हें लग रहा था, कहीं इस बार भी तो मैं फेल नहीं हो गया।

नहीं मां, मैं पास हो गया और वह भी first div. – मैंने कहा। बहुत अच्छा, मैं बाबू जी को बताती हूँ वह बहुत देर से तुम्हारे बारे में पूछ रहे थे। (इतना कहते हुये मां बाबू जी के कमरे में चल गयीं।) मैं सुन रहा था, जब

मां ने बाबू जी को मेरे परीक्षा परिणाम के बारे में बताया तो बाबू जी ने भगवान को धन्यवाद कहा। ''यह बिल्कुल ऐसा लग रहा था जैसे किसी भयंकर एक्सीडेन्ट में मेरी जान बच गयी हो''। मुझे तेज भूख लग रही थी। क्यूंकि सुबह पकौड़ियां खाने के बाद से अब तक मैंने कुछ नहीं खाया था। मैंने मम्मी से खाना लगाने के लिए कहा और इसी बीच मैंने हाथ पैर धुले, कपड़े बदले और वापस अपने रूम में आकर बेड पर लेट गया। मैंने अपने बैग से वह radio निकाला जो मैं मामा के यहां से लाया था। यद्यपि मैं घर पर अधिकतर T.V. ही देखता था। परन्तु पिछले एक महीने से मामा के यहां गांव में Radio ही सुनता था। अब तक Radio पर आने वाले कई कार्यक्रमों की मुझे अच्छी जानकारी हो गयी थी। मामा के यहां जब दोपहर में हम पेड़ की छांव में लेटे होते थे तो विविध भारती सुना करते थे। मैंने Radio On कर विविध भारती लगाया और पास की Table पर रखकर बेड पर लेट गया। मुझे थकान की वजह से कुछ नींद भी आ रही थी और विविध भारती की शान्त आवाज बहुत ही अच्छी लग रही थी।

''दोपहर के 2.30 बज रहे हैं और आप सुन रहे हैं कार्यक्रम भूली–बिसरी यादें'' अगला पत्र है– हरदोई के ग्राम गौसगंज से राखी सिंह का जिन्होंने उनके साथ घटित हुई एक घटना के बारे में लिखा है। जिसे याद कर आज भी उनकी आंखे नम हो जाती हैं। वह लिखती हैं कि कुछ समय पहले जब वो अपनी मौसी के यहां गई थीं तो मौसी के घर के पास ही रहने वाले एक लड़के ''जीत'' जो कि बी0ए0 की पढ़ाई कर रहा था और अक्सर उसकी मौसी के घर आया करता था। आंखो–आंखों में ही प्यार हो गया। राखी लिखती हैं कि वह कई बार मौसी से छिपकर उससे मिलीं और उस लड़के ने कभी साथ न छोड़ने का वादा भी किया। पर जब से वह मौसी के घर से वापस आयी हैं उनका दिल हमेंशा ''जीत'' को याद करता है। और उन लम्हों की याद कर अब भी वह खुशी से रो पड़ती हैं। जब जीत से वह पहली बार मिली थीं।''

राखी हम भी चाहते हैं कि आपके और जीत के बीच की रिलेशनशिप और मजबूत हो –विविध भारती एंकर। आपकी पसंद का ये गीत फिल्म

त्रिशूल से ''मोहब्बत बड़े काम की चीज है।'' जिसके बोल लिखे हैं शाहिर लुधियानबी ने और आवाज दी है लता मंगेश्कर और किशोर कुमार ने – एंकर।

यह सुरीला गीत मुझे कब चेतनता से चिर निद्रा में लेकर चला गया मैं नहीं जान पाया।

मैं अचानक उठकर बैठ गया। हमेंशा की तरह माँ तेज आवाज में मुझे बुला रही थी ''उठो मैंने थाली लगा दी है।'' मैंने देखा मॉम ने थाली पास की टेबल पर रख दी थी और रेडियो को बन्द कर दिया था। चेहरा धुल के आओ जल्दी – मां ने कहा। Okey Mom मैंने ऊंघते हुए कहा और फिर मैं चेहरा धुलने चला गया। वापस आकर दरवाजे पर टंगी Towel से चेहरा और हाथ पोछकर खाने बैठ गया। मुझे देखकर आश्चर्य हुआ कि मां ने आज मेरा प्रिय व्यंजन कढ़ी चावल और खीर भी बनाई थी। मैं अपने पसंदीदा व्यंजन को खाते हुये यह सोच रहा था कि ''परीक्षा में अच्छे प्रतिशत लाना मेरे Parents के लिये कितना महत्व रखता है। अपने बच्चे को प्यार की कितनी Doses कब और कितनी मात्रा में देना है। जिससे उसका पूरा प्रभाव बच्चे के कैरियर और Education को अच्छा बनाने में सहायक हो। मेरे Parents को अच्छी तरह पता है।

खाने के बाद मैं टी0वी0 देखने लगा। कुछ ही देर हुई थी कि लाइट चली गयी। कालोनी में घर से बाहर होने वाली हलचल अब मैं आसानी से सुन सकता था। लाइट जाने से माहौल एकदम शान्त हो गया था। लाइट जाने की वजह से कुछ लोग घर से बाहर निकल कर बातें करने लगे थे। मेरे पड़ोस में रहने वाली लक्ष्मी आन्टी तेज आवाज में पास में रहने वाले Electric मैन दीपू से पूछ रही थीं। ''ये लाइट को क्या हो गया है। कितनी बार जाती है। उनके कुछ कड़वे पिछले अनुभवों ने उन्हें फिर से Government और Electric विभाग को अपशब्द कहने पर मजबूर कर दिया था।

दरअसल घटना पिछली 5 अप्रैल की है। जब उनकी लड़की वन्दना जो कि बी0एड कर चुकी है। और Teaching profession में है। उसको देखने लड़के वाले आये थे। वन्दना बहुत ही अच्छे और सौम्य नेचर की लड़की है। हमारी कालोनी के ज्यादातर लोग उसे वन्दना बेटी या वन्दना ही कहकर बुलाते हैं। वह मुझसे 4 साल बड़ी है परन्तु हम बहुत अच्छे Friend हैं। हम अक्सर कालोनी के पास बने पार्क में मिलते हैं। हम दोनों ने पूरा दिन क्या किया और हमारी पर्सनल लाइफ में क्या हो रहा है। हम दोनों अक्सर एक दूसरे से पूछते और बताते हैं। वन्दना ने मुझे 3 अप्रैल को ही बता दिया था कि उसे देखने के लिए लड़के वाले आ रहे हैं। पर वह उस लड़के को नहीं पसंद करती है। उसने मुझे बताया था कि वह इस बात को अपनी मां से बता चुकी है। परन्तु उसकी मां यानी लक्ष्मी आन्टी ने बात यह कहकर टाल दी कि लड़का और परिवार दोनों बहुत अच्छे हैं। लड़का बैंक मैनेजर है। वे कानपुर में रहते हैं। वन्दना ने बताया कि लड़के वालों को उसके घर बुलाये जाने को लेकर उसने अपनी मां को मना भी किया था। परन्तु लक्ष्मी आन्टी नहीं मानीं। वन्दना ने बताया कि उसकी मां (लक्ष्मी आन्टी) ने पहले ही लड़के वालों से घर आने के लिए कह दिया था। जिससे अब उन्हें मना करना ठीक नहीं होगा। वन्दना ने बताया था कि उसकी मां के सामने उसके पिता जी की एक नहीं चलती है।

यह सब बताते हुए वन्दना बहुत ही चिन्तित लग रही थी। उस समय मैंने उसे सान्त्वना और मदद करने का भरोसा कुछ इस प्रकार दिया था– चिन्ता मत करो वन्दना सब ठीक हो जायेगा– मैंने कहा। ''अरे कैसे ठीक हो जायेगा सब, मां ने तो कहा है कि जब वह आये तो उससे मिलकर अच्छे से बात करना जिससे कि एक दूसरे को अच्छे से जान सको।'' पर मुझे नही जानना उस बैंक मैनेजर को वन्दना ने गुस्से में कहा।

ओह तो वह एक बैंक मैंनेजर है, वैसे तुम्हारी मां तुम्हारे लिये अच्छा ही सोचेंगी। तुम्हें उस लड़के और उसकी फैमिली से एक बार जरूर मिल लेना चाहिए–मैंने वन्दना से कहा। मां जी के फोर्स के कारण मैंने उस लड़के और उसकी फैमिली से मिलने के लिए हाँ तो कर दी है। पर इसका बिलकुल भी

यह मतलब नहीं कि मैं उस लड़के से अपने रिश्ते के बारे में सोचूंगी। हां और यदि तुम मेरी मदद नहीं करना चाहते हो तो अभी बता दो – वन्दना ने गुस्से में कहा। वन्दना मैं तुम्हारी मदद के लिए हमेंशा तैयार हूँ और आगे भी रहूंगा पर एक दोस्त होने के नाते मेरी यह जिम्मेदारी भी है कि तुम्हारे अच्छे और बुरे फैसले के बारे में अपनी राय बता सकूं – मैंने कहा।

Okey Okey ठीक है ! अब तुम ये सोचो कि जब 5 अप्रैल को वे घर आयेंगे तो तुम क्या करोगे जिससे मैं उस लड़के और उसकी फैमिली वालों से Direct interact न हो पाउं। मैंने कई बार वन्दना से यह जानने की कोशिश की कि आखिर इसकी वजह क्या है। क्यूंकि पढ़ाई पूरी करने के बाद अब वह Teaching Profession में है। और लाइफ में सेटेल होने के लिए ये उसके लिये सही वक्त है। मेरे पूछने और मेरे द्वारा दिये गये सुझावों का उस पर कोई असर नहीं हुआ और वह कुछ नहीं बोली। मुझे एहसास हो रहा था कि वन्दना मेरी बातों का उत्तर देती–देती अब रूक गयी थी। उसका मासूम सा चेहरा बहुत उदास था और उसकी खूबसूरत बड़ी बड़ी आंखें नम हो चुकी थीं। ऐसा लगा जैसे वह कुछ कहना तो चाहती है पर साहस करने के बावजूद वह कह पाने में असफल रह जाती थी और फिर वह अचानक यह कहते हुये कि "मैं अभय को बहुत प्यार करती हूं राहुल, मैं उसे नहीं भूल सकती" वह मेरे गले से लगकर रोने लगी। यद्यपि वन्दना ने मुझे इस बारे में कुछ दिनों पहले बताया था कि अभय उसका बहुत अच्छा मित्र है पर उसने यह कभी नहीं बताया कि वह अभय को बहुत प्यार करती है। मैंने वन्दना को शान्त करने की कोशिश की उसकी आंखों से आंसू की धारा लगातार बह रही थी। मैंने अपने रूमाल से उसके आंसुओं को पोछा और फिर उससे सारी बात बताने को कहा। राहुल मैं कुछ भी नहीं बता सकती मैं क्या करूं, मुझे कुछ समझ में नहीं आता। तुम्हें नहीं पता, मैंने कॉलेज डेज से आज तक सिर्फ 'अभय' के बारे में ही सोचा है। मेरे हर बर्थडे पर वह मेरे साथ रहता है। मैंने हमेंशा अपना स्कूल टिफिन उसके साथ शेयर किया है और फिर हम दोनों ही एक दूसरे को प्यार करते हैं तो? – वह कड़े शब्दों में कह रही थी, तो क्या – मैंने कहा।

तो क्या सिर्फ इसलिये हम दोनों एक नहीं हो सकते क्यूं कि हम अलग–अलग जातियों से हैं – इतना कहते हुये वन्दना ने अपने आपको संभाला और फिर उसने मुझसे कहा– राहुल तुम कुछ भी करो पर मेरे घर आने वाले उन मेहमानों से मेरा Interaction न हो सके और जब मैंने अभय के बारे में और जानने की कोशिश की तो उसने यह कहकर टाल दिया कि पहले मैं उस 5 अप्रैल को आने वाली मुसीबत से बचाऊं और फिर कभी वह मुझे अभय के बारे में जरूर बतायेगी।

मैंने उसे भरोसा दिलाया कि मैं पूरा प्रयास करूंगा और उसे अब इस बात के लिये अधिक परेशान नहीं होना चाहिये। शाम हो चुकी थी और फिर वन्दना पार्क से चली गई। मैं कुछ और देर पार्क में बैठे यह सोचता रहा कि आखिर 5 अप्रैल को ऐसा क्या करूं जिससे कि वन्दना की मदद कर सकूं और लक्ष्मी आन्टी अपने उद्देश्य में कामयाब न हो सकें। मेरे हृदय में वन्दना के प्रति पूर्ण सहानुभूति थी और मैं उसकी समस्या को लेकर चिन्तित था। एक अप्रैल को मेरा इण्टरमीडिएट का आखिरी पेपर था और मुझे अब मुक्त रूप से रहने और घूमने की आजादी घर वालों की तरफ से मिल चुकी थी। अब मेरे सामने एक और परीक्षा थी। जिसमें मुझे अपनी दोस्त को मुसीबत से बचाने की जिम्मेदारी और उसका मुझ पर विश्वास किये जाने की प्रमाणिकता प्रस्तुत करने का मौका था और वह परीक्षा का दिन 5 अप्रैल था। मैंने 4 अप्रैल तक सारा समय सोचने में ही गुजार दिया था और अब तक कोई भी रास्ता नहीं दिखाई पड़ रहा था। 4 अप्रैल, रात को 11 बजे जब मैं घर में सबके साथ खाना खाने के बाद अपने रूम में वापस आया तो अपनी पूरा क्षमता से यही सोच रहा था कि आखिर मैं कल वन्दना को कैसे बचा पाउंगा। मेरे मस्तिष्क में कई प्रश्न उठ रहे थे जैसे क्या अब वन्दना कभी मुझ पर पहले जितना भरोसा करेगी। क्या मैं उसका एक ऐसा मित्र हूं जो उसकी कोई मदद नहीं कर सकता। एक बार तो मेरे मस्तिष्क में यह बात आई कि मैं लक्ष्मी आन्टी को साफ–साफ पूरी बात बता दूं कि वन्दना क्या चाहती है पर फिर संशय का वह भाव मुझे घेर लेता कि वन्दना का विश्वास मुझ पर से उठ जायेगा और लक्ष्मी आन्टी से हमारे परिवार के सम्बन्ध भी

खराब हो सकते हैं। बहुत सोचने के बाद भी सफलता नहीं मिली। रात के 12 बज रहे थे और मुझे नींद भी आने लगी थी। मैं अपने दिमाग को स्थिर नहीं कर पा रहा था। वन्दना के बारे में सोच–सोच कर परेशान था। शायद यह किसी अधेड़ उम्र के युवक के लिये कोई ऐसी बात हो सकती है। जिसे वह टाल सकता है परन्तु किशोरावस्था में जब हम स्कूल और कॉलेज में पढ़ाई करते हैं तो हमारे लिये हमारे मित्र उनसे किये गये Promise हमारे लिये सबसे महत्वपूर्ण होते हैं। मैं नींद के आगोश में खोता जा रहा था। आखिर मैंने सुबह 4 बजे का अलार्म मोबाइल में लगा दिया। मैंने चादर ओढ़ ली थी! पर तभी मेरे मोबाइल के Vibrate करने की आवाज सुनाई दी। मैनें मोबाइल देखा – Calling Vandana show हो रहा था। इतनी रात को वन्दना की कॉल देखकर मैं कुछ घबरा गया। पर फिर कॉल रिसीव की। राहुल तुमने कुछ सोचा क्या करना है। मैं बहुत परेशान हूं। इतना कह उसने रोना शुरू कर दिया। उसके रोने की वजह से मैं भी भावुक हो गया पर उसे शान्त रहने को कहता रहा और उसे भरोसा दिलाया कि मैं उसे मुसीबत से जरूर बचाउंगा। वन्दना ने मुझे बताया कि लक्ष्मी आन्टी सुबह से घर की साफ सफाई में लगी थीं और उन्होंने कल आने वाले मेहमानों के लिए मिठाइयां भी बनवा ली हैं। ऐसा लगता है! मां ने मेरी शादी पक्की ही कर दी है –वन्दना ने कहा। राहुल अगर ऐसा हुआ तो मैं जान दे दूंगी! –वन्दना के ये स्वर मैं बस सुनता ही रहा, वह रो रही थी। वन्दना ने बताया कि मेहमान शाम को 6 बजे आयेंगे। मम्मी ने आज उनसे बात की थी। पापा घर पर नहीं हैं उन्हें कुछ जरूरी मीटिंग्स अटेन्ड करनी थी और मम्मी के निर्णय के विरोध में शिवम् भईया और भाभी चाहकर भी कुछ नहीं कर सकते फिर भी वह हर तरह से मेरी मदद को तैयारी रहते हैं। मां को समझाने की हिम्मत किसी में नहीं है। वन्दना मुझे यह सब बता ही रही थी कि अचानक लाइट चली गई। लाइट जाते ही तेज गर्मी का एहसास हुआ, मैं रूम का Window खोलने के लिए उठा तो पास में रखी टेबल से टक्कर लगने से टेबल पर रखा ग्लास नीचे गिर गया। मां का रूम मेरे रूम के पास में ही है और अभी वह सोईं भी नहीं थीं शायद इसीलिये ग्लास के गिरने की आवाज

सुनकर उन्होंने वहीं से आवाज दी। Rahul क्या हुआ? मैंने वन्दना से धीमी आवाज में Phone hold रखने को कहा और फिर बोला– टेबल पर रखा ग्लास गिर गया Mom – मैंने मम्मी को उत्तर दिया। लाइट चली गई है। बाहर का Window खोल लो – मॉम ने कहा। Okey मॉम और फिर मैंने वन्दना को हैलो बोला और उससे कुछ देर और होल्ड करने को कहा। मुझे तेज Bathroom लगी थी। मैं बरामदे के पास बने बाथरूम मे गया। क्यूंकि लाइट जा चुकी थी और माहौल शान्त था। इसलिए Mom की आवाज साफ सुनाई दे रही थी। वह पिता जी से कह रहीं थी –लक्ष्मी जी ने अपने घर में इनवर्टर लगवा लिया है। अब उन्हें बार–बार लाइट जाने की वजह से Problem नहीं होती है। आप भी सोचिये इतनी गर्मी में परेशान हो जाते हैं हम सभी। पहले तो कोई Problem नहीं थी। हमारे क्षेत्र से चुनाव जीतने वाले ''योगेश्वर पाण्डे'' जी ऊर्जा मंत्री थे। दिन रात 24 घ0 बिजली देते थे पर पिछले एक साल से जब से ये नई सरकार आयी है, बिजली कब और कितनी देर के लिये जायेगी कुछ पता नहीं होता।

अनुप्रिया (मेरी मौसी) कह रही थी उसके यहां इस नई सरकार के आने के बाद से बिजली जाती ही नहीं है। वह बता रही थीं कि इस नई सरकार के VVIP मंत्री श्री गोपाल यादव उसी क्षेत्र से चुनकर आये हैं। –जैसा कि मैं सुन पा रहा था। मेरी मां पिता जी से कह रही थीं।

छोड़ो यह सब बातें शोभा (मेरी मां) यह भारत है, यहां नेता सिर्फ उस पेड़ को पोषित करते हैं जिसके फल उन्हें खाने होते हैं। हमारे क्षेत्र के नेता योगेश्वर पाण्डे अपनी शाख और कार्यों की वजह से जीत तो गये पर उनकी पार्टी की सरकार न बनने से हमारे क्षेत्र में बिजली नहीं है – पापा ने मम्मी से कहा तो क्या अब अगले चुनाव तक का इन्तजार करवाओगे। आप जल्दी ही इनवर्टर घर में लगवाइये– Mom ने कहा

– मैने यह सब बाथरूम से सुना और फिर अपने कमरे में वापस आ गया। वन्दना की काल अब भी होल्ड पर थी। मैनें हैलो बोला वन्दना ने हैरानी से कहा –क्या हुआ। तुम कहां चले गये थे। मुझे एक आइडिया आ

गया– मैंने वन्दना से कहा। अरे मुझे भी बताओ – वन्दना ने कहा। देखो तुम अपने इनवर्टर की चार्जिंग Supply को बन्द कर दो अभी – मैंने वन्दना से कहा। ठीक है पर तुम क्या करने वाले हो। ध्यान रखना कुछ गड़बड़ मत कर बैठना ''मैं तो हर तरफ से परेशान हूं'' – वन्दना ने कहा एक पल के लिये मैंने यह सोचा कि मैं वन्दना को यह सब बता देता हूँ कि मैं क्या करने वाला हूँ। जिससे मैं वन्दना की Problem solve कर दूंगा। तो हो सकता है वह मुझे ऐसा करने से मना कर दे इसलिये मैंने बात को दूसरी दिशा में मोड़ने की कोशिश की। तुम्हें देखने मेहमान आने वाले हैं न – मैंने पूछते हुए वन्दना से कहा। तुम्हें अब सो जाना चाहिए – मैंने कहा। तुम बिल्कुल भी इस तरह की बातें मत करो। मुझे कोई फर्क नहीं पड़ने वाला कोई भी आये। प्लीज मजाक बंद करो राहुल – वन्दना ने कहा।

Okey पर तुम अभी अपने इनवर्टर की चार्जिंग Supply बन्द कर दो –मैंने कहा। Okey – वन्दना। तुम बिल्कुल भी फिक्र मत करो और अब सो जाओ – मैंने कहा। Goodnight Rahul - वन्दना ने कहा, Good night - मैंने प्रतिक्रिया दी।

अगले दिन यानी 5 अप्रैल को मैं सुबह देर से उठा। मेरे रूम में लगी विन्डो जिसे रात में मैंने खोल दिया था। उससे तेज धूप मेरे कमरे में आ रही थी। मानो आज मैं किसी के जीवन में प्रकाश के महत्त्व को समझने जा रहा था। मैं जल्दी ही बिस्तर से उठा और कमरे की बालकनी में जा खड़ा हो गया। मैंने देखा हमारे पड़ोसी मिस्टर शुक्ला अपने पुराने स्कूटर को स्टार्ट करने की कोशिश कर रहे थे। कई बार कोशिश करने के बाद भी वह स्कूटर स्टार्ट करने में असफल रहे। दूसरी तरफ लक्ष्मी आन्टी उनके घर के नौकर भोला को बार–बार Instruction देकर उनके घर के बाहर बने लॉन की सफाई करवा रही थीं। मैं ऊपर से यह सब देख ही रहा था कि शुक्ला जी ने मेरी तरफ देखा और मुस्कराये। उनकी मुस्कराहट ऐसी थी जैसे वह मुझे अपनी मदद के लिए बुलाना चाहते हों।

क्या हुआ अंकल इस पुराने स्कूटर को बदल डालिये – मैंने कहा । अरे बेटा बिल्कुल ठीक है पर अभी पता नहीं क्या हो गया स्टार्ट ही नहीं हो रहा है। ठीक है मैं देखता हूँ आकर– मैंने कहा। मेरे helping nature के कारण कालोनी के सभी लोग मुझे बहुत ही प्यार देते हैं। मैनें नीचे आकर उनका स्कूटर स्टार्ट करने की कोशिश की। मैं अब तक शुक्ला अंकल से कई बार कह चुका हूँ कि वह इस पुराने स्कूटर को बदल डालें। पर वह हमेंशा मुस्कराकर यही कहते हैं बेटा अपने 25 साल के साथी को कैसे छोड़ दूं। रेलवे में होने के कारण शुक्ला जी की ड्यूटी अक्सर बदलती रहती है कभी दिन की शिफ्ट तो कभी रात की। मैंने इस बार उन्हें इस स्कूटर को बदलने के लिये strictly कहा। Okey बेटा – मैं जल्दी ही इसे बेचकर एक नया स्कूटर ले लूंगा पर आज तो कुछ करो– शुक्ला जी।

Okey आप कुछ देर रूकिये – मैंने कहा और फिर मैं लक्ष्मी आन्टी के नौकर भोला को बुला लाया। फिर कई बार हमारे और भोला के भरसक प्रयास के बाद वह बूढ़ा स्कूटर स्टार्ट हो सका।

राहुल आज तुम न होते तो शायद मैं ऑफिस ना जा पाता – थैंक्स राहुल – शुक्ला जी ने कहा। शुक्ला जी के जाने के बाद मैनें भोला से पूछने की कोशिश की कि आज वह इतनी साफ सफाई और मेहनत क्यूं कर रहा है। आज वन्दना 'दी' को देखने के लिए मेहमान आने वाले हैं – भोला ने बताया।

Okey तुम ठीक से काम करो – यह बोलकर मैं वापस घर के अन्दर आ गया। क्या हो गया था, कहां गये थे – मम्मी ने मेरे घर के अन्दर प्रवेश करते ही पूछा। शुक्ला जी का स्कूटर नहीं स्टार्ट हो पा रहा था तो उन्होंने बुलाया था –मैनें मां को बताया। तो क्या हुआ! स्कूटर स्टार्ट हो पाया? – मां ने पूछा। हां मॉम पर बहुत कोशिशों के बाद– मैंने कहा। Okey मां ने कहा। जाओ, जल्दी Fresh होकर आओ! मैं नाश्ता लगाती हूँ – मां ने कहा। मैं फ्रेश होकर आता हूँ – मैंने मां से कहा। दोपहर 12 बजे बाहर तेज धूप थी, कालोनी के ज्यादातर घरों के दरवाजे बन्द थे और इक्का दुक्का

लोग ही बाहर देखे जा सकते। कालोनी की कुछ एक महिलायें दोपहर के समय सिलाई मशीन से कपड़ों को सिलने का कार्य कर रही थीं। आज सुबह मैंने हैवी नाश्ता कर लिया था। इसलिये अब दोपहर को खाने की कोई आवश्यकता मुझे नहीं महसूस हो रही थी। मैं पहले कालोनी के पास बने पार्क में गया। दोपहर के समय पार्क में कोई नहीं था। दोपहर की तेज धूप में पार्क के किनारे लगे कुछ बड़े वृक्षों के नीचे बैठकर तेज हवा के झोंके लगने से मन और शरीर को शान्त कर देने वाली स्थिति बन रही थी। हमारी कालोनी के पास बना यह पार्क काफी पुराना है। और इसमें कुछ पुरानी इमारतों का टूट फूटा अवशेष भी है। पार्क में एक साइड तो नीम, महुआ और आम के वृक्ष हैं तो दूसरी तरफ बाउन्ड्री के किनारे लाइन में कई यूकेलिप्टिस के पेड़ लगे हैं। यह पार्क कालोनी से बाहर मुख्य सड़क को जाने वाले रास्ते के किनारे स्थित है। पार्क में कई जगह पत्थर की चौकियां बना दी गयी हैं। जिन पर अकसर लोग बैठकर बातें करते हैं पार्क के एक कोने में कुछ समय पहले ही एक सरकारी हैण्ड पम्प लगा दिया गया है। दोपहर के समय पार्क में मैं अकेला था और प्रकृति और जीवों को करीब से देख रहा था। एक आम के वृक्ष पर कुछ बन्दर लटक रहे थे और कालोनी के कुछ अँवारा कुत्ते बाउन्ड्री के बाहर से उन पर भौंक रहे थे। मैं पार्क में एक पेड़ के नीचे बनी सीमेन्ट की सपाट चौकी पर बैठ गया। मेरे मस्तिष्क में वन्दना की सहायता के लिये आये विचार को अब मैं पूर्ण रूप देने के बारे में सोच रहा था। परन्तु शीतल हवा के झोंकों ने मुझे उस चौकी पर लेट जाने को मजबूर कर दिया। मैंने सर के नीचे दोनों हाथ रखकर लेट गया था। मेरी नजर पार्क के दूसरे छोर स्थित यूकेलिप्टिस के एक ऊंचे पेड पर लगे कौवे के घोसले पर पड़ी। हवा तेज चल रही थी और यूकेलिप्टिस के लम्बे पेड़ हवा के झोकों के कारण पृथ्वी से 45 डिग्री तक झुके जा रहे थे। इतने झोंकों के बावजूद कौवे का वह घोसला सुरक्षित था। यह देख जैसे मेरे मन ने स्वीकार कर लिया हो कि सच्ची लगन, मेहनत और मजबूती से किया गया कार्य स्थाई परिणाम देता है। उस चौकी पर लेटे हुये मैनें यह सोच लिया कि आज शाम 'दीपू' इलेक्ट्रीशियन को कुछ रिश्वत देकर उससे लक्ष्मी

आन्टी के घर जाने वाली बिजली की लाइन का कनेक्शन कटवा दूंगा। मैं यह सब सोचते कब सो गया पता न चला। कुछ देर बाद हवा रूक चुकी थी और पेड़ के नीचे अधिक गर्मी महसूस हो रही थी परन्तु इन सबसे ज्यादा मेरी नींद को उस छोटी सी लाल चींटी ने मेरे हाथ में काटकर गायब कर दिया था। चींटी ने जैसे कोई पिन चुभा दिया हो। मैं उठकर बैठ गया हाथ में जहां पर उसी चींटी ने काटा था त्वचा लाल हो गयी थी। मैंने टाइम देखा 2.30 हो रहा था। मैं उठा और किनारे पर लगे सरकारी हैण्डपम्प को चलाकर चेहरे पर पानी के छींटे डाले और फिर दीपू से मिलने उसकी दुकान पर चला गया। दीपू की दुकान जो कि उसने अपने घर के एक बाहरी कमरे में बना रखी थी। मैंने वहां पहुंचकर देखा की दीपू कुर्सी पर बैठे ऊंघ रहा है। मैंने दीपू को हिलाकर जगाया।

अरे राहुल क्या हुआ ! बहुत दिन बाद दिखे? दीपू ने चेहरा पोछते हुए कहा। हां Exam में बिजी था इसीलिए – मैंने कहा। किस class के exam – दीपू ने पूछा। इस बार मैंने 12वीं के exam दिये हैं। पिछले छः महीनों से बहुत ही बर्डन था। इसी कारण अधिक व्यस्त था– मैंने दीपू को बताया।

मैं उसकी 6 फुट चौड़ी और लगभग 8 फुट गहरी दुकान जो कि बिजली के पुराने उपकरणों, लाइटों, पंखों और प्रेस और हीटर के टूटे और खराब पुर्जों से भरी पड़ी थी, को उत्सुकता से देख रहा था। तभी दीपू ने दुकान के अन्दर की ओर रखे एक लकड़ी के स्टूल को मुझे बैठने के लिए दिया। और दोस्त मेरी जिन्दगी जो बस इसी में सिमट कर रह गई। तुम बताओ कुछ, अब आगे क्या करने के बारे में सोच रहे हो? – दीपू ने पूछा। दीपू की उम्र भी 24–25 साल थी और शायद भारत के 75 प्रतिशत युवाओं की तरह उसने भी अपने पिता की विरासत को अपने करियर के रूप में चुन लिया था। मेरी नजर उसकी दुकान में काउन्टर के ऊपर लगे रॉड पर टंगी तारों की कई रंग की चरखियों पर पड़ी। मेरे मन में हास्य मनोभाव उठ रहा था कि तारों की रंग बिरंगी चरखियां कुछ समय बाद दीपू के लिए उलझन का जाल बन जायेंगी। मैं दीपू के सामने स्टूल पर बैठा था। मुझे प्यास लगी थी। मैं कुछ हिचका परन्तु फिर दीपू से पानी के लिए कहा। दीपू ने अपनी

कुर्सी से उठकर दुकान के अन्दर एक कोने में रखे छोटे से फ्रिज से पानी की बॉटल निकालकर हमें दी। Thanks दीपू – मैंने कहा।

पानी पीने के बाद मैंने कुछ बात शुरू करनी चाही दीपू के मनोभावों को जैसा कि अब तक मैं पढ़ पा रहा था। मैंने उसी को आधार बनाते हुए दीपू की प्रशंसा की, वह जितनी मेहनत और लगन से कार्य कर रहा है। उससे वह जल्दी ही एक बड़ा Electric showroom खोलने में सक्षम हो जायेगा। मेरा इतना कहना था कि दीपू ने अपनी भावना व्यक्त करनी शुरू कर दिया।

हाँ राहुल कालोनी के बाहर मुख्य सड़कर पर बनी मार्केट में एक Electric showroom खोलने का मेरा सपना है। राहुल मेरे परिवार की परिस्थितियों का अच्छा न होने के कारण मुझे हाईस्कूल में ही पढ़ाई छोड़नी पड़ गई और परिवार की जीविका के लिए पिताजी के साथ यह दुकान संभालनी पड़ी। दीपू ने बताया कि अब वह रिपेयरिंग में माहिर हो चुका है। और लोगों को अपने घरों में अच्छे ब्राण्ड के electric product लगवाने की सलाह देता है।

तुम्हारे अन्दर बहुत अच्छे गुण हैं और electric product के बारे में अधिक जानकारी भी, पर मैं चाहूंगा कि तुम ITI से इलेक्ट्रिशियन का कोर्स कर लो जिससे तुम्हें एक Trained technician का प्रमाण पत्र भी मिल जायेगा और कुछ नई टेक्निकल नॉलेज भी – मैंने दीपू से कहा।

हाँ, राहुल मैंने तो ऐसा कभी सोचा ही नहीं, तुम ठीक कहते हो। परन्तु क्यूंकि मुझे इस कोर्स के बारे में अधिक जानकारी नहीं है तो इसके लिये तुम्हें मेरी मदद अवश्य करनी होगी– दीपू ने कहा। Okey यह भी कोई कहने की बात है, मैं तुम्हारी मदद जरूर करूंगा और जल्दी ही इस कोर्स की डीटेल व फार्म तुम्हें दे दूंगा। पर दीपू मेरा कुछ जरूरी काम था आज, जो सिर्फ तुम्हीं कर सकते हो। बिना किसी हिचक के बताओ क्या काम है? मैं तुम्हारी क्या सहायता कर सकता हूं। एक तुम ही तो हो जो मेरी भलाई के बारे में सोचते हो। बताओ दोस्त मैं तुम्हारी क्या मदद कर सकता हूँ – दीपू ने दोहराते हुए कहा। नहीं–नहीं दोस्त तुम्हारी उन्नति तुम्हारी लगन

और कार्य की वजह से होगी। यह मेरा विश्वास है कि जल्दी ही तुम एक बड़े electric showroom के मालिक होगे और किसी बड़े कारोबारी की सुन्दर सी लड़की का रिश्ता तुम्हारे लिये आयेगा – मैं दीपू को हसीन सपने दिखाये जा रहा था जिससे वह मन ही मन बहुत प्रसन्न हो चुका था। यद्यपि दीपू के विकास को लेकर मैनें सिर्फ चापलूसी नहीं की थी वह सच में एक लगनशील व्यक्ति है। परन्तु इन सब बातों की अतिश्योक्ति करने की एक वजह वन्दना को मुसीबत से बचाना जरूर था । दीपू यह सब सुनकर खुश था और मेरे द्वारा प्रोत्साहित करने के कारण उसके मस्तिष्क में आने वाले विचारों का वेग बढ़ चुका था।

मैंने उसे याद दिलाया कि वह electronics के बारे में अधिक जानकारी रखता है। इसलिये उसे अब अपनी बिजनेस लाइन बदलने के बारे में नहीं सोचना चाहिए व इसमें सुधार कर और अधिक उन्नति करनी चाहिये। इस सबके लिये जो मुख्य आवश्यक घटक है वह है पैसा और जब तक तुम ITI से electrician का कोर्स करोगे उस अन्तराल में तुम रूपयों का अरेन्जमेन्ट कर मुख्य सड़क पर शॉप भी ले सकते हो–मैंने दीपू से कहा। (इस तपती दोपहर में मेरी विकास की शीतल घुट्टी मैं दीपू को पिलाकर उससे अपना काम निकलवाने के लिए उसे अपने प्रति मंत्र मुग्ध कर चुका था। इस दौरान दीपू ने अपने काउन्टर के एक खाने से बिस्कुट का पैकेट निकाला और उसने बिस्कुट को एक प्लेट में लगाकर काउन्टर पर रखकर मुझसे उन्हें खाने का आग्रह किया। मैं समझ चुका था कि दीपू अब पूर्ण रूप से मुझसे प्रभावित है। बिस्कुट खाते वक्त दीपू ने यह जानना चाहा कि मैं किस जरूरी काम के लिये उसकी मदद चाह रहा था। जब मैंने कुछ हिचकिचाते हुये कहने की कोशिश की। अरे तुम कहो तो मैं कर सकता हूँ–दीपू ने कहा। अगर तुम्हें कुछ रूपयों की आवश्यकता हो तो भी कहो। क्या Girlfriend को कहीं ले जा रहे हो– उसने मुस्कराते हुये कहा। यद्यपि वह जानता था कि मैं एक सम्पन्न फैमिली से हूं। परन्तु Girl friend को घुमाने के लिये Extra पैसों की जरूरत पड़ने के अनुमान से उसने ऐसा मुझसे पूछा।

भले ही मैं पिछले 40 मिनट से एक रणनीति के अनुसार दीपू से बात कर रहा था परन्तु उसके प्रति मेरी संवेदना दिल से जुड़ी थी। राहुल मेरे दोस्त प्लीज बताओ। मुझसे जो हो सकेगा मैं करूंगा – दीपू ने कहा। दीपू बात वन्दना को लेकर है – मैंने कहा। कौन? वह लक्ष्मी आन्टी की बेटी – दीपू ने पूछा। हां दीपू –मैंने कहा। सच कहूं तो तुम दोनों को देखकर मुझे ऐसा कभी नहीं लगा था कि कुछ ऐसा भी तुम दोनों के बीच हो सकता है – दीपू ने कहा। तुम दोनों अलग–अलग जातियों से हो तो यह कैसे Possible है! – उसने कान में चुपके से कहा और फिर झटके से अपनी कुर्सी पर वापस बैठ गया और मेरी तरफ एक उंगली के इशारे से मुस्कराते हुये पूछा ''तो क्या यह सच है कि मेरे मित्र राहुल गुप्ता को वन्दना सिंह से प्यार हो गया? नहीं–नहीं दीपू ऐसा कुछ नहीं है। तुम प्लीज गलत मत समझों – मैंने कहा, मेरे मन में इस बात को लेकर कई भंवर उठ रहे थे कि अगर मैं दीपू को सच्चाई बताता हूं तो शायद वह इतना Interest नहीं लेगा। इसलिए मैंने बात को घुमाते हुये उससे पूछा, ''दीपू इसमें हम दोनों की क्या गलती है? क्या यह उचित है कि अलग–अलग जाति के होने की वजह से हमें समाज Accept न करे? राहुल यह पहले की सोच थी अब समय बदल रहा है और लोगों के सोचने का नजरिया भी –दीपू ने सहानुभूति जताते हुये कहा।

कोशिश करने वालों की हार नहीं होती – दीपू ने जुमला सुनाया। हां दीपू पर मेरी इस कोशिश में तुम्हारी सहायता की भी आवश्यकता है–मैंने कहा।

''मैं अकेला ही चला अपने जज्बे को साथ लेकर उस रौशनी को पाने को,

कि अंधेरी रात में करोड़ों दिये साथ हो लिये रास्ता दिखाने को।''

उसने यह शेअर सुनाते हुये साथ देने के लिए सर हिलाया। पर इस मामले में मैं तुम्हारे लिये क्या कर सकता हूँ – दीपू ने पूछा। दीपू आज शाम वन्दना को देखने लड़के वाले आ रहे हैं। वन्दना की मां ने उन्हें Invite किया है। यद्यपि वन्दना ने मेरे बारे में कुछ न बताते हुये इस बात का विरोध

यह कहकर किया कि अभी वह कुछ समय शादी के बारे में नहीं सोचना चाहती। परन्तु उसकी मां पर उसके इस विरोध का कोई असर नहीं हुआ। अब वन्दना चाहती है कि कैसे भी उन आने वाले मेहमानों को यहां अच्छा न महसूस हो सके और वन्दना से उनका Interaction न हो सके और मैं कुछ ऐसा करूं जिससे उन आने वाले मेहमानों पर विपरीत असर हो और जिससे वे मेहमान इस रिश्ते के लिये स्वयं ही मना कर दें और इस सबके लिये मैं चाहता हूँ कि तुम लक्ष्मी आन्टी के घर की लाइट उस खम्भे से काट दो जो कि उनके घर के पीछे है– मैंने कहा। क्या कह रहे हो राहुल – इतना कहकर दीपू कुछ देर शान्त रहा। उसका मुंह खुला रह गया दीपू बिना उत्तर दिये कुछ देर चुप रहा। यह देख मैं कुछ घबरा गया क्यूं कि दीपू ही मेरी उम्मीद था और उसके मना करने के बाद मैं कुछ नहीं कर पाता।

ओह शायद तुम मेरी मदद नहीं कर सकते – मैंने दीपू से कहा। नहीं–नहीं राहुल, तुम्हें शायद पता नहीं कि बिजली के पोल व कनेक्शन से सम्बन्धित कार्य सिर्फ उस क्षेत्र के पावर हाउस के अधिकृत कर्मचारी ही कर सकते हैं। मुझे मालूम है! दीपू पर यहां हम लक्ष्मी आन्टी से इस बात के लिये सहमति नहीं ले रहे बल्कि उनको बिना बताये कनेक्शन हटाने की बात कर रहे हैं। हां अगले दिन तुम फिर से कनेक्शन जोड़ देना। और मैं इस कार्य के लिए तुम्हें जो पैसे चाहिये दे दूंगा। (यह कहते हुए मैंने अपनी जेब में पड़े 300/– रू0 निकाले) ठीक है राहुल पर लक्ष्मी आन्टी के यहां तो कुछ समय पहले मैनें ही इनवर्टर लगाया है और उसका Back up भी अच्छा है। हां मुझे पता था, इसीलिये कल रात वन्दना से कहकर मैंने Inverter की चार्जिंग बन्द करवा दी थी! – मैनें कहा, पर दोस्त पैसों की कोई बात नहीं है, मैं अपने दोस्त के लिये इतना भी नहीं कर सकता क्या – दीपू ने कहा।

तो मुझे लक्ष्मी आन्टी के गुस्से का सामना भी करना होगा– दीपू, क्यूं, ऐसा कुछ नहीं होगा। कनेक्शन काटने की बात सिर्फ मेरे और तुम्हारे बीच में रहेगी – मैंने कहा। अरे मैं इसलिये नहीं कह रहा, मैं तो इनवर्टर के न चार्ज होने की वजह से लक्ष्मी आन्टी के गुस्सा होने की बात कह रहा था – दीपू। ''अब वह कहेंगी मैं कोई भी कार्य ठीक से नहीं करता। अच्छा, पर दोस्त

इसके सिवा हमारे पास कोई और रास्ता भी तो नहीं है। कैसे भी कोशिश करके आज शाम 6 बजे तक तुम बिजली का कनेक्शन अवश्य काट देना। मैंने वह 300/– रू0 जो मेरे हाथ में थे उनको दीपू की जेब में रखते हुये कहा यद्यपि दीपू ने रूपये लेने से इनकार कर दिया परन्तु मैंने उसे मनाते हुये वह पैसे दीपू की जेब में डाल ही दिये।

मुझे पता था कि दीपू मेरा सहयोग अवश्य करेगा। पर पैसे देने से उसकी कार्य के प्रति प्रतिबद्धता और Intrest और बढ़ गया । मैंने इसके साथ ही उसे एक बार और याद दिलाया कि वह शाम 6 बजे तक बिजली कनेक्शन अवश्य काट दे । अब तक 5 बज गये थे और दीपू ने भरोसा दिलाया कि अगले 1 घं0 के पहले वह कनेक्शन अवश्य काट देगा। मैं जल्दी ही दुबारा मिलने की बात कहकर घर को वापस लौटा। मैंने वन्दना को काल की तो उसने बताया कि कुछ समय बाद मेहमान घर आ जायेंगे। यह कहते हुये उसने अपनी चिन्ता मुझसे एक बार फिर व्यक्त की। चिन्ता मत करो वन्दना–मैंने कहा।

मैं फोन पर लक्ष्मी आन्टी की आवाज साफ सुन सकता था जिसमें वह वन्दना से तैयारी के बारे में पूछ रही थीं। इस वजह से वन्दना ने यह कहते हुये कॉल कट कर दी कि वह बाद में बात करेगी। Okey Dear bye – मैंने कहा। मैं घर पहुंचने वाला ही था कि मोबाइल में रिंग बजी, मैंने देखा तो कॉल मम्मी की थी। Hello Mom क्या हुआ– मैंने काल रिसीव करते ही कहा। कहां हो दोपहर से – Mom ने पूछा। मैं विशाल के साथ हूं साइबर कैफे में, कुछ काम था नेट पर – मैंने कहा (विशाल जो कि शिवाजी पुरम में रहता है! मेरी कालोनी से 1 किमी0 की दूरी पर और वह मेरा Classmate भी है। वह बहुत ही पढ़ाकू और बिंदास लड़का है)

तुम्हें हमेंशा बाहर रहने का कोई बहाना चाहिये– मॉम ने कहा। वैसे मैंने कॉल तुम्हें इसलिये की है, क्यूंकि आकाश ने आज शाम छोले भटूरे बनाने को कहा है, तुम कुछ जरूरी सब्जियों मार्केट से लेते आओ, जो मैं बता रही हूं किसी पेपर पर लिख लो तुम– मां ने कहा। मम्मी की सब्जियों की भारी

लिस्ट तैयार हो चुकी थी। ''सोच रहा था घर जाकर आराम करूंगा पर मां ने एक नया काम सौंप दिया था''। अब मैं वापस रोड से कुछ दूर पर लगने वाली सब्जी मार्केट गया। अचानक मुझे याद आया कि आज सुबह जो पैसे मम्मी से लिये थे वह तो मैंने दीपू को दे दिये हैं। अब सब्जी कैसे खरीदूं – मैं सोच में पड़ गया। अब मेरे पास दो ही आप्शन थे, पहला ये कि मैं सब्जी वाले से उधार ले लूं। क्यूंकि अकसर मैं मॉम के साथ वहां आता था और कुछ सब्जी वाले जो हमसे अच्छी तरह परिचित थे उधार देने में बिलकुल ऐतराज न करते परन्तु मुझे डर था कि कहीं मां को यह पता चला तो वे सवालों की झड़ी लगा देंगी और दूसरा आप्शन जो मेरे मस्तिष्क में आ रहा था वह यह था कि मेरा दोस्त विशाल जो सब्जी मार्केट के करीब शिवाजीपुरम में रहता है, उसको कॉल कर बुला लूं। आखिरकार मैंने दूसरे आप्शन को चुना और मैंने विशाल को काल की।

हैलो राहुल कैसे हो – विशाल ने पूछा। मैंने उसे अपनी सारी दास्तान बताई और फिर उसने मुझे मार्केट में कुछ देर रूकने को कहा, जब तक कि वह मार्केट न आ जाये। अगले 10 मिनट बाद ही वह मेरे साथ था। जैसा कि मैंने उससे कुछ पैसों के लिये कहा था, उसने मुझे 500/– रूपये थमा दिये।

अरे इतने सारे पैसों की आवश्यकता नहीं है। तुम मुझे सिर्फ 200/– रू0 दे दो। वैसे भी तुम मुझे रिटर्न कर ही दोगे। 200/– की जरूरत हो या 500 अपने पास रखो अभी, – विशाल ने कहा।

''विशाल एक धनी परिवार से है। उसके पिताजी डाक्टर हैं और मां बैंक में कार्य करती हैं। हम दोनों Close friend हैं और हमेंशा एक दूसरे की मदद को तैयार रहते हैं। विशाल क्या कल दोपहर तुम मेरे घर आ सकते हो? – मैंने कहा, हां क्यूं नहीं, वैसे भी अकेले घर में बोर हो जाता हूं – विशाल ने कहा। ठीक है, कल दोपहर मैं घर पर तुम्हारा इन्तजार करूंगा Okey यह कहते हुए हमने हाथ मिलाया और फिर विशाल वापस लौट गया। जब कुछ देर बाद मैं सब्जी लेकर घर वापस लौट रहा था तो मैंने देखा

लक्ष्मी जी के घर के सामने एक चमचमाती हुयी four wheeler खड़ी थी। ऐसा लग रहा था कि वह जल्दी ही ली गई थी। अन्दर बैठा Driver music सुन रहा था। जिसकी धमक कार के बन्द शीशों के बाहर सुनी जा सकती थी। मेरा अनुमान सही था। वन्दना के घर मेहमान आ चुके थे। मैंने घर पहुंचकर मां को सब्जियों का पैकेट थमा दिया और जल्दी से ऊपर गया बाहर की ओर बनी बालकनी में जाकर लक्ष्मी आन्टी के घर में देखा, लाइट नहीं आ रही थी! कालोनी के अन्य घरों में अलग अलग लाइनों से बिजली का कनेक्शन होने के कारण यह अनुमान लगाना बहुत मुश्किल था कि लाइट पावर हाउस से ही नहीं आ रही है या फिर लाइन में प्राब्लम होने के कारण। क्योंकि शायद लक्ष्मी आन्टी के इनवर्टर में अभी थोड़ी सी चार्जिंग बाकी थी इसलिये उनके बरामदे का पंखा चल रहा था। तभी मुझे लक्ष्मी आन्टी की आवाज सुनाई दी जो भोला से घर के सभी पंखे और लाइट बन्द करने के लिए कह रही थीं। क्यूंकि पिछली रात से ही चार्जिंग से हटे इनवर्टर में अब बिल्कुल भी चार्जिंग नहीं बची थी। भोला ने घर के सभी पंखे और लाइटें बंद कर दीं थी। सिर्फ गेस्ट रूम का फैन और लाइट ऑन थी। गेस्ट रूम में लाइट्स आन होने के कारण अन्दर का नजारा साफ दिखाई पड़ रहा था। मैं अपनी बालकनी से देख पा रहा था कि गेस्ट रूम में पड़े सोफे पर एक महिला और पुरूष बैठे थे। महिला डार्क कलर की रेड साड़ी पहने थी और वह व्यक्ति सफेद कुर्ते पैजामें में था तभी उस कमरे से एक युवक जो ब्लैक कोट पैन्ट में था बाहर निकला और उसके साथ ही एक लड़की भी बाहर आयी। बाहर लान में कुछ बात करने के बाद वह युवक फिर कमरे में चला गया परन्तु वह लड़की लक्ष्मी आन्टी के घर के बाहरी साइड में बने लान में ही रूकी रही और फिर मैंने उसे फोन पर यह कहते हुए सुना कि "अभी काल मत करो मैं भईया के साथ हूँ"। उस लड़की के बालकनी के पास होने की वजह से मुझे सुनने में असमर्थता नहीं हुई। मैं समझ गया था कि कमरे में बैठे पुरूष और महिला उस लड़के के माता पिता हैं और फोन पर बात कर रही लड़की उसकी बहन जो शायद अपने प्रेमी को अभी काल करने से मना कर रही थी।

अब मैंने वन्दना को काल की परन्तु पूरी बेल जाने के बाद भी वन्दना ने फोन नहीं उठाया। मैंने एक बार और कोशिश की परन्तु इस बार भी कोई जवाब नहीं मिला। इस कारण अब मुझे कुछ चिन्ता हो रही थी। मुझे ऐसा लगा जैसे वन्दना किसी Problem में हो और फिर मैंने एक बार और काल की। कई घण्टियां जाने के बाद भी फोन नहीं उठा। मेरी चिन्ता बढ़ती जा रही थी अन्ततः फोन उठा और वन्दना गुस्से से बोली।

यार बार–बार कॉल क्यूं कर रहे हो। देख तो लिया ही होगा। रिलेटिव आ चुके हैं, तुम तो कुछ न कर सके बातें करते हो बस बड़ी–बड़ी –वन्दना ने कहा। मैं काल करते उस कमरे की ओर देख रहा था जो मेरी बालकनी से साफ दिखाई पड़ रहा था, सोफे के सामने पड़ी टेबल पर कई पकवान रखे थे। सच कहूं तो पकवान देखकर मेरे मुंह में पानी आ रहा था परन्तु मेरी पहुंच से दूर रखे उन डिलीशियस व्यंजनों को देखते हुये मैं अपने मुंह आये पानी को घूंटकर अपनी प्यास बुझा रहा था। तभी फोन पर वन्दना ने कहा कि वह बाद में बात करेगी ओर फोन डिस्कनेक्ट कर दिया। मानों मेरे साथ दो धमाके एक साथ हुये वो ये कि एक तो मैं Hypothetical स्वाद ले रहा था और दूसरा उसी दौरान वन्दना का फोन काल डिस्कनेक्ट कर देना। मैं अचानक काल्पनिक दुनिया से बाहर आया तो सामने देखा कि वन्दना की मां (लक्ष्मी आन्टी) उन मेहमानों को अपने हाथों से मिठाइयां खिला रही थीं। मोतीचूर के लड्डू, सोहन पापड़ी इमरतियां ऐसा लग रहा था जैसे लक्ष्मी आन्टी ने वह रिश्ता पक्का ही कर दिया हो।

मेहमानों के सामने टेबल ५र रखी मिठाइयों में से अगर मै choose करता तो मेरी पहली पसंद इमरतियां होतीं और कुछ ऐसा ही हुआ जब लक्ष्मी आन्टी ने मेहमानों से मिठाई खाने की request की! लड़के की मां ने जब एक इमरती उठा के खानी चाही तो इमरती हाथ से छूटकर उनकी साड़ी पर गिर गई। उस वक्त उनके चेहरे पर आने वाला भाव तो ऐसा था जैसे भूकम्प जो वर्षों में कभी–कभार ही आता है।

सहसा मुझे मेरी दादी की वो बात याद आ गई जो वह हाथ से किसी खाने की वस्तु गिर जाने पे कहा करती थीं ''ऐसा लगता है कि कोई भूखा है'' आज उनके द्वारा कही गई बात सत्य प्रतीत हो रही थी। ''सच ही तो था! मैं भी तो इमरती खाना चाहता था'' – मैंने मन में कहा। भोला – भोला जल्दी आओ लक्ष्मी आन्टी ने भोला को तेज आवाज लगाकर बुलाया। जी मम्मी जी–भोला ने लक्ष्मी आन्टी के पास आकर कहा। आपकी साड़ी पर मिठाई गिर गई है। जल्दी से साफ करो – लक्ष्मी आन्टी ने लड़के की माँ की ओर इशारा करते हुये कहा। '' भोला ने गिरी हुई इमरती को हटाकर जल्दी से सफाई की।'' Oh सिट! लड़के की मां ने अपनी नई साड़ी पर लगे इमरती के दाग को देखकर कहा जैसा कि उनके expression से लग रहा था। उन्होंने अपने हाथ में पकड़े रूमाल से अपनी साड़ी पर लगे दाग को साफ करने की कोशिश की और उसी वक्त लाइट्स का जलना बुझना भी शुरू हो गया। मेरे आनन्दमय मन में जलने बुझने को लेकर डिस्को वर्ड अधिक उपयुक्त लग रहा था। उस समय लाइट्स का डिस्को शुरू हो गया था।

मैंने देखा वह डिस्को कुछ देर चलता रहा और फिर लक्ष्मी आन्टी के द्वारा कमरे का फैन बन्द किये जाने के साथ लाइट का डिस्को कुछ और देर के लिए थम गया। फैन आफ होने से कमरे का तापमान पसीना बहाने वाला था। अप्रैल महीने की तेज गर्मी अब उस कमरे में बैठे मेहमानों की हालत खराब कर रही थी। न चाहते हुये भी लक्ष्मी आन्टी ने कुछ अपशब्दों का प्रयोग बिजली विभाग के खिलाफ कर ही दिया। ''मैंने मन ही मन दीपू का शुक्रिया किया' । भोला चाय बनाकर ले आया था पर तेज गर्मी में चाय पीने का मन किसी का नहीं था। वे तो बाहर की खुली हवा में सांस लेने को तड़प रहे थे। आखिरकार लड़के की मां के सब्र की सीमा खत्म हुई और उन्होंने कहा –

'लक्ष्मी तुम कैसे रह लेती हो इतनी गर्मी में लाइट ज्यादा जाती हो तो जेनरेटर लगवा लेना चाहिये तुम्हें'। आप ठीक कहती हो! अब इतनी लाइट

नहीं आती कि इनवर्टर प्रापर चार्ज हो सके और तभी एक बार फिर से कमरे में जल रही ट्यूबलाइट का डिस्को शुरू हो गया।

अन्ततः सभी ने कमरे से बाहर लान में निकलकर बड़ी सांस ली और फिर मैंने लड़के को अपनी मां से कान में कुछ कहते हुये देखा। और उसके कुछ देर बाद वह कार में बैठकर कहीं चला जाता है। यह देखकर जब लक्ष्मी आन्टी लड़के की मां से पूछती है तो उन्होंने बताया कि लड़का पास ही मार्केट तक गया है, कुछ देर में आ जायेगा। भोला ने लॉन में टेबल और चेयर डाल दीं। लड़के की मां, बहन और पिता जी लॉन में बैठे थे और लक्ष्मी आन्टी उनसे कुछ घरेलू बातें डिस्कस कर रही थीं। वन्दना से मिलने और बात करने की इच्छा तो सभी की थी परन्तु सभी बिजली के आने का इन्तजार कर रहे थे।

सुबह हमें जल्दी निकलना है, कुछ बिजनेस मीटिंग्स हैं –लड़के के पिताजी ने लक्ष्मी आन्टी से कहा। भाई साहब दोपहर तक जाइयेगा। खाना खाकर कल तक वन्दना के पापा भी आ जायेंगे। उन्हें आफिस के काम से बाहर जाना पड़ गया आज –लक्ष्मी आन्टी ने बताया, राहुल– मां की तेज आवाज मेरे कान में पड़ी। जी मां आया–मैंने कहा। और फिर मैं घर के अन्दर किचन में मां के पास आ गया। क्या हुआ मॉम बताइये–मैंने कहा। बाबा को चाय दे दो जाकर– मां ने कहा। ओके मॉम, मैंने देखा माँ छोले भटूरे बनाने की तैयारी कर रही थीं। उन्होंने कुछ कटोरियों में टमाटर, धनियां, अदरख, प्याज और मिर्च काटकर रखी थी।

मैं यह देख रहा था कि मॉम ने एक प्लेट में बिस्किट और नमकीन लगा दी थी और एक कप में चाय छानने के बाद उन्होंने मुझसे वह बाबा जी को दे आने के लिए कहा। बाबा को उनके कमरे में चाय देने के बाद, मैनें वापस आकर चाय पी और तब मैंने स्वयं में शान्ति और संतुष्टि का अनुभव पाया आखिर मैंने वन्दना को किया वादा पूरा जो कर दिया था। अब मैं 'अभय' के बारे में सोच रहा था। वन्दना ने मुझसे अभय के बारे में बताने का Promise किया था। रात के 9.30 बज चुके थे। आज पिता जी और आकाश भईया

रोज की अपेक्षा जल्दी घर वापस आ गये थे। भईया मां को छोले बनाने में मदद कर रहे थे और पिताजी अपने रूम में न्यूज चैनल देख रहे थे।

मैं IInd floor पर अपने कमरे में चला गया और लक्ष्मी आन्टी के घर होने वाली प्रत्येक हलचल को देखने और सुनने का प्रयास कर रहा था। लक्ष्मी आन्टी के यहा सभी लोग आज छत पर लेटने जा रहे थे। भोला ने छत पर कई बिस्तर लगा दिये थे। बाहर लान में खाने के बाद अब सभी मेहमान छत पर सोने के लिए आ चुके थे। पर सभी इस उम्मीद में थे कि कुछ समय बाद लाइट आ जायेगी। मॉम और भईया ने Delicious छोला भटूरा बनाया था और शायद इसी वजह से मैंने कुछ ज्यादा ही खा लिया था।

अगले दिन सुबह उठते ही मेरे मन में यह जानने की उत्सुकता थी कि वन्दना के यहां क्या हुआ। मैं यह जानने के लिए वन्दना को काल करता जिससे पहले ही लक्ष्मी आन्टी की आवाज कानों में पड़ गई। सारी व्यवस्था लाइट की वजह से बेकार हो गई शुक्ला जी – लक्ष्मी आन्टी शुक्ला जी से सुबह यह बात बता रही थीं। इतनी परेशानी हुई क्या बतायें। मैं अभी कम्प्लेन लिखवाने पावर हाउस जा रही हूँ। ये लाइट वाले बहुत हरामखोर हो चुके हैं।

ये सरकारी कर्मचारी बहुत लापरवाह और बदतमीज होते हैं, मैंने कई बार पावर हाउस कॉल की पर फोन नहीं उठा–लक्ष्मी आन्टी गुस्से से कह रही थीं। यह सब सुनने के बाद जब मैंने वन्दना को काल की तो NO. switch off बता रहा था और तब मैंने उसके घर के लैण्डलाइन पर काल की। आखिर फोन उठा वन्दना ने बताया कि लाइट अब तक नहीं आई है और इसीलिये वह अपना मोबाइल भी चार्ज नहीं कर सकी। उसने यह भी बताया कि सभी मेहमान सुबह जल्दी ही वापस चले गये और वे सभी असंतुष्ट और नाराज लग रहे थे। उसने यह भी बताया कि टंकी में पानी न होने की वजह से उसे और भी problem हो रही हैं – वन्दना ने कहा।

तुम भोला से कह दो कि मेरे यहां से पानी लेकर टैंक भर ले। जब तक कि लाइट नहीं आ जाती –मैंने कहा। ठीक है मैं अभी कहती हूं– वन्दना ने कहा। उसने यह बताया कि उसकी मॉम आज बहुत गुस्से में है और फिर उसने फोन रख दिया। कुछ देर बाद वन्दना ने फिर कॉल की और बताया कि लाइट आ गई है। मेरे मन में ही एक बार फिर से दीपू को धन्यवाद दिया। अगले दिन गांव से मामा जी आये थे और छुट्टियां होने के कारण व मामा, मामी के पहले भी मुझे कई बार बुलाये जाने के कारण मैं मना न कर सका। माँ ने भी मुझे इजाजत दे दी थी। मैं अगले दिन मामा जी के साथ उनके गांव चला गया।

आज 15 जून है। और इस बात को हुये हैं लगभग 1 से 2 महीना हो रहा है। यद्यपि उस समय दीपू ने लाइट काटी थी पर सच्चाई यही है कि अब बिजली की समस्या से कालोनी के सभी लोग परेशान थे। अबकी हुये चुनाव के बाद से लाइट की कटौती बहुत बढ़ा दी गई है। हम सभी इस समस्या के समाधान को ढूढने की कोशिश कर रहे थे। रात को जब हम डिनर कर रहे थे तो पिताजी और भाई ने अच्छे प्रतिशत से पास होने के कारण मेरी सराहना की और भविष्य में अच्छा करने के लिये प्रोत्साहित भी किया।

अगले दिन सुबह जब मैं घर के बाहर कालोनी के कुछ लड़कों से बात कर रहा था तब मेरी नजर भोला को पौधों पर पानी छिड़कने का Instruction दे रही लक्ष्मी आन्टी पर पड़ी। मैंने उन्हें दूर से ही नमस्ते किया। उन्होंने इशारा करे मुझे पास बुलाया। मैं उनके पास पहुंचा तो उन्होंने मेरे परीक्षा परिणाम के बारे में पूछा और फिर उन्होंने यह जानकर खुशी व्यक्त की कि मैं प्रथम श्रेणी में पास हो गया हूँ। मैंने भी कुछ बात करने के उद्देश्य से उनसे बिजली की अधिक कटौती के बारे में छेड़ दी। मेरा इस विषय पर बात छेड़ना मानों उनकी दुखती रग पर हाथ रखना था। वह इस बारे में अपना गुस्सा व्यक्त करने लगीं। तभी मैंने उन्हें इस समस्या से निपटने का एक तरीका सुझाया। आन्टी मैंने एक उपाय सोचा है– मैंने लक्ष्मी

आन्टी से कहा। क्या हो सकता इस समस्या का उपाय– आन्टी ने उत्सुकता से पूछा।

क्यों न हम कालोनी के कुछ लोग मिलकर जनरेटर लगवा लें। जिससे हमें बिजली भी मिलेगी और contribution के कारण हम सब को अधिक इन्वेस्ट भी नहीं करना पड़ेगा –मैंने उन्हें बताया। पर उसका रख रखाव और चलाने की जिम्मेदारी? संशय जताते हुए आन्टी ने पूछा। तब मैंने उन्हें दीपू के बारे में याद दिलाया कि हम सब monthly basis पर उसे पे करेंगे और हम सभी को अच्छी सुविधा मिल जायेगी –मैंने कहा।

पर क्या दीपू और कालोनी के लोग इसके लिए तैयार होंगे? – आन्टी ने पूछा। मैंने उन्हें दीपू के बारे में तो आश्वस्त कर दिया कि दीपू इस बात के लिए मना नहीं करेगा। और वह हमारी बात अवश्य मान लेगा। परन्तु कालोनी के लोगों से तो आपको ही बात करनी होगी –मैंने कहा। (ऐसा मैंने उनसे इसलिये भी कहा क्योंकि कालोनी के ज्यादातर लोग लक्ष्मी आन्टी की बात स्वीकार कर लेते हैं)। लक्ष्मी आन्टी के तेज तर्रार स्वभाव और कालोनी के लिये कराये गये कई कार्यों के कारण लोग उन पर भरोसा करते हैं। इसलिये इस विषय पर कालोनी के लोगों से बात करने के लिये मैंने लक्ष्मी आन्टी से कहा।

ठीक है, मैं आज ही लोगों से पूछती हूं। उनकी इस बारे में क्या राय है। वैसे यह एक अच्छा उपाय हो सकता है –आन्टी ने कहा। अगले कुछ दिनों में जब मैं लक्ष्मी आन्टी से मिला तो उन्होंने बताया कि कई लोगों ने इसे स्वीकार किया है और कुछ एक ने कुछ समय बाद इस विषय में बताने को कहा है– आन्टी ने बताया। मैंने भी इस बात की जानकारी दीपू को दी थी और वह इसके लिए पूर्ण रूप से तैयार था। अगले कुछ दिनों में मैंने पिता जी से भी इस समस्या पर बात की, उन्होंने भी इसके लिये खुशी जताई और जल्दी ही ऐसा करने के बारे में कहा। यद्यपि लोगों से पैसा इकट्ठा करने में कुछ मुश्किल जरूर आई पर लक्ष्मी आन्टी ने इसे एक जानने वाले वकील के सहयोग से कर दिखाया। जिससे हर एक के दिये गये पैसे और कार्य के

विवरण को लिखित जानकारी के रूप में लिखा गया। उसके बाद हम सभी लोगों ने जनरेटर कालोनी में स्थापित कर दिया। हम सभी (कन्ट्रीब्यूशन से संयुक्त रूप) डीजल और मेन्टेनेन्स के अतिरिक्त 1000/– रू0 प्रतिमाह दीपू को देते हैं। कालोनी के लोग हमारे द्वारा किये गये इस कार्य से बहुत प्रभावित हुये और अब हम सबने जल्दी ही होने वाले म्यूनिसिपल इलेक्शन में लक्ष्मी आन्टी को हिस्सा लेने के लिए तैयार कर लिया है।

गर्मी की छुट्टियों के इन आखिरी कुछ दिनों में हमने कम्प्यूटर Institute Join करने के बारे में सोचा। जैसा कि इस विषय पर पहले भी मैं एक बार विशाल से बात कर चुका था। अतः अब मैंने उसे पुनः काल की। जैसा कि दोस्त एक दूसरे से मिलने को हमेंशा बेताब रहते हैं। Hi राहुल, कहां हो यार – विशाल ने मेरी काल रिसीव करते ही पूछा। ठीक हूं तू बता क्या कर रहा है आजकल – मैंने पूछा। अरे अभी तो बिल्कुल फ्री हूं। हम लोग श्रीनगर से कल वापस आये हैं –विशाल ने कहा। Wow! बहुत मस्ती कर रहे हो .... अब बोल मिलना कब है – मैंने पूछा। यार मैं तो फ्री हूं तू बता– विशाल।

मैं भी तो फ्री हूँ। तभी तो कह रहा हूं Computer classes join कर लेते हैं। कम से कम घर में रहकर बोर तो नहीं होंगे –मैंने कहा। हां यार तू ठीक कहता है विशाल ने कहा हम Unity से ही करते हैं। जो एक अच्छा Insitute है – मैंने कहा।

कल चलें Institute के लिए – मैंने पूछा। हां, जरूर, तुम साइबर कैफे के पास ठीक 11 बजे मिलना – विशाल। Oh, मुझे धूप में तपना नहीं है। तू घर आ जाना मेरे – साथ चलेंगे–मैंने कहा। ठीक है–विशाल ने कहा। कल घर आता हूं Ok Bye विशाल ने कहा। अगले दिन सुबह 11 बजे घर की डोर बेल बजी मैं समझ गया था विशाल ही होगा।

मैंने बालकनी से बाहर देखकर कहा, मॉम विशाल आया है आप गेट खोल दीजिए प्लीज। मैं तैयार हो रहा हूँ– मैंने मां से कहा। कभी टाइम पर कुछ किया है तुमने? यह कहते हुए मम्मी बाहर गेट खोलने चली गईं।

शान्त वातावरण में विशाल और मां की आवाज मेरे रूम में साफ सुनाई दे रही थी। नमस्ते आन्टी जी–विशाल ने मां से कहा। नमस्ते अन्दर आ जाओ बेटा! राहुल अभी तैयार ही हो रहा है। कुछ देर बैठो आकर – मां ने विशाल से कहा। जैसा कि मुझे यह बातें मेरे कमरे में साफ सुनाई पड़ रहीं थी। मैंने अपने रूम से ही तेज आवाज में कहा।

'विशाल ऊपर जाओ मेरे रूम में–मैंने कहा। ओह तुम अभी कपड़े ही पहन रहे हो। जल्दी करो– विशाल ने मुझे कपड़े पहनते हुये देखकर कहा और फिर वह मेरे बेड पर धड़ाम से लेट गया। 'वह ऐसा प्रदर्शित कर रहा था जैसे मानो वह बहुत थक गया हो '। और जब मैंने अपने तैयार होने की प्रक्रिया को अंतिम रूप देते हुये Deodrant लगाया तो मुझे देखते हुए वह तुरन्त उठा और खूब सारा Deo अपनी शर्ट के अन्दर भी डाल लिया। यार आज बहुत गर्मी है बाहर–विशाल ने कहा, और बता कोई लड़की पटाई क्या – विशाल ने मजाक करते हुये पूछा। हा–हा–हा तू सुधरने वाला नहीं, तूने जरूर पटाई होगी? – मैंने हंसते हुए कहा। तभी मम्मी मेरे कमरे में आती है। क्यों क्या हो रहा है। अभी तैयार हो पाये कि नहीं – मां ने पूछा। हां मां बस 2 मिनट –मैनें कहा। तुम दोनों नाश्ता कर लेना मैंने टेबल पर लगा दिया है–मां ने कहा। अरे आन्टी इतनी तकलीफ क्यूं कर रही हो– विशाल ने कहा। मैंने अपने रूम में लगा टी0वी0 ऑन किया और बाहर टेबल पर रखे नाश्ते को अन्दर रूम में ले आया। मम्मी ने उपमा बनाया था। मैंने फ्रिज से कोल्ड ड्रिंक निकाली और दो ग्लास भर दिये। गर्म उपमा के साथ कोल्ड ड्रिंक का स्वाद Different परन्तु अच्छा लग रहा था। टी0वी0 देखते हुए जल्दी ही हम दोनों ने उपमा फिनिश किया और Institute के लिये निकले। मम्मी मैं जा रहा हूँ, शाम तक आउंगा–मैंने कहा। नमस्ते आन्टी, विशाल ने कहते हुये गेट की Sliding बन्द की। ठीक से जाना– मां ने कहा।

Wow! तुमने बाइक चेन्ज कर दी! – मैंने विशाल की लाल रंग की नई बजाज Avenger देखते हुए कहा। Very beautiful Bike - मैंने कहा। अभी कुछ समय पहले ली है – विशाल ने कहा। बहुत घुमाते हो बेटा "जिसमें Treat न देनी पड़े Hmm –मैनें कहा। Institute का Address clear न होने के कारण कुछ दूरी पर स्थित एक स्टेश्नरी शाप पर हम Address पूछने के लिए रूके।

कुछ दूर सीधा आगे जाकर Left turn हो जाइयेगा– शॉपकीपर ने address बताते हुये कहा। जब हम Unity पहुंचे तो देखा कि यह Institute एक हरे भरे प्राकृतिक परिवेश के बीच बनी एक बिल्डिंग है। यह Institute लगभग 3 वर्ग किमी0 में फैला था। मैनें गेट के पास बनी पार्किंग में बाइक खड़ी कर दी हम Institute के अन्दर चले तो गार्ड ने हमें रोककर Inquiry register में नाम लिखने को कहा। कृपया आप दोनों अपनी अपनी डीटेल और आने का कारण यहां पर लिख दें– गार्ड ने कहा।

जब हमने रजिस्टर पर लिख दिया तो उसने बडी विनम्रता के साथ कहा "अब आप अन्दर जा सकते हैं "। Institute का प्राकृतिक सौन्दर्य लाजवाब था, बिलकुल शान्त वातावरण में प्राकृतिक सौन्दर्य के बीच मेन बिल्डिंग बनी थी। मैनें देखा वृक्षों की छाया में कई Student पढ़ रहे थे और फिर हम बिल्डिंग के मेन हॉल में पहुँचे। मैनें वहां पहुंचकर Computer Section के बारे में जानकारी ली। और विशाल ने भी कई ऐसे question पूछे जो उसके मन में उस समय आ रहे थे। Computer section में बने रिशेप्शन पर हमने कोर्स की जानकारी ली। जिस समय विशाल कोर्स के बारे में जानकारी प्राप्त कर रहा था। उसी दौरान मेरी नजर कुछ दूर पर पड़े सोफे पर बैठी उस छोटे कद की लड़की पर पड़ी जिसे मैंने मन्जूनाथ के साइबर कैफे में देखा था। मेरे मन में खुशी की लहर दौड़ गई थी। मुझे इस बात का एहसास हो रहा था कि इस लड़की के ग्रुप की अन्य लड़कियों ने भी जरूर एडमिशन लिया होगा। जैसा कि वे सभी उस दिन साइबर कैफे में बात कर रही थीं – मैं अपने मन में ही विचार कर रहा था, कहीं न कही इसी वजह से मैंने यह Institute चुना भी था कि उस खूबसूरत लड़की से मिल सकूँगा। counseler मुझे course के बारे में जानकारी दे रही थी। इसलिये कुछ समय एकाग्र होकर मुझे उसकी बात सुननी पड़ी। मैं निधि हूं यहां की Counsler - Counseler ने अपने बारे में बताया।

आप किस course के लिए एडमिशन लेना चाहते है? – counsler ने पूछा। जी हम दोनों ने इस बार Intermediate उत्तीर्ण किया है, और यहां पर Computer course करने के लिए आये हैं। यद्यपि हमें कम्प्यूटर के बारे में बेसिक जानकारी है। पर हम और अधिक जानकारी व Professional work से related कोर्स करना चाहते हैं–विशाल ने counsler को बताया। Good, पर अभी तक आप दोनों ने हमें अपना नाम नहीं बताया –counslar ने कहा। Oh sorry Maam - मैं विशाल। and myself Rahul - मैंने कहा। Okey आप दोनों ये फार्म fill कर दीजिए।

रिसेप्शन पर बैठी मैम की उम्र अधिक नहीं थी। वे बहुत ही गोरी और स्लिम थीं। उन्होंने अपने होठों पर Dark Red colour की लिपिस्टिक लगाई हुई थी। जो शायद कुछ लगने की वजह से उनके ऊपरी होठ पर फैल गयी थी। फार्म fill करते समय मेरी तेज हंसी निकलने का यही कारण था। क्या हुआ! इतनी तेजी से क्यूं हंसे तुम – classes चल रही हैं पता है? कोशिश करने के बावजूद मैं हंसी नहीं रोक पा रहा था। मैंने दोनों हाथों से अपना मुंह बन्द कर लिया था और फिर कुछ शान्त होकर मैंने मैम के होठ की तरफ इशारा किया। जब मैंने लिपस्टिक कहा तो उन्हें कुछ संशय हुआ। तुम फार्म ठीक से फिल करो– यह कहते हुए वह साइड में बने रूम में चली गयी और कुछ मिनटों बाद जब मैम वापस आयीं तो लिपस्टिक ठीक कर चुकी थीं। वापस आकर उन्होंने हमारे फार्म लिये और हमें कुछ courses के बारे में जानकारी दी। जिसमें से हमने DOAFAD Diploma in officer Automation financial Accounting and designing को चुना जिसकी duration 1 year थी।

ठीक है तो आप किस बैच में आना चाहेंगे – काउन्सलर निधि ने पूछा। उन्होंने बताया कि इस कोर्स के लिए 2 बैच हैं – एक सुबह 10–12 है और दूसरा शाम को 5–7 है। मैनें विशाल से इस बारे में न पूछते हुए शाम के बैच के लिएं हां कर दी। साथ ही मैंने यह भी पूछा कि बाद में अगर कभी टाइम की वजह से बैच चेन्ज करना चाहें तो क्या ऐसा हो सकता है? हां, पर अगर बहुत जरूरी हो तो – मैंम ने कहा। मैंने ने बताया की शाम के बैच

में कुछ students कुछ दिनों से आ रहे हैं और उनकी टाइमिंग 4–6 है तो इस वजह से अभी कुछ वक्त लग सकता है। आपका बैच और उनका बैच सम्मिलित करने में।

क्लासेज मर्ज हो जाने के बाद आपकी क्लास 3 घ0 की हो जायेगी –काउन्सलर निधि मैम ने बताया। उन्होंने Books etc. की requirement बताने के बाद! कल यानी अगले दिन से आने के लिए कहा। जब मैं और विशाल आफिस से बाहर निकल रहे थे। तो मैंने देखा सामने उन्हीं लड़कियों का ग्रुप था जिन्हें मैंने साइबर कैफे में देखा था। मैनें विशाल को दिखाया। वह खूबसूरत लड़की जिसने मेरे दिल और दिमाग को hypnotise कर दिया था। मुझे कोशिशों के बाद भी उस खूबसूरत लड़की का नाम नहीं याद आ रहा था। Wow! कितनी खूबसूरत है ये लड़की – ऐसा कहते हुए विशाल ने मेरी कलाई को तेज से पकड़ रखा था। हम दोनों उसे दूर से एकटक देखते रहे। मैनें विशाल की आंखों को अपने हाथों से बन्द कर दिया और कहा – यार अपनी भाभी को तो ऐसे मत देखो–मैनें कहा।

शाम के चार बज रहे थे। हमने देखा कुछ देर बाद वे लड़कियां क्लास में चली गईं। मैं और विशाल अगले दो घण्टे तक Institute के हरित प्रांगण में टहलते रहे। हमने वहां कई अन्य students से भी बात की जो अन्य professional courses कर रहे थे। 2 घंटे अधिक वक्त कब गुजर गया पता ही नहीं चला और जब मैं और विशाल टहलते टहलते पार्किंग परिसर में पहुंचे तो देखा। उन लड़कियों के ग्रुप की दो लड़कियां हमारी ओर ही चली आ रही थीं। हमारी दिल की धड़कनें तेज हो गई थीं। एक तो वह खूबसूरत परी और उसके साथ वह ज्यादा बोलने वाली छोटे कद वाली लड़की थी। पार्किंग में खड़ी हमारी बाइक के पास जब वह खूबसूरत लड़की आई तो एक पल के लिए मैं जैसे सबकुछ भूलकर उसके खयालों में खो गया। परन्तु वह हमारी बाइक के पास खड़ी उसकी स्कूटी को स्टार्ट करती है और फिर छोटे कद वाली लड़की को बुलाती है। Uma इस बैग को पकड़ो– वह कहती है।

मुझे इस बात का सन्तोष हुआ कि Atleast मैं उस छोटे कद वाली लड़की का नाम अब जान गया था। वे दोनों स्कूटी से जा चुकी थीं और फिर मैंने होश में आते हुये विशाल से बाइक की चाभी ली और उन लड़कियों को trace करने लगा विशाल पीछे बैठा था। वह लड़की स्कूटी नहीं जैसे Aeroplane चला रही थी। मैनें भी काफी देर तक पीछा किया। पर शायद उन लड़कियों को कुछ संशय हो गया था। अतः वे एक घर के पास रूक गईं। मैनें और अधिक पीछा न करते हुये घर वापस चलने का फैसला किया। देर शाम हो चुकी थी और आज की हमारी extream मस्ती ने दिल को उमंग से भर दिया था।

मैं घर वापस आ गया और विशाल से अगले दिन 4 बजे घर पर आ जाने के लिए कह दिया। दरअसल मेरा उद्देश्य विशाल के साथ कालेज जाने का था। Bye –मैनें कहा। Bye राहुल –विशाल ने कहा और वह अपने घर को चला गया।

मेरे दिमाग में अगले दिन को लेकर कई विचार आ रहे थे। मैं अपने रूम में आया ही था कि मम्मी ने अपने इस प्यारे दुलारे बेटे से Institute के बारे में जानकारी लेना शुरू कर दिया। उनकी पूछताछ मेरे उस आखिरी उत्तर पर खत्म हुई जब मैंने उन्हें बताया कि मैंने एडमिशन ले लिया है। थकान की वजह से मैं पानी पीकर बिस्तर पर लेट गया और फिर रात को उठा जब पापा व भईया शॉप से वापस आये। मम्मी ने मुझे आवाज दी मैंने देखा कि Dining table पर भैया और पापा मेरा इन्तजार कर रहे थे। मैं चेहरा धुलकर जल्दी ही टेबल पर पहुंच गया। मैंने टेबल पर रखे मग से ग्लास में पानी लेकर पिया और फिर कहा– मॉम भूख लगी है। प्लीज जल्दी खाना लाइये। इस दौरान पापा ने पूछा–क्या तुमने Computer Institute में एडमिशन ले लिया?

हां पापा मैंने और विशाल ने दोनों ने लिया है। बहुत अच्छा Institute है– मैंने कहा। तुम्हारी मां बता रही थी कि तुमने Graduation के लिये फार्म भर दिया है। –पिता जी, हां पापा मैंने कुछ अच्छी Univ. से B.Sc. के

फार्म भर दिये हैं। Cut off Shortlist निकलने पर एडमिशन ले लूंगा– मैंने कहा। Oh पर तुम्हें CPMT का Exam देना चाहिये। मैं तुम्हें डॉ0 (डाक्टर) देखना चाहता हूं– पापा ने कहा। डॉ0 एक अच्छा प्रोफेशन है। पर पिता जी मुझे नहीं लगता मैं CPMT की परीक्षा में अच्छे प्राप्तांक ला पाउंगा– मैंने स्पष्ट शब्दों में कहा। पर आप कहते हैं तो मैं कोशिश अवश्य करूंगा। Next Year मैं CPMT की परीक्षा परीक्षा पूरी तैयारी के साथ दूंगा – मैंने कहा।

तुम्हें तुम्हारे करियर की चिन्ता करनी चाहिये –पापा कहते हुये तब शान्त हो गये। जब उन्होंने खाने का एक बड़ा निवाला अपने मुंह में रखा। कुछ समय के लिए वातावरण शान्त हो गया था। एक निवाला खत्म होते ही उनका एक और प्रश्न हाजिर था। तुमने खाना क्यूं नहीं खाया आज दिन में? समय पर खाना खा लिया करो। वो भूख नहीं थी इसीलिये – मैंने कहा "और सर में कुछ दर्द भी था" क्या टाइम है Computer classes की – पापा ने पूछा।

शाम को 4 बजे से' और दोपहर में Practice के लिये भी जा सकते हैं –मैंने कहा। पापा मुझे Computer और बाइक चाहिये– माहौल को अच्छा देख आज पापा से मैंने यह जरूरी मांग रख ही दी। या यूं कहें कि अपनी दो बड़ी जरूरतों को पापा के सामने परोस दिया" एक पल के लिये लगा कि पापा मेरी बात से गुस्सा न हो जायें पर ऐसा नहीं हुआ। पापा ने दोनों मांगों को अपने तर्क देकर टाल दिया। उन्होंने बताया कि वो जल्दी ही कम्प्यूटर ले देंगे और Institute अधिक दूर न होने से तुम टैक्सी से जा सकते हो व अपने खर्चे मां से ले सकते हो – यह कहते हुये आखिर उन्होंने मेरी मांग टाल दी।

शायद पापा ठीक ही कह रहे हों पर मेरी आंकाक्षाओं की पूर्ति उससे नहीं हो सकती थी। बाइक से लड़कियों पर पड़ने वाला Impression अलग ही होता है। पर मैं इससे वंचित था। बात को और आगे न बढ़ाने और पापा द्वारा दिये गये आश्वासन को थोड़ा और वक्त देने के लिए मैंने स्वयं को समझाया। पापा और भईया के खाना खाने के बाद मैंने किचन में जाकर 2

कप कॉफी बनाई। आज बाबा जी की तबियत कुछ ठीक न होने के कारण उन्होंने खाना नहीं खाया था। अतः मैंने एक कप कॉफी उनके लिये बनाई।

अगले दिन सुबह से ही अधिक Excitement थी। दिन में कई बार विशाल से बात हुई। मैंने विशाल से घर जल्दी आने को कहा। मैं उस लड़की को ज्यादा से ज्यादा देखना चाहता था। क्योंकि अभी उसकी क्लास 4 बजे से थी और हमारा बैच 5 बजे से। परन्तु मैंने विशाल को 3 बजे ही बुला लिया। जैसा कि मैंने विशाल से कहा था। वह 3 बजे मेरे घर आ चुका था। मेरा कमरा तो मानों विशाल के लिए रंगमंच का Make up room हो जाता था। मेरे Deodrent को 70% वह उपयोग करता और मैं सिर्फ 30% ही Institute जाते वक्त मैं विशाल से इसी बात पर Discussion करता रहा था कि आखिर उस खूबसूरत लड़की को Impress कैसे करूं। और सबसे पहले तो उसका नाम जानना है यार – मैंने विशाल से कहा। क्यूं कि तुम एक बार पहले उससे मिल चुके हो, इसलिये तुम्हारे लिये उससे बात शुरू करना आसान होगा। इसके बावजूद भी मैं तुम्हारे लिये परिस्थितियां अनुकूल बनाने का हर प्रयास करूंगा। तुम बिल्कुल निश्चिन्त रहो मित्र–विशाल ने कहा और वैसे भी तुम्हारे Impression से वो बच नहीं सकती –विशाल के शब्दों में अतिश्योक्ति का भाव था।

मित्र मेरी टांग इतनी मत खींचो कि मैं उसके सामने एक विकलांग बनकर रह जाउं– मैंने विशाल को सीरियस होकर इस बात के लिये सोचने को कहा। मैं नहीं समझ पा रहा था कि प्यार में शिक्षा कितना महत्व रखती है। पर मेरे सामने विशाल द्वारा प्रस्तुत सुझावों का विश्लेषण करने के सिवा और कोई रास्ता नहीं था। लगभग 3.30 पर हम Institute की पार्किंग में बाइक पार्क कर रहे थे। जिस दौरान विशाल बाइक को स्टैण्ड पर लगा रहा था। मैंने अपनी नजरें दौड़ाते ही उस स्कूटी को ढूंढने की कोशिश की परन्तु वह वहां नहीं थी। मेरा अन्दाजा था कि शायद वह अभी नहीं आयी होगी। क्यूं कि उसकी क्लास 4 से है और अभी 3 बजकर 30 मिनट ही हुआ है। पार्किंग में बाइक खड़ी करने के बाद हम Institute के अन्दर नहीं गये और

Institute के बाहर पेड़ की छाया में लगे भेलपुरी के ठेले के पास जाकर उससे भेलपुरी का रेट पूँछा।

मैं और विशाल उस समय दोनों ही मजाक के मूड में थे। मैंने उस भेलपुरी वाले से दो जगह भेलपुरी बनाने को कहा। तेज धूप में पेड़ के नीचे की छाया वास्तव में सुकून देने वाली थी। मैं और विशाल उस भेलपुरी वाले के ठेले पर लगे कई आइटम्स को गौर से देख रहे थे। Institute के छात्रों की वजह से वह वहां अच्छी आमदनी कर लेता था। भेलपुरी खाते हुए लड़कियों को घूरना Students का अपना तरीका था। मैंने उस ठेले वाले का नाम पूछा ''राजू'' फिर मैंने एक और प्रश्न उससे पूछा, यहां कब से लगाते हो? तीन साल हो गये यहां लगाते हुए –राजू ने उत्तर दिया। तीखा रहेगा – राजू ने पूछा।

हाँ पर थोड़ा और नींबू ज्यादा डाल देना और प्याज भी मैंने जोर देते हुये कहा। अरे भईया बहुत ही अच्छी भेलपुरी खिलायेंगे आपको – राजू ने एक प्लास्टिक के मग में धनिया, मिर्च, प्याज और टमाटर काटते हुये कहा। मैं देख रहा था! उसने कागज के दो कोन बनाये और उसमें वह भेलपुरी मिक्सचर भर दिया। जैसा कि मैं उसे Instruction दे रहा था। उसने बहुत ही चटपटी भेलपुरी बनाई थी। विशाल ने अपने कोन में और भी चटनी डलवाई। हम कुछ देर बातें करते उसी पेड़ के नीचे भेलपुरी खाते रहे। कुछ देर में महसूस हुआ कि भेलपुरी कितनी कड़वी है। हम अपनी जीभ दांतों के बीच दबा रहे थे।

यार अभी तो झेल रहे हैं, कल सुबह क्या होगा ! – विशाल ने कहा। उसकी यह बात सुनकर मैं और राजू भी तेज–तेज हंसने लगे। हमने देखा उसी वक्त वह दोनों लड़की स्कूटी से पार्किंग एरिया में गईं। उसके बाद वे दोनों Institute में चली गईं। अधिक तीखी होने के कारण हमने आखिर में बची थोड़ी भेलपुरी फेंक दी। कितने पैसे हुए –मैंने राजू से पूछा। 10 रू0 भईया – राजू। Okey ये लो 10 रू0 पर अब से इतनी भी तीखी मत बनाना

– मैंने राजू को हाथ में पैसे थमाते हुये कहा। ठीक है भईया –राजू ने कहा।

मैं और विशाल अपने मुंह SSS-S-SSS-S की आवाजें निकाल रहे थे। उफ बहुत कडुआ था यार– विशाल ने कहा। परिसर में होते हुए हम Institute की मुख्य बिल्डिंग में गये। क्यूंकि यह हमारा पहला दिन था, इसलिये मैंने Receptionist से क्लास के बारे में पूछा। रिसेप्शनिस्ट ने इशारा करते हुये बताया कि आप कुछ देर वेटिंग रूम में इन्तजार करिये क्यूंकि अभी 4 to 6 का बैच चल रहा है और आपका बैच 5 to 7 है। Okey - मैनें रिसेप्शनिश्ट से कहा। और फिर हम वेटिंग एरिया में पड़े सोफे पर बैठकर 5 बजने का इन्तजार करने लगे। कुछ अन्य लड़के और लड़कियां भी वहां बैठे थे जिन्होंने शायद इस नये बैच में एडमिशन लिया था। जब मैं और विशाल बैठे बात कर रहे थे तभी वहां पर बैठे एक अन्य लड़के ने मुझसे पूछा '– आपने DOAFAD में एडमिशन लिया है क्या? – उस सांवले लड़के ने पूछा। हां हमारी आज पहली क्लास है – विशाल ने कहा। उस सांवले लड़के ने बताया कि उसने भी इसी कोर्स में एडमिशन लिया है। आपका नाम क्या है– मैंने उस लड़के से पूछा। लियाकत अली – उसने कहा।

हमारे घर के कुछ लोग दुबई में है, उनका कहना है Computer knowledge होने पर वहां अच्छी जॉब मिल जायेगी। अच्छा तो तुम दुबई जाना चाहते हो– मैंने लियाकत से कहा। हां पर अभी कम्प्यूटर की कोई जानकारी नहीं है मुझे – उसने बताया। मैंने देखा सामने सोफे पर बैठी दो अन्य लड़कियां हमारी बातें ध्यान से सुन रही थीं। कुछ देर बाद रिसेप्शनिस्ट ने हमें आवाज दी और हम सभी को क्लास में जाने को कहा। जैसा कि Institute की बड़ी इमारत में कई बड़े क्लास रूम थे। और उन क्लास रूम में लगे विन्डो से बाहर के परिसर की हरियाली साफ दिखाई पड़ती थी। बाहर चलने वाली तेज गर्म हवा अन्दर आने तक कुछ शीतल हो जाती थी। कई बड़े–बड़े कमरो में लड़के लड़कियों की खासी भीड़ देखी जा सकती थी। जो बस Institute से विभिन्न प्रोफेशनल कोर्स कर रहे थे। उनमें से कईयों की क्लासेज तो फुल टाइम थीं।

हम पूरे पांच लोग थे। जो अब क्लास रूम में दाखिल होने जा रहे थे। मैं, विशाल, लियाकत, और दो अन्य लड़कियां। मैंने देखा क्लास में पहले से कुछ Students थे जिनमें नेहा और उसकी friend भी थी। आप सभी अपनी सीट्स पर बैठ जाइये– सर ने कहा। क्लास में बच्चों की संख्या अधिक होने से क्लास भर गयी थी। आज आप लोगों का पहला दिन है– सर ने अन्य बच्चों को बताते हुए कहा। कुछ और बच्चे जो पिछले 15 दिनों से आ रहे हैं। जिनसे मैं यह पूछना चाहता हूँ कि क्या मैं यह कोर्स पुनः शुरूआत से पढ़ाऊँ जिससे की आपका रिवीजन भी हो जायेगा और अब से आये हुए बच्चे आपके साथ हो सकेंगे – यह कहते हुए सर ने पहले से आ रहे Students से सहमति मांगी।

तो आज क्लास के बाद आपस में Discuss करके हमें अवश्य बता दें –सर ने कहा। अधिकतर Students ने Okey Sir कहा और फिर सर ने हमारा Introduction करवाया। तो आज आप सभी को अपना Introduction देना होगा। आपने क्या किया, कहां रहते हैं, और जो भी अपने बारे में बताना चाहें – सर ने कहा। इससे पहले कि आप सभी अपना Introduction दें मैं आपको अपने बारे में बता दूं।

मैं पिन्टू डे बंगाल से Belong करता हूं। एम0सी0ए0 करने के बाद मैंने एक प्रतिष्ठित MNC में कुछ समय जॉब भी की और अब यहां आपको पढ़ा रहा हूँ और साथ ही साथ सिविल की तैयारी भी कर रहा हूं – सर ने बताया। उसके बाद कई Students ने अपने–अपने बारे में बताया। और फिर Pintu Sir के Next कहने के साथ वह छोटे कद की लड़की खड़ी होकर अपना Intdouction देने लगी। उसके खड़े होने पर कुछ लड़कों की दबी हंसी फूट–फूटकर जैसे बाहर निकल रही थी। सर ने डाटते हुये इशारे से चुप रहने को कहा और फिर उस लड़की ने अपने बारे में बताना पुनः शुरू किया।

My name is Uma Tripathi, This year I have done 12th from LPS with 75% marks. My Hobbies are listning music, reading books and chating with friends. Sir के द्वारा Next कहे जाने के साथ ही मेरी धड़कनों की स्पीड बढ़ गयी थी। उस वक्त कुछ ऐसा हुआ जो अद्भुत था। जिसे सिर्फ मैं ही देख पाया था। क्लास रूम के विन्डो के बाहर आसमान की ओर मुझे दो प्लेट के आकार के जहाज से उड़ते हुए दिखे। ऐसा लग रहा था जैसे कुछ क्षण के लिये सारा समय रूक गया हो। मेरे मस्तिष्क में ऊंम्भ की तेज ध्वनि सी गूंजने लगी और अंतरिक्ष यात्रियों की आवाज की तरह जैसे किसी ने मुझसे कहा कि तुम्हारा जीवन यहां पृथ्वी पर नहीं बल्कि सुदूर तारों के पार Venus पर है। तुम्हें मेरी पुत्री से विवाह करना है। मुझे अक्सर पड़ने वाले दौरों की तरह यह भी था। बस आने वाली आवाजें पहले से ज्यादा स्पष्ट थीं। इन आवाजों को सुनने के साथ ही मैं बेंच पर बेहोश हो चुका था। यद्यपि क्लास के छात्रों का Introduction चलता रहा और अन्ततः मैं होश में आया जब विशाल ने मुझे झिटक कर जगाया, मेरा दिमाग एक खाली पात्र की तरह हो चुका था। मैं अन्य छात्रों के लिए उपहास और हंसी का पात्र बन गया था। लड़खड़ाते स्वर में मैंने अपना नाम बताया पर मेरे मुंह से जो निकला वह और भी आश्चर्याचकित करने वाला था। जैसा कि विशाल ने मुझे बाद में बताया मैंने जो अपने Introduction में कहा वह कुछ इस प्रकार था 'मैं राजकुमार हूं वीनस ग्रह का, अपने ग्रह का राजकुमार रक्षक हूं, प्रेम और शान्ति के मार्ग का, मैं 1000 वर्ष आगे हूँ, इस Technology से। ऐसा लग रहा था कि मुझमें कोई और बोल रहा हो। छात्रों का हंसना तब रूका जब विशाल ने मेरी बीमारी के बारे में सर को बताया। मैं अपने आप पर बहुत शर्मिन्दा था। क्लास का माहौल शान्त होने के साथ ही पुनः Introduction शुरू हो गया और अब आखिरी Student था लियाकत अली, मैं आजमगढ़ का रहने वाला हूँ। मैंने Graduation किया है और मैं अपना करियर बेहतर बनाने के लिए Computer की शिक्षा के लिए लखनऊ आया हूं।" लियाकत के द्वारा दिये गये उसके Introduction को सुनकर हम सभी फिर से हंस पड़े। परन्तु मेरी नजर तो नेहा पर ही थी। उसका दूध जैसा गोरा बदन, उसके नर्म गुलाबी होंठ मैं उसे हंसता देख मानों फिर से बेहोश होने वाला था। तभी विशाल ने

मेरे पैर पर अपना पैर रखकर तेजी से रगड़ दिया। मैं सचेत होकर शान्त हो गया और फिर एक अन्य छात्र जो शायद अपना Introduction देने से बचना चाहता था। वह कैप लगाये पीछे की सीट पर बैठा था। सर के द्वारा खड़ा किये जाने पर उसने अपनी कैप उतारी और अपने बैग पर रख दी।

सॉरी सर – उस लड़के ने कहा। अरे मैं तुम्हारे बारे में सुनना चाहता हूं। सॉरी क्यूं बोल रहे हो, अपना Introduction दो OK Ok Sir– लड़खड़ाते स्वर में कहा। सर मेरा नाम ज्ञानेन्द्र सिंह है। मैं सुल्तानपुर का रहने वाला हूँ और Sir फरीदीपुर के पांच गांव का कोटा हमारे यहां ही है, उसने बताया। मैं तुम्हारे बारे में पूछ रहा हूँ। घर के बारे में नहीं –सर ने कहा। चलो बैठ जाओ– सर ने पुनः कहा।

लगभग 17 Students हमारे बैच मे थे। आज की हमारी क्लास Introduction और कुछ बेसिक पर चर्चा के साथ खत्म हो गई थी। Institute के परिसर में ही हम सभी ने एकत्रित होकर यह फैसला किया कि दोनों बैच को मिलाकर एक कर दिया जाये। वैसे तो मैं और विशाल ही मित्र थे परन्तु अब लियाकत जो कि एक सीधा और साधारण Student था, हमारा फ्रेंड बन चुका था। शाम 7.30 बजे हमारे बैच के सभी Students जा चुके थे। Institute के परिसर में बनी कंक्रीट की ट्रिपल चेयर पर हम तीनों बैठे थे। मैं और विशाल लियाकत से उसके परिवार के बारे में पूछ रहे थे। लियाकत ने बताया कि उसकी 5 बहनें हैं और 2 भाई हैं। घर की स्थिति सामान्य है। घर की जीविका में उसके पिताजी से अधिक उसके मामू का योगदान है। उसने बताया कि उसे लखनऊ आकर कम्प्यूटर सीखने के लिए उसके मामू ने ही प्रेरित किया जो दुबई में एक कम्पनी में कार्य करते हैं। लियाकत ने बताया कि उसके पिताजी गांव की राजनीति में लगे रहते हैं। वह इतना कह ही पाया था कि हमने उससे कहा कि तब तो उसे राजनीति में आगे बढ़ने के लिए सोचना चाहिए। आजकल तो कई चुनाव होते हैं जैसे ग्राम प्रधान, बी0डी0सी0 आदि जिनके चुनाव में तुम्हें भाग लेना चाहिए – मैंने कहा।

मैं समझता हूँ तुम ठीक कह रहे हो राहुल पर मुझमें उन गुणों का अभाव है जो आज कि राजनीतिज्ञ की पहली जरूरत है। मैं ना ही किसी को धोखा दे सकता हूँ और न ही किसी से झूठ सकता हूँ –लियाकत ने कहा। सिस्टम को बदलने के लिये तुम्हारे जैसे लोगों की ही आवश्यकता है। जिनके पास ईमानदारी और अच्छी सोच के साथ–साथ अच्छा पॉलिटिकल बैक ग्राउण्ड भी है। तुम चाहो तो बहुत कुछ कर सकते हो–हमने लियाकत से कहा। तुमने ठीक कहा पर आज की राजनीति धर्म, जाति, आरक्षण के मुद्दे पर होती है। विकास, शिक्षा और सुधार के नाम पर राजनीति में सफलता नहीं प्राप्त की जा सकती है –लियाकत ने कहा।

अगर हम जाति, धर्म, आरक्षण की बात न करें तो वोट ही नहीं प्राप्त कर सकते। यह जानते हुए भी कि आरक्षण से सामाजिक व्यवस्था और खराब होगी व विभिन्न प्रलोभन जो मुख्यतः एक ही प्रकार के वर्ग विशेष को ही दिया जाता हो। वह सिफ राजनीतिक फायदा ही दे सकता है। परन्तु समाज की शान्ति और व्यवस्था इससे और भी खराब हो जाती है। क्या यह सब जानते हुये भी मुझे इस तरह की राजनीति में उतरना चाहिये – लियाकत ने पूछते हुये कहा।

मित्र, बदलाव लाना है तो सबसे पहले स्वयं को बदलना पड़ता है। यही वक्त है कुछ करने का दुनिया बदलने का नजरिया बदलने का पारिवारिक जीवन जीना और कर्तव्यों का निर्वाह तो सभी करते हैं और जीवन की गाड़ी लड़खड़ाती आगे बढ़ती ही जाती है। परन्तु परिवर्तन और विकास की उम्मीद तभी की जा सकती है। जब हम सरलता को छोड़ कठिन कार्यों को करेंगे। वह कार्य जिन्हें हम चुनौती समझते हैं। लक्ष्य उत्तम है तो फिर उसे पाने के लिये तुम्हें किसी भी रास्ते का चुनाव करना पड़े उससे तुम पीछे बिल्कुल मत हटो। तुम वो ही करो जो सही है, परन्तु तुम वो कहो जिससे तुम्हारी जीत सुनिश्चित हो।" कहते हैं – किसी अच्छाई के लिये बोला गया झूठ भी सच के बराबर होता है। मेरे इस डिश्कसन से लियाकत काफी प्रभावित था और उसने यह भी कहा कि अगले आने वाले ग्राम चुनाव में वह पूरी शक्ति के साथ भाग लेगा व अच्छे कार्यों की नींव रखेगा।

लियाकत तुम यहां कहां रहते हो? – विशाल ने लियाकत से पूछा, यहां से 1 किमी0 पर एफ ब्लाक में रहता हूँ। मैंने रूम रेन्ट पर लिया है, जहां मैं और मेरा एक साथी जो कि प्राइवेट कारपोरेट कम्पनी में कार्य करता है, रहते हैं – लियाकत ने बताया।

तभी विशाल ने उठकर पार्किंग की तरफ जाते हुये कहा मैं बाइक से गेट पर आता हूँ। तुम दोनों बाहर मिलो – विशाल ने कहा। क्या तुम पैदल आते हो –मैंने पूछा। हां 1 किमी0 की दूरी ही तो है और वैसे भी रूम पर कोई अन्य कार्य तो रहता नहीं है। रूम तक पहुंचने में 30 मिनट लग जाता है। कभी–कभी टैक्सी से आ जाता हूँ –लियाकत ने बताया। Okey हम तुम्हें रूम तक ड्राप कर देंगे – मैंने कहा। अब तक विशाल बाइक लेकर Institute के बाहर आ चुका था। यद्यपि तीन लोगों का बाइक पर बैठना अवैध है परन्तु इसका भी अपना आनन्द हैं। क्यूं कि टाइम अधिक हो गया था। इसलिए लियाकत को उसके रूम तक छोड़ना जरूरी भी था। मेन रोड से न जाकर, कुछ गलियों से होते हुए हमने लियाकत को उसके रूम पर Drop कर दिया। – Bye, कल मिलते हैं, – मैंने लियाकत से कहा। Bye ठीक है– लियाकत ने कहा।

रात 8 बजे मैं घर पर आ गया था। सबकुछ सामान्य था। अगर कुछ सामान्य नहीं था तो वो मेरे दिल की धड़कनें जो सामान्य गति से अधिक तीव्रता से धड़क रही थीं और इसका कारण भी वह खूबसूरत लड़की 'नेहा' जो अब तक की मेरी वीरान पड़ी जिन्दगी में हरियाली आने जैसे है। जैसा कि रूटीन के According था। अगले दिन मैं 3 बजे Institute पहुंच गया था। लियाकत हमारे पहुंचने से कुछ समय आ चुका था। पढ़ाई के लिए Institute का वातावरण बहुत ही उपयुक्त था। कुछ देर में हम तीनों मैं, विशाल और लियाकत अपने क्लास में आ गये। हमने देखा अन्य क्लासेज में कुछ टीचर बड़े ही अनुशासन के साथ बच्चों को पढ़ा रहे थे। अब तक हमारी क्लास में हम तीनों ही थे और कोई Student नही आया था। दरअसल हम 1 घं0 पहले आ गये थे। हम तीनों ही कुछ मस्ती के मूड में थे। विशाल ने तो हाथ में चॉक लेकर पिन्टू सर की नकल करना शुरू कर

दिया। मैं और लियाकत विशाल की Acting को देखकर हंस रहे थे। वह सर की चेयर पर बैठकर पास ही टेबल पर रखे कम्प्यूटर के की बोर्ड पर अपनी अंगुलियां तेज तेज पटक रहा था। मानों वह कम्प्यूटर का महान ज्ञाता हो और हम एक Institute में न होकर जैसे किसी इन्जीनियरिंग कॉलेज से कम्प्यूटर इन्जीनियरिंग कर रहे हों। कुछ देर में मैंने उसे ऐसा करने से मना किया लेकिन वह अपने चंचल मन को रोकने में असमर्थ था। उसने उन गतिविधियों को तो रोक दिया परन्तु तभी उसने मेरे सामने एक गेम का प्रस्ताव रख दिया।

कैसा गेम और यहां क्लास में,''बिल्कुल नहीं'' –मैंने कहा। अभी क्लास शुरू होने में 40 मिनट शेष हैं। अन्य Students भी आ रहे होंगे। मैं नहीं खेल सकता और अगर किसी टीचर ने देख लिया तो अच्छी खिंचाई होगी हम सब की –मैनें विशाल से मना करते हुए कहा । ओह कितना अच्छा लग रहा है। मस्ती करने का इतना अच्छा मौका बार–बार कहां मिलता है। Pleas zzzzzz-------------विशाल ने आग्रह करते हुये कहा। आखिर मुझे विशाल की बात माननी पड़ी। परन्तु इस गेम के साथ ही उसने एक Dare task भी जोड़ दिया। ''इस गेम में जो जीतेगा वह अन्य दोनों को कभी भी कोई Dare Task दे सकेगा अगले 2 दिनों की Validity के साथ –विशाल ने हंसते हुए यह नियम भी बता दिया।'' यह सब तो ठीक है। पर तुम कौन सी मुसीबत लाये हो, कौन सा गेम है जो हम क्लास में खेल सकते हैं – मैंने पूछा।

मैंने लियाकत की तरफ देखा। उसे गेम से ज्यादा Dare task की टेन्शन थी। ठीक हैं! अब बताओ किस खेल की बात कर रहे हो। क्रिकेट और फुटबाल तो यहां खेला नहीं जा सकता और न ही हमारे पास इतना वक्त है कि Chess या लूडो खेलें – मैंने कहा। मेरे दोस्त यहां कोई टीम नहीं है। यह गेम तो व्यक्तिगत प्रतिस्पर्धा का है – विशाल ने कहा। तो बताओ, कहां सर पटकना है हमें – मैंने गुस्से में कहा। अरे बहुत ही Intresting है! मैं बताता हूँ – विशाल ने टेबल पर रखी चाक से ब्लैक बोर्ड पर एक बड़ा सा गोला बनाते हुए कहा। बहुत गजब की आर्ट है तुम्हारी, लगता है आज तुम

मेरा मजाक बनाने जा रहे हेा। अब यह तो बता दो यह सूरज है कि चांद – मैंने उसके द्वारा ब्लैक बोर्ड पर बनाये गये गोले को देखकर कहा। यह एक circle है और हमें इसके अन्दर चॉक मारनी है। क्लास की पिछली दीवार के पास खड़े होकर। जिसकी फेंकी हुई चॉक गोले से बाहर होगी वह गेम से बाहर हो जायेगा और जितनी बार चाक गोले के अन्दर लगेगी। उतने प्वाइन्ट्स उसे मिलेंगे। जिसके पास अधिक प्वाइन्ट्स होंगे वह जीतेगा। प्रत्येक राउन्ड के बाद बोर्ड पर बने Circle का साइज छोटा कर दिया जायेगा –विशाल ने बताया।

अगर तुम दोनों को समझ आ गया हो तो शुरू करें? – विशाल ने पूछते हुए कहा। ठीक है, पर टाइम का कुछ पता है सिर्फ 20 मिनट बचे हैं – मैनें कहा। हां 20 मिनट इस गेम के लिए पर्याप्त हैं – विशाल ने कहा। Ok, हम शुरू करते हैं – विशाल ने कहा।क्यूंकि एक बड़ा गोला विशाल ने बोर्ड पर बना दिया था और हम तीनों चॉक के कई टुकड़े हाथ में लेकर क्लास की पिछली दीवार के पास जा खड़े हुए। बारी–बारी से सबसे पहले लियाकत ने चाक फेंकी। चाक गोले के अन्दर जा लगी। उसके बाद अब मेरी बारी थी। मैंने हिम्मत की और चाक गोले के अन्दर और फिर विशाल ने भी निशाना लगाया और उसके द्वारा फेंकी गई चाक भी गोले के अन्दर जा लगी। आखिरकार हम तीनों ही प्रथम राउन्ड में सफल रहे। जैसा कि विशाल ने नियमों में बताया था। अब कठिनाई बढ़ने वाली थी और साथ ही साथ हारने का डर भी था। चाक गोले से बाहर होना मतलब Dare task को भुगतना पक्का। विशाल ने डस्टर से बोर्ड को साफ कर वहां पुनः एक गोला बना दिया। जो पहले बने गोले से आधा था।

तो अभी और कितना कठिन होने वाला है। तुम्हारा यह खेल– मैंने हंसते हुए कहा। तुम्हें पता होना चाहिए तुम किसके साथ खेल रहे हो– विशाल ने गर्वित होकर कहा। तुम दोनों को शायद न पता हो पर मुझे इतना जरूर मालूम है कि मैं हारने वाला हूँ। तुम मुझे अभी बता दो कि मेरे लिये Dare task क्या है? – लियाकत ने हंसते हुए कहा। आशावादी बनो मेरे दोस्त, कभी भी कुछ भी हो सकता है। यह जीवन भी एक खेल ही तो है। परन्तु

क्यूं कि हमने इसको चुना है, इसलिए हमें जीतने की चुनौती को स्वीकार करते हुए कर्म करते रहना है। उसी तरह यह खेल जिसमें तुमने भाग लिया है। पूरे पुरूषार्थ से खेलो फिर क्यों न तुम्हारी हार हो या फिर जीत – इतना उपदेश सुनाने के बाद विशाल स्वयं अपना पेट पकड़कर तेज स्वर में हंसने लगा।

हमारे पास अधिक वक्त नहीं है, जल्दी करो –मैंने कहा। हम सभी पुनः क्लास की पिछली दीवार के पास थे और निशाना लगाने को तैयार, अब सबसे पहले मैंने चाक को फेंका और खुशी से उछल पड़ा। क्यूंकि चाक गोले के अन्दर लगी थी और फिर लियाकत ने अपनी पूरी कोशिश के साथ चाक को फेंका। चाक कुछ सेन्टीमीटर गोले की परिधि से बाहर जा लगी। और इसी के साथ लियाकत Dare task के पहले उपभोक्ता के रूप में बाहर हुये– मैं यह मजाकिया कमेन्ट्री करते हुये हंस रहा था और अब विशाल की बारी, मैं चाहता था कि इस बार विशाल भी हार जाये और जिसमें मैं लियाकत और विशाल को बहुत ही कठिन Dare task दे सकूं।

1–2–3 और............., उफ अभी 1 राउन्ड और विशाल की चाक गोले के अन्दर जा लगी। विशाल ने फिर से ब्लैक बोर्ड साफ किया और पिछले गोले से भी छोटा गोला बना दिया। और साथ ही एक नियम और जोड़ दिया कि इस बार विशाल ने चाक के 10 छोटे टुकड़े गीले किये और उनमें से पांच मुझे दे दिये। चाक को गीला इसलिए कर दिया ताकि ब्लैक बोर्ड पर अच्छा निशान बन जाये और फिर विशाल ने क्लास की पिछली दीवार के पास जाकर बारी–बारी से पांचों चाक फेंकी। परन्तु उसके द्वारा फेंकी गई 5 चाक में से गोले के अन्दर सिर्फ 3 ही लगीं। और फिर मेरी बारी थी। मेरी धड़कन बढ़ गई थी। क्योंकि मैं विशाल को जीतने नहीं देना चाहता था। मैंने 2 बार चाक फेंकी और निशाना बिल्कुल ठीक था। चाक दोनों बार गोले के अन्दर जा लगी। मैं बहुत ही खुश था।

विशाल के बराबर आने के लिए गोले में एक बार और चाक फेंकनी थी और जीतने के लिए गोले के अन्दर चाक का 2 बार लगना जरूरी था। इस

बार मैं पूरी ताकत और सधे हुए तरीके से गोले के अन्दर चाक फेंकने वाला था। लियाकत पास की बेन्च पर बैठा हुआ कमेन्ट्री कर रहा था।

राहुल चाक फेंकने के लिए तैयार उनकी निगाहें सिर्फ उस गोले पर टिकी हुई हैं और बहुत ही तेजी के साथ चाक फेंकते हुए– लियाकत इतना कहते ही अचानक चुप हो गया। कि आ ....आ..... आह की तेज की आवाज क्लास में गूंज उठी। चाक मेरे हाथ से छूट गई थी और क्लास के दरवाजे से अन्दर आती उमा के गाल पर जा लगी थी। नेहा भी उसके साथ ही थी। नेहा ने चीखते हुए पूछा "क्या हुआ उमा" मेरे गाल पर किसी ने बहुत तेज से कुछ मारा है। आह मुझे बहुत तेज दर्द हो रहा है – उमा ने कराहते हुए कहा, उमा ने अपने हाथ से अपना चेहरा पकड़ रखा था। वह पास की बेंच पर बैठकर रोने लगी। हम तीनों बहुत डर गये थे और फिर तुरन्त हमने तीनों ने उमा और नेहा से इस बात के लिए माफी मांगी। मैंने लियाकत से पानी लाने को कहा। हमें माफ कर दीजिए हम आपको देख नहीं पाये, गलती से चाक हाथ से छूटकर आपको लग गई – मैंने कहा।

तभी लियाकत पानी लेकर आ गया और उसने डरते हुए कहा कि वह विशाल के कहने पर यह खेल खेल रहा था। मैंने लियाकत का पैर दबाया और उससे इशारे में चुप रहने को कहा। तुम क्लास में खेलने आये हो? किसी स्टेडियम में होना चाहिए था तुम्हें – नेहा ने हमारी ओर देखते हुए कहा। 'मन ही मन मैं खुद को कोस रहा था। न खेलता तो अच्छा होता। सोच रहा था आज अच्छा Impression जमाउंगा। Impression की छोड़ो इज्जत की धज्जियां न उड़ जायें, पहले ही दिन।

I am very sorry Neha, ये सब मेरी ही गलती से हुआ, मुझे विशाल को मना कर देना चाहिये था। Please Sir से Complain मत करना– मैनें नेहा से कहा, इसे तेज दर्द हो रहा, हमें क्या करना चाहिये – नेहा ने पूछते हुए कहा। राहुल ये लो पानी– विशाल ने पानी से भरा गिलास मुझे पकड़ाते हुए कहा। आप पानी पी लो– मैंने उमा से कहा। उमा की आंखो से आंसू

निकल रहे थे। उसके गाल पर Redness और Swelling भी आ गयी थी। पानी पीने के बाद उमा कुछ शान्त हुयी।

I am sorry, Please हमें माफ कर दीजिये। ये सब हमारी गलती से हुआ –विशाल ने कहा। उमा तो कुछ न बोली पर नेहा ने प्रत्युत्तर देते हुए कहा – वो तो ठीक है, पर उमा के होठ पर जो Swelling है वो कैसे जायेगी, क्या बतायेगी ये घर पर। नेहा यह बता ही रही थी तभी क्लास में अन्य Students भी आ गये थे। बात को न बढ़ाने के लिए नेहा भी कुछ शान्त हो गयी और फिर पिन्टू सर के क्लास में प्रवेश करते ही सारे Students खड़े हो गये। उमा जो कि प्रथम बेंच पर बैठती थी, नहीं खड़ी हुयी। कुछ अन्य Students व Pintu Sir जिन्हें कुछ देर पहले घटित घटना के बारे में कोई जानकारी नहीं थी, वे उमा को बेंच पर रखे बैग पर अपना सर रखे बैठे देखकर अचम्भे में थे। कुछ Students ने तो हंसते हुए कहा कि ये लड़की सो गई है, परन्तु जब सर ने पूछा –

क्या हुआ उमा, तबियत ठीक नहीं है क्या तुम्हारी? उमा कुछ कहती उसके पहले ही सर के प्रश्न का उत्तर देते हुए नेहा ने कहा। हां सर वो इसे सर में बहुत पेन है इसलिए। तो तुम्हें आफिस में बताना चाहिए था। तुम इसे पेन किलर लाकर दो आफिस से–पिन्टू सर ने नेहा से कहा। उमा अगर तबियत ज्यादा ठीक न हो तो तुम बाहर वेटिंग रूम में बैठ जाओ और बाद में नेहा के साथ चली जाना– सर ने कहा। Okey Sir, मैं बाहर बैठती हूं। दर्द तेज है उमा ने अपना बैग उठाया और क्लास से बाहर वेटिंग रूम को चली गयी। इस दौरान वह अपने गाल को हाथ से ढ़के हुए थे। उसके बाद नेहा उमा को पेन किलर देकर क्लास में वापस आ गयी। मैंने विशाल और लियाकत पर नजर डाली तो देखा विशाल और लियाकत दोनों पसीने से भीग चुके थे। जबकि क्लास का तापमान सामान्य था और पंखे भी चल रहे थे। मैं, विशाल और लियाकत की घबराहट व बेचैनी का अन्दाजा लगा पा रहा था।

तभी सर ने कुछ कहना शुरू किया तो हम सभी Student शान्त होकर उन्हें सुनने लगे। "यह बहुत अच्छा हुआ कि आप सभी लोग एक बैच में सम्मिलित हो गये हैं। मैं यह सोच रहा हूँ कि अभी कुछ दिनों तक मैं आपको बेसिक ही पढ़ाउंगा। पहले आये हुए (पहले बैच के) Students अपने कार्य को Revise कर सकेंगे। आज हम एक बहुत ही छोटा परन्तु महत्वपूर्ण कार्य समझेंगे। हम मॉनीटर पर Screen saver कैसे लगायें व अपने अनुसार उसे कैसे बदलें ये जानेंगे – सर ने यह सब बताते हुए पढ़ाना शुरू किया।

मैं पढ़ाई के वक्त पूरी एकाग्रता से बात समझता था और फिर जब तक कि अन्य Students उसे बार बार समझने की कोशिश करते थे। मैं विशाल और लियाकत को समझाता था। आज जब हमारी क्लास खत्म हो गयी तो सर ने बाहर आकर उमा के दर्द के बारे में पूछा। उमा अब कैसा है तुम्हारे सर का दर्द – सर ने उमा से पूछा। अब ठीक है सर –उमा ने कहा। आप लोग तेज धूप में आते हैं इसलिये कोशिश करें अपने साथ छाता अवश्य लायें और पानी अधिक मात्रा में पियें। इन सुझावों के साथ सर वहां से जा चुके थे और फिर एक बार मैं, विशाल और लियाकत हम तीनों ने उमा और नेहा से अपनी गलती के लिए माफी मांगी और कम्पलेन न करने के लिए उन्हें Thanks कहा।

ठीक है, कोई बात नहीं नेहा ने कहा। मैं उमा के चेहरे के भाव पढ़ सकता था। वह अब भी हमसे नाराज थी। उमा ने अब तक हमसे कुछ भी नहीं कहा था। और उसका यही चुप रहना उसकी गम्भीर नाराजगी को दिखा रहा था। अब तक अधिकांश Student जा चुके थे और उमा और नेहा भी Institute से बाहर जा चुकी थीं। आज मैं मुझे स्वयं पर बहुत पछतावा हो रहा था। यार हम नेहा की वजह से बचे वरना उमा को देखकर ऐसा नहीं लग रहा था कि वह हमें माफ कर सकती है–लियाकत ने कहा। सर को मालूम हो जाता तो पूरी क्लास के सामने शर्मिन्दा होना पड़ता हमें –मैंने कहा। सॉरी यार, पर हमारे खेल का क्या हुआ कौन जीता? –विशाल ने मजाकिया भाव में पूछते हुए कहा।

तो तुम अभी तक गेम को नहीं भूले हो–मैंने विशाल से कहा। कैसे भूल सकता हूं। आखिर गेम में मैं ही तो जीता हूं– विशाल ने कहा। और क्या तुम दोनों को अपना Dare Task नहीं लेना है –विशाल ने कहा। पर यह तो गलत है। मैं तो जीतने वाला था –मैंने कहा। पर तुम जीते तो नहीं, अब अगर तुम चाहों तो मैं तुम्हें ऐसे ही माफ कर दूंगा। यदि तुम Dare task से डरते हो–विशाल तो इस प्रकार से इन बातों को कह रहा था जैसे महाभारत में श्रीकृष्ण का छलावा और धर्म। पर अगर तुम अपना स्वाभिमान बनाये रखना चाहते हो, खेल भावनाओं को महत्व देते हो और धर्म की बात करते हो तो तुम्हें Dare task स्वीकार करने के लिए तैयार हो जाना चाहिए –विशाल ने उपदेश देते हुए कहा। हमें तो बिल्कुल नहीं accept करना तुम्हारा Dare task मरते मरते बचे हैं। तो अब तुम फिर से कुयें में कूदने को कह रहे हो –मैंने कहा।

मुझे बताओ तुम्हारा Dare task क्या है। अब क्यूं कि हम हार चुके हैं तो Dare task भी अवश्य करेंगे। अपने दोस्त को इतना कमजोर मत समझो–लियाकत ने कहा। ये हमें फिर किसी मुसीबत में फंसायेगा। लियाकत ये तुम्हारे स्वाभिमान को बनाये रखने का नहीं, बल्कि तुम्हारे करियर को चौपट करने का रास्ता दिखा रहा है –मैंने लियाकत से कहा। राहुल अब कुछ भी हो पर हम दोनों को अपना वादा पूरा करना चाहिये। आखिर हमारे पास ये बातें ही तो हैं। जो हमारे लिये सबसे महत्व रखती है। अगर हम अपना Promise पूरा नहीं करेंगे तो हमारे एक दूसरे के प्रति विश्वास, व आपसी रिश्तों में घनिष्टता कम हो जायेगी–लियाकत ने कहा।

हां–हां ठीक है! बस यही कुछ तो है जो इतने सालों से झेल रहा हूँ इसे। अभी चलते हैं, बहुत टाइम हो गया है– मैंने अपना बैग टेबल से उठाते हुए कहा, Oh 7.30 बज गये–लियाकत ने चौंकते हुये कहा। जब हम पार्किंग में पहुंचे तो हल्का अंधेरा हो चुका था, Lampoon जल रही थीं। पार्किंग में गाड़ियों व साइकिलों की संख्या बहुत कम थी। अधिकांश Students जा चुके थे। विशाल, मैं और लियाकत तीनों ही विशाल की बाइक से वापस आये। पहले लियाकत के घर उसे Drop किया और फिर कुछ देर बाद मैं अपने

घर के बाहर था। विशाल मुझे मेरे घर पर Drop करके जा चुका था। मैंने देखा मेरे घर का गेट अन्दर से बन्द था। हर रोज की तरह मैंने Door Bell दो तीन बार बजाई। परन्तु लाइट न आने की वजह से कोई Response नहीं मिला। मैं इस बात से चिन्तित हो गया कि कहीं जनरेटर में कुछ Problem तो नहीं आ गई। मेरे दिमाग में कई प्रश्न घूमने लगे कि आखिर क्या हो गया। कुछ सोचने के बाद मैंने अपने हाथों से गेट पर थपके लगाये। थपके लगाते ही अन्दर से मम्मी की आवाज आयी। ''कौन है'' आ रही हूं। कुछ देर में मम्मी ने गेट खोला तो मैंने अन्दर आते हुए ही उनसे यह पूछा कि लाइट कितनी देर से नहीं आ रही है मॉम। पिछले 2 घण्टे से नहीं आ रही है, पता नहीं क्या हो गया आज!– मॉम ने कहा , इससे पहले कि मैं दीपू को फोन करता किसी ने बताया कि दीपू किसी काम से बाहर गया है और देर रात वापस आयेगा। जिस स्थान पर जेनरेटर लगा है। उसकी चाभी दीपू के पास ही है– मैं स्थिति को समझ गया था। परन्तु गर्मी से बुरा हाल था, बाबा जी छत पर पड़ी चारपाई पर लेटे थे और शायद मम्मी द्वारा चाय लाने का इन्तजार कर रहे थे।

बहू क्या राहुल आया है – बाबा ने छत से आवाज लगाते हुये पूछा हां बाबू जी अभी आया है –मम्मी ने कहा। राहुल को छत पर भेज देना कुछ बात करनी है – बाबा जी ने छत से आवाज लगाते हुऐ कहा, इस दौरान मैंने जल्दी से कपड़े बदले और हाथ पैर धुलकर सीधे किचन में पहुंच गया। उफ' क्या बना रही हो मम्मी मुझे इन मसालों की वजह से खांसी आ रही है। कई बार बताया आपको कि आप ऐसा कुछ करने से पहले चिमनी जरूर ऑन कर लिया करो– मैंने कहा 'अरे वो तो तब चलती जब लाइट होती मैं पहले ही ऑन कर देती पर लाइट ही नहीं आ रही। इतना सब करना पड़ता है कोई हाथ बंटाने वाला तो है नहीं। तुम्हें कुछ पता भी है कितना टाइम लगता है भरवां करेले बनाने में। मुंह चला देते हो बस–मम्मी ने गुस्से से अपनी परेशानियां गिनाते हुए कहा।

Oh Mom करेले, पता नहीं आप सबको करेले कैसे पसंद आते हैं। मैं तो कभी नहीं खा सकता। करेले का टेस्ट तो जैसे कई दवा की टेबलेट्स

को एक साथ चबाकर खाया जाये। पर मॉम आपकी तो बात ही अलग है। इतनी कड़वी चीज को डिफरेन्ट टेस्ट देने के लिए इसमें डाले जाने मसाले का चुनाव भी तो Expert का काम है– मैंने मां की प्रशंसा करते हुए कहा। पता है ज्यादा तारीफ मत करो। तुम मत खाना पर और सभी को तो पसंद है– मां ने कहा। वैसे अब तुम बड़े हो गये हो कुछ समय में तुम्हें भी इसका टेस्ट पसंद आने लगेगा – मॉम ने कहा। मम्मी मुझे भूख लगी है। कुछ खाने को दीजिये–मैंने कहा। हां, मैं खाना लगाती हूं। जब तक तुम अपने बाबा जी से मिल आओ। तुम्हें पूछ रहे थे अभी। लाइट न आने की वजह से छत पर चले गये थे कुछ देर पहले। आज तो बहुत गर्म है – (मम्मी ने अपने पल्लू से माथे का पसीना पोछते हुये कहा)।

मैं छत पर गया तो देखा बाबा जी फोल्डिंग (चारपाई) पर लेटे हुये थे। जब मैं उनके पास पहुंचा तो वे उठकर बैठ गये। "अरे राहुल बेटे क्या तुमने खाना खा लिया। इतनी देर से आये हो। दोपहर को कुछ खाकर भी नहीं गये थे तुम। बहू ने बताया था मुझे। बेटे पढ़ाई के साथ–साथ अपनी सेहत का भी ख्याल रखो। अगर शाम को देर से आते हो तो दोपहर को लंच करके जाना चाहिये तुम्हें –बाबा ने हमें समझाते हुए कहा।

उफ आप बिल्कुल भी चिन्ता मत किया करें। भूख ही नहीं लगी थी। अभी मॉम से बोल दिया है वह खाना लगा रही हैं। हम अभी आपके लिए चाय लाते हैं, फिर आकर बैठते हैं आपके पास– मैंने बाबा जी से कहा फिर मैं दौड़ते हुए नीचे आया तो देखा मॉम ने थाली परोस दी थी और साथ ही उन्होंने बाबा के लिये चाय भी बना दी थी। अक्सर मैं अपनी माँ की इन्हीं खूबियों से आश्चर्यचकित रह जाता था। Wow! मॉम आपका तो जवाब नहीं, सबकुछ इतनी जल्दी कैसे कर लेती हो आप?– मैंने मॉम से पूछा। अब तुम Buttering बन्द करो और ये लो बाबू जी के लिये चाय तैयार कर दी है–मां ने कहा। ओके मॉम, मैं भी ऊपर ही खाउंगा। मैं एक दो बार में सब ऊपर ले जाता हूँ– मैंने कहा। जैसा तुम चाहो, खाने से पहले कसरत करने का शौक चढ़ा है तो जैसा चाहे करो–मम्मी ने कहा। मॉम – मैं बाबा जी के

पास बैठकर खाउंगा तो उनसे बात भी कर पाउंगा। और यहां तो वैसे भी इतनी गर्मी है कि मैं कुछ नहीं खा पाउंगा–मैंने मां को समझाते हुए कहा।

ठीक है, तुम ऊपर जाओ, पर धीरे से, जीने की घुमावदार सीढ़ियो पर तेज मत दौड़ना–मम्मी ने कहा। ठीक है, मैं ध्यान रखूंगा मम्मी। आप मुझे चाय की केतली दे दीजिए। ओह, ये भी, एक तो खाना लगाओ। फिर तुम्हें हर काम में मदद करो। अब बड़े हो गये हो तुम, पहले थाली ले जाओ और फिर आकर चाय की केतली समझे –मम्मी ने कहा। मैं खुद ही ले जाता हूं। आप तो बस करेले बनाओ। इतना कहकर मैं छत पर चला गया और खाने की थाली बाबा जी की चारपाई के पास रखी मेज पर रखकर वापस चाय की केतली लेने नीचे आया। जीने से नीचे उतरते वक्त मुझे बहुत ही संभलकर उतरना पड़ा क्यूंकि लाइट न आने की वजह से बहुत अंधेरा था। जबकि इमरजेन्सी लाइट को मम्मी ने करेले बनाते समय किचन में रखा था और दूसरी छत पर थी। क्यूं कि अभी करेले बनाने में मॉम को कुछ और वक्त लगने वाला था। मैंने धीरे से केतली उठाई और वापस छत पर चला गया। मैंने बाबा जी को चाय दी और फिर स्वयं बैठकर भोजन करने लगा।

बाबा जी अब तो लाइट की समस्या बहुत ही कम हो गई है परन्तु हमें इनवर्टर तो लगवा ही लेना चाहिये। लाइट जाने के दौरान घर में इस तरह का अंधेरा तो नहीं रहेगा। और बाबा जी पिछली बार जब मैंने बाइक के लिये कहा था तो पापा ने यह कहकर टाल दिया कि अभी 12th है Graduation में होगे तब लेंगे ! पर आज भी मुझे Institute Taxi से जाना पड़ रहा है – मैंने गुस्सा जताते हुए कहा।

फिर बाबा जी ने मुझसे पढ़ाई के बारे में पूछा और उसके बाद उन्होंने कहा कि वे पापा से इस बारे में बात करेंगे। वैसे यह भी ठीक रहेगा कि इस सप्ताह इनवर्टर और अगले सप्ताह तुम्हारी बाइक क्यूं – बाबा जी ने हंसते हुये कहा। बेटा तुम बस मन लगाकर पढ़ाई करो और हम सबका नाम रौशन करो। हम्म बाबा जी जरूर पर बाइक तो पापा जी को दिलानी ही चाहिये हमें। और फिर मेज पर रखी थाल और केतली को उठाकर मैं नीचे उतरने

लगा। मैं जीने की सीढ़ियो पर धीरे –धीरे उतर ही रहा था कि लाइट आ गई, एक पल में जैसे सारा शान्त वातावरण कोलाहलपूर्ण हो गया था। फैन और टेलीविजन के चलने से अब ऐसा लग रहा था जैसे किसी मृत व्यक्ति की श्वांस और नाड़ियों में रक्त का प्रवाह फिर से शुरू हो गया हो। लाइट आने के कुछ वक्त बाद ही बाबू जी भी नीचे अपने रूम में आ गये।

मुझे अगले दिन की तैयारी भी करनी थी। आज क्लास में सर द्वारा पढ़ाया गया कम्प्यूटर का बेसिक पाठ मैंने बुक में बने ब्लाग्स (रेखाचित्रों) के द्वारा समझने की कोशिश की। कुछ समय बाद पिता जी और भईया भी घर आ गये। क्यूंकि आज मैंने खाना देर शाम खाया था इसलिये मैंने अब रात के खाने के लिए मॉम को मना कर दिया। कुछ समय बाद जब पिता जी व भईया खाना खा रहे थे तो मां ने मुझसे फ्रिज से पानी की बोतल निकालने के लिए कहा, मैंने देखा मॉम किचन में रोटियां बना रही थीं और पिता जी व भईया डाइनिंग टेबल पर भोजन कर रहे थे। मैंने फ्रिज से पानी की बोतल निकालकर डाइनिंग टेबल पर रखे ग्लास में उन्हें पानी दिया। पानी देने के बाद मैं वहीं पास की चेयर पर बैठ गया तो मॉम ने फिर से पूँछा–क्या खाना लगा दूं तुम्हें?

अरे, नहीं मॉम पेट तो फुल है– मैंने कहा और फिर मैं वापस अपने रूम में चला आया। अब अक्सर मैं अपना खाली समय में पड़ोसियों और आसपास के लोगों से बात करने में व्यतीत कर देता और शाम को Institute चला जाता था। कई बार जब हम घर से कुछ जल्दी निकल जाते तो लियाकत के रूम पर जाकर उसे भी साथ ले लेते और फिर Institute जाते थे। अगले 15 दिनों में हमारी क्लासेज बहुत अच्छी तरह चल रही थीं। मैं विशाल और लियाकत एक ग्रुप की तरह रहते थे। Class का वातावरण भी अब पूरी तरह बदल चुका था। कई Students अपने ग्रुप बना चुके थे तो कुछ बहुत ही क्लोज फ्रैन्ड बन चुके थे। पहले दिन के विवाद से ही मैं और नेहा एक दूसरे को अच्छी तरह पहचान चुके थे परन्तु उस दिन के बाद से आज तक हमने एक दूसरे से किसी भी विषय पर बात नहीं की थी। हां जब कभी पिन्टू सर क्लास में कुछ पूछते या कोई Group discussionकराते तो हम

आपस में बात और कुछ हंसी मजाक जरूर कर लेते थे। यद्यपि कई बार मैंने नेहा से बात करने की कोशिश की परन्तु फिर किसी बात से उसके नाराज हो जाने के डर को लेकर मैं उससे बात नहीं कर पाता इसके बावजूद Studies से Related discussion पर हम कभी कभार बात कर लेते थे।

''कभी–कभी जिन्दगी भी अजीब स्थितियां उत्पन्न कर देती हैं हमारे सामने। दिल में किसी के प्रति प्यार और चाह होती है। तो अनेकों सपने सजाकर रखते हैं हम और सारी उम्मीदों के बावजूद एक हकीकत का एहसास भी होता है कि शायद जो सोचा है वो कभी होगा भी या नहीं।'' क्यूंकि लियाकत ने सुबह ही फोन करके बता दिया था कि उसे किसी जरूरी काम से 3 दिन के लिये गांव जाना पड़ रहा है। इसलिये आज हमें लियाकत को लेने उसके कमरे पर नहीं जाना था। इसलिये विशाल के मेरे घर आने के बाद हम दोनों सीधे इंस्टीट्यूट चले गये और शायद इसी कारण आज हम इंस्टीट्यूट अन्य दिनों की अपेक्षा जल्दी पहुंच गये थे। Institute के बड़े Infrastructure में अपने क्लास से कुछ दूर पर बने वेटिंग एरिया में पहुंचे तो सामने पड़े सोफे पर नेहा को बैठे देखा। नेहा अपने मोबाइल को बार–बार स्विच ऑन और स्विच ऑफ कर रही थी तो कभी वह मोबाइल की बैट्री निकालकर पुन लगाती। ऐसा लग रहा था जैसे मोबाइल में उत्पन्न किसी Problem को ठीक करने में वह विफल रही हो। मैं और विशाल यह सब देख ही रहे थे कि अचानक नेहा ने अपना सर उठाकर देखा तो कुछ पल के लिये हम असहज हो गये और फिर खुद को संभालते हुए हमने Smile कर उससे "Hi" कहा। आज तो आप हमसे भी जल्दी आ गईं, क्या हुआ? और आपकी वह friend कहां है! उमा – मैंने नेहा से पूछते हुए कहा। अरे सुबह उसने फोन पर बताया था कि वह मॉम के साथ अपनी मौसी के घर उन्हें देखने गई है पर उसने बोला था कि वह Institute समय से आ जायेगी। अब जब मैं उसे काल कर रही हूं तो न ही रिंग जा रही है और न ही कोई Answer मिल रहा है– नेहा ने कहा (उसका चेहरा उतर सा गया था और वह स्वयं में उदास लग रही थी।) ''पहले से कुछ भी सोचो

कुछ नहीं होता" –नेहा ने गुस्से में कहा। सोचा था आज उन Points पर discuss करेंगे जो अभी तक हमें समझ नहीं आये हैं। पर सब चौपट है, – नेहा मानो अपने मन में बुदबुदा रही हो। मैं उसके नर्म गुलाबी होंठो को एक दूसरे से मिलते बिछड़ते देखते जा रहा था। मेरे मन में उमड़ने वाली भावनाएं शब्दों के चुनाव में जैसे किसी कामुक किताब के पन्नों में लिखे शब्दों को ढूढ रही थीं। जो मेरे सामने उपस्थित खूबसूरत लड़की की प्रशंसा के लिये उपयुक्त हो। काले रेशमी बाल जिनको नेहा ने ऊपर की ओर क्लैचर से बांध रखा था। उसका गोरा चमकता चेहरा ओर उसकी लम्बी, चिकनी गर्दन पर काला तिल मेरे मन में अनूठी प्यास को जगा रहे थे। वह भावनायें जिनकी कल्पना तक मेरे मन ने नहीं की थी। आज ऐसी ही भावनाओं की धारा मेरी नस–नस में दौड़ रही थी और फिर बहुत हिम्मत करने के बाद मैं कुछ बोल पाने में सफल हुआ। "अगर आप बुरा न मानें तो ..... Discussion तो हम भी आपस में आपके साथ कर सकते हैं और पिछले कुछ दिनों में पढ़ाये गये Chapters को रिवाइज भी कर सकते हैं–मैंने कहा। हां राहुल ठीक कह रहा है, आप हमारे साथ discuss कर सकती हो–विशाल ने कहा। Hmm तुम ठीक कहते हो, पर कल पढ़ाया गया chapter तो मुझे बिल्कुल भी समझ नहीं आया–नेहा ने कहा। और आज उसी की practical class है। मैं क्या करूंगी? उमा होती तो हम एक दूसरे की मदद से कर लेते पर आज तो वो भी नहीं है। आज की मेरी क्लास तो बर्बाद – नेहा ने कहा। अरे आप परेशान क्यूं होती हो! आप राहुल के साथ practice कर लेना–विशाल ने यह बात कहकर सच में एक सच्चा दोस्त होने का फर्ज अदा किया। इस बात से मैं अन्दर ही अन्दर बहुत खुश था।

हां विशाल ने ठीक ही कहा, आज हम practice class में आपके पास वाले computer पर बैठेंगे जिससे हम आपकी मदद भी कर पायेंगे – मैंने कहा। पर उस system पर तो उमा वर्क करती है और उसकी कई files उस system में सेव हैं– नेहा ने बताया। तुम ठीक कह रही हो पर आज वो नहीं आयी है। इसलिये हम उस system पर वर्क कर सकते हैं। हम कल बताये गये chapter पर वर्क करेंगे। क्यूं कि आपको तो वो बिलकुल ही

समझ नहीं आया है ना? –मैंने नेहा से पूछते हुए कहा। हाँ, ये ठीक रहेगा पर..... क्या सर allow करेंगे तुम्हें वहां मेरे पास के system पर वर्क करने के लिए?–नेहा ने कहा। ओह उसके लिए तुम फिक्र मत करो–मैंने नेहा से कहा। ओके थैंक्स– नेहा ने कहा। मेरे दिल को नेहा द्वारा कहे गये यह शब्द सुनकर जैसे असीम शान्ति मिल गयी थी। पर यह कैसी शान्ती थी। इसने तो मेरे दिल की धड़कनों को और तेज कर दिया था। मुझे प्यास लग रही थी। excuse me मैं पानी पीकर आता हूँ– मैनें नेहा से कहा और जब मैं पानी पीने के लिए वेटिंग रूम से बाहर आया तो विशाल भी मेरे साथ था। बाहर निकलते ही मैं उछलकर विशाल के गले लग गया। अरे ये क्या कर रहे हो! control yourself – विशाल ने मुझसे कहा। तुम आज फिर कोई गलती मत कर बैठना। इतनी हड़बड़ी ठीक नहीं और तुम दूसरे system पर कैसे वर्क कर सकते हो। सर ने देखा तो आज फिर इज्जत की धज्जियां उड़ जायेंगी हमारी। भले ही पिछली बार गलती मेरी थी पर अब तुम तो उसे मत दोहराओ–विशाल ने समझाते हुए कहा।

इस बार मैं कोई गलती नहीं करने जा रहा यह तो मेरी कोशिश है। नेहा के करीब आने में तुम्हें मेरा साथ नहीं देना है तो कोई बात नहीं – मैंने विशाल से कहा। अरे पर तू भी हर बात में अपनी दोस्ती को बीच में मत लाया कर–विशाल, मैंने विशाल से कहा कि अब तक जिस computer पर मैं वर्क करता था वह उसके किसी वायर को काट दें जिससे वह system on नहीं होगा और मैं नेहा के पास वाले Uma के system पर वर्क करूंगा। यार यह तो बहुत रिस्की है। किसी ने देख लिया या सर को पता चल गया तो क्या होगा हमारा पता है–विशाल ने दबी आवाज में कहा। कितना डरते हो कुछ नहीं होता। जल्दी करो बस–मैंने कहा। Studcnts क्लास में आने लगे थे और उसी हलचल के दौरान मैंने और विशाल ने मिलकर जिस computer पर मैं वर्क करता था उसके सी0पी0यू0 से मानीटर को जोड़ने वाले कुछ तारों को ब्लेड से काट दिया जिससे वह system On नहीं हुआ और इसी वजह को लेकर मैं नेहा के पास वाला system जिसे उगा यूज करती थी और उमा के आज न आने की वजह से मैंने उसपर वर्क करना

शुरू कर दिया। क्लास के दौरान सर ने जब पूछा तो मैनें वह system न चलने के कारण दूसरे system पर कार्य करने की बात उन्हें बता दी। आज की क्लास तो मानों जैसे मेरे लिए सबसे लकी थी। मैं नेहा को देखते ही जा रहा था। मैं उसके बदन की मादक खुश्बू को महसूस कर रहा था। पूरे टाइम तक मैं नेहा को ही समझाता रहा वह बहुत खुश लग रही थी। उसे प्रोग्राम समझाते वक्त मैं उसके और करीब आ जाता कभी माउस पर रखे उसके हाथ पर अपना हाथ रख देता तो जैसे उसके मखमली हाथ के स्पर्श से मेरे बदन में सिहरन सी दौड़ जाती। मेरी पूरी कोशिश थी कि आज से नेहा के मन में मेरे प्रति अच्छी भावना उत्पन्न हो जिसमें मैं सफल भी हो रहा था। कई बार प्रोग्राम की प्रैक्टिस करने के बाद हम कुछ casual बातें भी करते वह मेरे बारे में पूछती और मैं उसकी तारीफ करता जाता। बातों–बातों में ही मैंने उसके lips के shape की तारीफ की, वह तो हंसते ही जा रही थी। उस दिन क्लास खत्म होने के बाद मैंने नेहा से कहा–आपको ये सब बताने में मुझे बहुत अच्छा लगा। शायद आपको वह समझ में आ गया होगा–मैंने पूछा। 'बहुत अच्छा लगा आज तो, तुम सच में mind blowing हो– नेहा ने कहा। हम दोनों साथ–साथ ही institute के बाहर कैम्पस तक आ गये। बाहर बनी canteen से हमने चिप्स का पैकेट लिया और नेहा से बात करने के दौरान मैं उन चिप्स को खाता ओर नेहा को भी देता। कुछ देर में मैंने चिप्स का पैकेट नेहा के हाथ में दे दिया। बात करते हुए वह इस बात का ध्यान रखती कि जब मेरे हाथ में चिप्स न रहता तो वह चिप्स का पैकेट मेरे सामने कर देती और मैं उसमें से चिप्स उठा लेता। मेरे लिये नेहा के करीब आने का आज सबसे सुनहरा मौका था। मैंने देखा विशाल पार्किंग में खड़ी उसकी बाइक पर बैठा मेरा इन्तजार कर रहा था और मैं नेहा के साथ धीरे–धीरे पार्किंग की ओर बढ़ रहा था। नेहा ने मेरी Hobbies के बारे में पूछा, कुछ सेकेण्ड के लिये तो मुझे सोचना पड़ा और मैंने महत्व इस बात को दिया कि नेहा को क्या Intresting लगेगा और मैंने उसी के According उससे बताया कि मुझे लिखना पसंद है। मैं एक Novel लिख रहा हूं–मैंने कहा।

हाँ मुझे लिखना पसंद है और अक्सर उन बातों के बारे में जो हमारे अन्दर कुछ जानने और सोचने की प्यास उत्पन्न कर देती है–मैंने कहा। किस टॉपिक पर है तुम्हारी कहानी प्लीज बताओं न? नेहा बिलकुल बच्चों की तरह जिद करके पूछ रही थी। ठीक है मैं तुम्हें जरूर बताउंगा पर अभी नहीं, Okey dear I promise you Neha - मैंने कहा। अब हमें चलना चाहिए, तुम्हारे साथ वक्त का पता ही नहीं चला इतनी जल्दी कैसे बीत बया। नेहा के जाने के बाद मैंने इशारा कर विशाल से पार्किंग से बाहर आने को कहा।

वह थोड़ा गुस्सा भी हुआ मुझपर, आखिर उसे मेरी वजह से इतना इन्तजार भी तो करना पड़ा था। उसने गुस्से में ही मुझे मेरे प्रयासों में मिली सफलता के लिये बधाई दी। आज हमारे साथ लियाकत नहीं था और हम दोनों को ही उसकी कमी खल रही थी। मुझे इस बात का ज्यादा दुख इसलिये भी था क्यूंकि लियाकत ने हमेंशा यह प्रयास किया कि मैं नेहा के और करीब जा सकूं और आज जब मैं ऐसा करने में सफल हो पाया तो लियाकत के न होने से इस सफलता को सेलिब्रेट करने की खुशी कम थी। ''जैसा कि यह हर एक मित्र का मूल स्वभाव होता है कि अपने दोस्त की हर छोटी बड़ी सफलता या उपलब्धि पर उससे पार्टी या ट्रीट देने का आग्रह करना। वैसे ही विशाल ने भी किया। ''तो आखिर विशाल यह मांग करने में पीछू क्यूं रहता।'' यद्यपि आज ऐसा पहली बार था, जब मैं नेहा के पास कुछ टाइम Spend कर पाया था। विशाल ने मेरी पीठ थपथपाते हुये ट्रीट के लिये अपनी भावनायें व्यक्त कर दीं। ओके, पर और किसी दिन, आज लियाकत भी नहीं है–मैंने कहा। जब मैंने कुछ टालने की कोशिश की तो विशाल ने और तेजी से कहा ''पार्किंग लान में 1 घ0 इन्तजार कराया है तुमने, और वैसे भी मेरा आईसक्रीम खाने का बहुत मन हो रहा है''

OHHO, ठीक है,– मैंने बाइक पर बैठते हुए विशाल से कहा। 'हम दोनों Institute के परिसर से कुछ दूरी पर स्थित Shivam restaurant में गये। रेस्टोरेन्ट पूरी तरह से भरा हुआ था। मैंने चारों तरफ नजर दौड़ाई तो कार्नर पर पड़ी टेबल खाली नजर आयी। मैं और विशाल जल्दी ही वहां

जाकर बैठ गये और फिर जल्दी ही हमने अपनी Favourite Ice Cream के लिए आर्डर कर दिया। मैंने अपने लिये Kesarpista तो विशाल ने Butter scotch मंगवाई। जब तक कि Waiter आइसक्रीम लाता। हम और विशाल पास बैठे कुछ कपल्स को देखकर इस Discussion में लग गये कि आखिर दूध जैसी गोरी, चिट्टी लड़कियां इन काले कुरूप लड़कों से कैसे प्यार कर बैठती हैं। वो देखो कितनी गोरी है! क्या फीगर है भाई– विशाल ने आह भरते हुए मुझसे कहा। अरे उसके साथी को तो देखो कैसा है, कितना मोटा और काला जैसे कोई दक्षिण अफ्रीकी, चाइना से सूमो बनकर भारत में सेटल होने आया हो–मैंने कहा।

शायद वह कोई बड़ी कम्पनी में जाब करता होगा।– विशाल ने ऐसा इसलिये भी कहा क्यूं कि उसे ऐसा लगता है कि भारतीय लड़कियां सिर्फ स्टेटस और पैसा देखती हैं। पर एक बात तो साफ हो जाती है कि भारतीय लड़कियां चाहे किसी वजह से ही क्यों न अपना साथी चुनती हों, पर अपने चुने हुये साथी पर वह पूर्ण रूप से दिल और जान से समर्पित हो जाती हैं। यह एक ऐसा वाक्यांश था जिस पर मैं और विशाल दोनों सहमत थे। यह एक अजीब स्थिति ही थी कि कुछ अन्य जोड़े जो उस रेस्टोरेन्ट में थे उन सभी को देखकर मेरे मन में एक जलन की भावना का जन्म हो गया था। अधिकतर जोड़ों में लड़कियाँ सुन्दर और लड़के उन सुन्दर लड़कियों के मुकाबले 25 प्रतिशत भी नहीं थे। इन लड़कों में कुछ तो खास होगा जो इनके पास इतनी सुन्दर गर्लफ्रेन्ड्स हैं–विशाल ने कपल्स को देखते हुए कहा।

हाँ, इन लड़कों के बात करने के स्टाइल पर गौर करो तो लगता है इन्होंने लड़कियां पटाने के लिए कोई ट्रेनिंग ली हो, ये चार्मिंग, सेक्सी लड़कियां इन काले–कलूटे लड़कों में क्या देखती हैं यार–यह कहते हुए मैंने अपने माथे पर हाथ मारा। "यह महात्मा गांधी और नेल्सन मन्डेला का प्रभाव ही है जिसका भारत की लड़कियों पर अत्यधिक प्रभाव पड़ा" । हम और विशाल आईसक्रीम के आने का इन्तजार ही कर रहे थे तभी हम अचानक इतनी तेजी से हंसे की रेस्टोरेन्ट के लोगों का ध्यान हमारी ओर आ गया।

जब हमसे कुछ दूर पर बैठी एक गोरी लड़की ने अपने काले Boy friend की अंगली काट ली। शायद उस लड़की ने ऐसा अपना स्नेह दिखाने के लिए किया होगा। पर मेरे और विशाल को उसे देखने का नजरिया कुछ और था। "हुआ ऐसा था कि लड़के ने Dark Choclate Cake को लड़की को अपने हाथ से खिलाया और उस सुन्दर लड़की ने अत्यधिक स्नेह दिखाते हुए। अपने प्रेमी की उंगली को धीरे से (दांतों से दबा दिया)" मेरी हंसी उस वक्त नहीं रूक पायी जब विशाल ने दबी आवाज में कहा कि केक और उंगलियों में फर्क नहीं कर पायी वो लड़की।

क्यूंकि हमारी तेज हंसी के कारण सभी का ध्यान हमारी ओर आकर्षित हो चुका था। मैंने विशाल की तरफ आंखे तरेरी कि जिससे माहौल कुछ ठीक हो सके। यद्यपि अपनी हंसी न रोक पाने के कारण मैं कुछ देर रेस्टोरेन्ट के बाहर आ गया। मैं रेस्टोरेन्ट के बाहर ही था तभी उस कपल को रेस्टोरेन्ट के बाहर निकलते देखा और फिर खुद को शान्त करके वापस रेस्टोरेन्ट के अन्दर आ गया। हम आईसक्रीम खाते समय भी कई बार अपनी हंसी को नहीं रोक पाये, जो उस बात को सोच–सोच कर आ रही थी। बिल मुझे ही पे करना पड़ा। आखिर मैंने ही Treat दी थी और फिर उस दिन देर शाम हम घर वापस आये।

रात भर करवटें बदलते मैं नेहा के ख्वाब ही देखता रहा। कभी उसके चेहरे की कल्पना तो कभी उसकी बातें दिमाग में स्वतः ही प्रदर्शित हो जा रही थीं। रात कब बीत गई पता ही नहीं चला। परन्तु कुछ ऐसा भी था जिसका मैं पूरी रात एहसास नहीं कर पाया। सुबह आंखे खुलते ही मैंने महसूस किया कि जैसे पूरा बदन पसीने से भीग चुका था। जबकि कमरे का फैन फुल स्पीड से चल रहा था। मैंने स्वयं ही अपने माथे पर हाथ रखकर कुछ अंदाजा लगाया। मेरा माथा गर्म था और मुझे तेज बुखार आ गया था। मैंने घर में किसी और को बताना इसलिये उचित नहीं समझा क्यूं कि मुझे इस बात का पूरा विश्वास था कि इसके लिये मुझे तुरन्त डॉ0 को दिखाया जाता और आज मेरा Institute जाना भी कैंसिल हो जाता। जो मैं बिलकुल नहीं चाहता था। मैं हिम्मत करके उठा और कुछ देर में फ्रेश होने के बाद

नाश्ते के साथ ही Paracetamol की टैबलेट खा ली। उसके कुछ समय बाद मुझे बुखार से कुछ राहत मिली। मुझे कोई भी काम करने का बिल्कुल मन नहीं कर रहा था। मैं बैठे हुये एक नॉवेल पढ़ता रहा और फिर दोपहर को खाने के बाद मैं कुछ देर लेट गया। तबियत बहुत ठीक नहीं थी। तभी मोबाइल रिंग हुआ, मुझे लगा विशाल ने काल की होगी पर सिरहाने रखा मोबाइल जब उठाकर देखा तो काल लियाकत की थी। Hi कैसे हो लियाकत– मैंने कॉल रिसीव करते हुए पूछा, और घर पर सब लोग कैसे हैं–मैंने यह पूछते हुये जानने की कोशिश की उसके घर पर सब ठीक तो है ना?

राहुल कस्बे का माहौल तुम तो समझते हो। कुछ असामाजिक तत्वों द्वारा यह कोशिशें की जा रही हैं जिससे दो धर्मों के बीच आपसी सौहार्द्र न बन सके–लियाकत ने बताया। परन्तु प्रशासन के द्वारा स्थिति सामान्य कर दी गई है। मैं कुछ दिनों में लखनऊ आ जाउंगा–लियाकत ने बताया।

यह तो अच्छी खबर है! वैसे भी अगले सप्ताह हम पिन्टू सर का बर्थडे सेलिब्रेट करेंगे। तुम साथ होगे तो सच में और भी मजा आयेगा–मैंने कहा। यार मुझे इस बात का बहुत अफसोस है कि मैं इस दौरान क्लास अटेन्ड नहीं कर पाया–लियाकत ने कहा, कोई बात नहीं मैं कोर्स समझने में तुम्हारी मदद करूंगा–मैंने कहा। ओके राहुल मैं जल्दी ही आउंगा। लियाकत से बात करने के बाद मैंने Books बैग में रखी और Institute के लिये तैयार होने लगा। मुझे घर के बाहर बाइक के हार्न की आवाज सुनाई दी। विशाल जो प्रत्येक दिन ठीक समय पर आ जाता था। आज भी आ चुका था, Institute जाते वक्त (समय) मैनें विशाल को अपनी तबियत के बारे में बताया। विशाल ने रास्ते में बाइक रोक दी और आग्रह किया कि तुम्हें आज Institute नहीं चलना चाहिये राहुल। तुम्हारी तबियत ठीक नहीं है–विशाल ने समझाते हुए कहा। यद्यपि विशाल इस बात को समझ सकता था कि मन–ही–मन मैं नेहा को कितना चाहने लगा हूँ, कल से जो शुरूआत हुई मैं उसे अब कभी रूकने नहीं देना चाहता था।

आज जब Institute पहुंचकर मैं और विशाल अपनी क्लास की ओर बढ़ रहे थे कि तभी पीछे से किसी ने Hi बोला। मैं कुछ स्तब्ध रह गया और जब पीछे मुड़कर देखा तो नेहा थी। मेरे बदन में जैसे फिर से ऊर्जा भर गयी थी। मैं बहुत खुश था। नेहा ने White suit और ब्लैक कलर की जीन्स पहनी हुयी थी। उसने अपने बालों को पीछे कर क्लैचर लगा रखा था। वह बहुत ही खूबसूरत दिख रही थीं। जब तक कि मैं उसे Reply कर पाता उसने मुझे कल की बात को लेकर फिर से थैंक्स बोला। मैंने Hi कहा और बस उसे देखता ही रहा। वह थोड़ा मुस्कराई और फिर कहा–अब तो गागल्स हटा लीजिये हम क्लास चल रहे हैं। ओह, हां वो याद ही नहीं रहा–मैंने कहा। अरे आपको सब याद रहता है–नेहा ने कहा।

मैंने देखा आज उसके साथ उमा भी थीं और उमा के चेहरे के भावों को देखकर यह साफ लग रहा था कि वह मेरे और नेहा के बीच घनिष्टता को बढ़ता देखकर बिल्कुल भी खुश नहीं थी। क्लास में नेहा मेरे पास की सीट पर ही बैठी जब तक कि सर क्लास में नहीं आये। हमने एक दूसरे से खूब बातें कीं। आज मैंने नेहा से उसकी फैमिली के बारे में पूछा। वह थोड़ी देर चुप रही और फिर बताया, घर पर मॉम हैं, जो नवयुग कॉलेज में पढ़ाती हैं और उसका बड़ा भाई विवेक जो बैंक में जॉब करता है। नेहा ने बताया कि उसकी एक बड़ी बहन भी है मोना जो कि दिल्ली में रहती है और उसकी बहन की शादी 2 साल पहले हो चुकी है। इतना बताने के बाद वह चुप हो गई, फिर मैंने उससे पूछा कि पापा क्या करते हैं, तो उसने शान्त स्वरों में बताया कि उसके पापा की डेथ किसी बीमारी के कारण तब हो गई थी जब वह Class V में थी। यह सुनकर मुझे बिलकुल भी अच्छा नहीं लगा और मैं शान्त होकर नेहा के दुःख को महसूस करने लगा।

चुप क्यों हो गये अपनी Family के बारे में नहीं बताओगे क्या? – नेहा ने कहा। कहां रहते हो तुम–नेहा ने पूछा। Rajajipuram- E block मैंने कहा, ये तो A -Block से कुछ दूरी पर ही है–नेहा ने कहा। तुम A ब्लाक में रहती हो क्या?–मैनें नेहा से पूछा। हां LPS College के थोड़ा पास–नेहा ने कहा। ओके तुम बताओ तुम्हारे घर में कौन–कौन हैं?– नेहा ने मेरी तरफ

देखते हुये कहा। मेरे घर में–मैनें पूछते हुए कहा। हां–हां तुम्ही से पूछ रही हूं–नेहा ने कहा। हम पाँच लोग हैं घर में मम्मी–पापा, मैं, मेरे Grand father और बड़ा भाई। दीदी की शादी पिछले साल जनवरी में हुई थी। हमारा फैमिली बिजनेस है, जिसे पापा और भईया दोनों ही देखते हैं। यह बताने के बाद मैंने नेहा से उसकी Hobbies के बारे में पूछा। उसने अपने दोनों होठों को दबाकर 30 से0 सोचने में लगा दिये। हम्म म्यूजिक सुनना, घूमना और Books पढ़ना–नेहा ने बताया। हां वो तुम कह रहे थे कि तुम कोई Story लिख रहे हो, क्या है वो Story बताओ–नेहा ने कहा जब Complete कर लूंगा तो जरूर सुनाउंगा तुम्हें–मैनें कहा।

जिस समय मैं और नेहा एक दूसरे से बातें कर रहे थे, उस समय उमा Books को पढ़ने में बिजी थी। मुझे न जाने क्यूं ऐसा लग रहा था कि उमा Books पढ़ने का सिर्फ दिखावा कर रही थी और वह मेरे और नेहा के बीच हो रही बातों को सुन रही थी। कुछ ही समय में पिन्टू सर क्लास में आ गये थे और फिर जब पिन्टू सर ने पिछले दिन की Practical class के बारे में पूछा तो नेहा का Reaction देखने वाला था। नेहा तेजी से बोली सर बहुत अच्छा रहा। पिन्टू सर हम सभी के चहेते थे। वे पढ़ाने के साथ–साथ हम सभी Students से हमारी लाइफ के अन्य मसलों पर भी बात किया करते थे। उनके ऐसे व्यवहार के कारण Students उन्हें अपना शिक्षक और घनिष्ट मित्र दोनों ही मानते थे। आज शाम घर वापस आकर मैं बिस्तर पर लेट गया। मैंने माँ को बताया कि मुझे Fever है। शायद मां ने पापा को कॉल कर बताया होगा। कुछ देर बाद ही पापा शॉप से घर आ गये थे और वह मुझे अपने साथ डॉ0 को दिखाने ले गये। अगले दिन Sunday था। परन्तु मैं सोमवार को भी Institute नहीं जा सका। सोमवार की शाम जब मैं बिस्तर पर लेटा नेहा की यादों को लेकर कल्पनाओं के समंदर में डूबा हुआ था, उसी समय किसी नये नं0 से कॉल आयी। मैंने कॉल रिसीव की तो मैं बिस्तर पर उठकर बैठ गया। काल नेहा ने की थी। उसने बताया कि उसने मेरा नं0 विशाल से लिया था। उसने मेरी तबियत के बारे में फिक्र करते हुए पूछा, मैं समझ गया कि विशाल ने Fever के बारे में नेहा को बताया होगा।

अगले एक सप्ताह में मैं और नेहा एक दूसरे के बारे में और अधिक जानने लगे थे। पहले जहां नेहा अधिकांशतः उमा के साथ रहती थी। अब Institute में हर पल वह मेरे साथ बिताती थी। हमारी बढ़ती नजदीकियां सभी को दिखने लगी थीं। इसका अंदाजा पिन्टू सर को भी था। मेरे दोस्त विशाल और लियाकत हमेंशा मेरा साथ देते। जबकि इस दौरान मैं उनके साथ कम वक्त ही बिता पा रहा था। इस बीच नेहा की फ्रेंड उमा का व्यवहार अजीब सा था। शायद वह मेरे और नेहा के बीच की घनिष्टता को देखकर खुश नहीं थी। अकसर वह नेहा को मुझसे दूर रखने की कोशिश करती रहती। जबकि अब Practice class में भी नेहा मुझे अपने पास में बैठने को कहती और इसके लिये हमने पिन्टू सर से अनुमति भी ले ली थी और नेहा के कहने पर उमा उस Computer पर Practice करती जिसे पहले मैं चलाता था। और मैं नेहा के करीब उस Computer पर कार्य करता जिसे उमा यूज करती थी। जिन्दगी में हो रहे इन बदलावों से ऐसा लग रहा था मानों जिन्दगी को जैसे नई राह मिल गई हो। एक सप्ताह हो गया था और अगले दिन हमें पिन्टू सर का बर्थडे Celebrate करना था। आज Institute में क्लास खत्म होने के बाद हमने क्लास में सभी Students को यह बता दिया था कि कल हम सभी पिन्टू सर का Birthday celebrate करेंगे। जैसा कि हम सबने मिलकर व्यवस्था की थी कि हम सर के लिये एक बड़ा सा केक लाये और साथ ही साथ Cold drinks और Snakes भी। सर के केक काटने के साथ ही हमारी क्लास Happy birthday Pintu Sir की आवाज से गूंज उठी। और फिर हम सबने तालियां बजाकर खुशी व्यक्त की। केक काटने के बाद क्लास की कुछ लड़कियां जिसमें नेहा भी शामिल थी, सभी ने मिलकर पिन्टू सर को केक खिलाया, और फिर केक सभी में वितरित कर दिया गया।

उसके बाद सर ने हमारी पर्सनल बातों पर बात की और जीवन की कई महत्वपूर्णत बातें बताईं। जैसा कि सर हम सभी Students से मित्रभाव से व्यवहार करते थे। उन्होंने बताया कि जीवन के इस पड़ाव में जबकि हम सभी अपने कैरियर को लेकर चिन्तित होते हैं। प्रत्येक Student को मेहनत

और लगन से पढ़ाई करनी चाहिए। क्योंकि एक अच्छा करियर जीवन में आने वाली कई समस्याओं से बचाता है और हम अधिक प्रगति कर सकते हैं। धीरे–धीरे सर ने अपनी बात को और घुमाव देते हुये इस बात पर भी जोर दिया कि जब हम आत्मनिर्भर होते हैं तो स्वयं ही कई फैसले ले सकते हैं। जब कुछ अन्य Students ने भी सर की पर्सनल लाइफ के बारे में पूछा तो आखिरकार सर ने हम सबको बताया कि उन्होंने लव मैरिज की और साथ ही वह ये समझाना न भूले कि प्यार करना या हो जाना जितना ही आसान है। उतना ही कठिन उस प्यार को पाना और कई भिन्नताओं और रूढ़ियों के नियमों के पार जाकर समाज व परिवार में सम्मानजनक स्थान दिलाना है। यह मुश्किलें आसान हो सकती हैं जबकि हम शिक्षित और आत्मनिर्भर हों। यह बताने के साथ–साथ ही उन्होंने कहा कि किसी के प्रति सच्चे प्रेम की निष्ठा को न ही समय बदल सकता है और न ही परिस्थितियां। हमें अपने प्यार के प्रति ईमानदार रहना चाहिये। सर के यह बताने के बाद सर ने कुछ Students से उनके बारे में पूछा।

और फिर विशाल जो कि आज कुछ अधिक ही मस्ती के मूड में था। उसने लियाकत से सर के लिये गाने को कहा (साथ ही विशाल ने लियाकत को Dare task की शर्त भी याद दिलााई) विशाल के इस प्रकार के स्वभाव से मैं भी हैरान था। जैसे कि कैकेई ने दशरथ से वरदान मांगे थे। जितना कि मैं जानता था लियाकत ने अब तक की जिन्दगी में कोई सॉग कभी भी नहीं गाया होगा। लियाकत की स्थिति देखने वाली थी। पहले तो लियाकत ने इनकार कर दिया परन्तु Dare task की शर्त के कारण उसे हां करनी पड़ी ओर फिर अचानक मैं स्तब्ध रह गया जब विशाल ने पूरी क्लास में यह कहा कि लियाकत और राहुल सर के लिये गाने जा रहे हैं। उस समय मैं नेहा के करीब बैठा था और विशाल हमारे आगे की बेन्च पर। मैनें पीछे से ही विशाल से कहा "यार मैं नहीं गा सकता कुछ भी।" विशाल पीछे मुड़ा और बोला Dare task "भूल गये क्या" मुझे विशाल पर बहुत ही गुस्सा आ रहा था। मैंने देखा लियाकत अपने स्थान पर खड़े होकर कुछ गाने की कोशिश कर रहा था। लियाकत की स्थिति वास्तव में दयनीय थी। मुझे

लियाकत को देखकर हंसी आ रही थी। और मैं इस बात को लेकर परेशान भी था, कि इसके बाद मैं क्या करूंगा। विशाल बचपन से ऐसे ही Dare task देकर फंसाता आ रहा है हमें। मेरे चेहरे पर परेशानी के भाव झलक रहे थे। आखिर पास बैठी नेहा ने पूछ ही लिया 'क्या हुआ राहुल? तुम कुछ परेशान से लग रहे हो–नेहा ने कहा। 'अब मैं उसे क्या बताउं कि क्या वजह है –मैंने मन में चिन्तन करते हुए कहा। मुझे कौन सा गीत गाना चाहिए–मैनें पूछा'। ओह इतनी सी बात, कोई भी जो तुम्हें अच्छा लगता हो। जब तक मैं कुछ याद करने की कोशिश करता नेहा ने मुझे वीर जारा फिल्म का वो गीत याद दिलाया। "दो पल रूका यादों का कारवां और फिर चल दिये हम कहां तुम कहाँ"। मैं लियाकत की स्थिति देखकर अपनी हंसी रोक पाने में असमर्थ था। उसे देखकर ऐसा लग रहा था मानों किसी लेखक को फिल्म में Acting कराई जा रही हो। तभी मेरे अन्दर यह एहसास फिर से जाग्रत हो उठा कि कुछ देर बाद मेरी स्थिति भी लियाकत के जैसी होने वाली है। विशाल तो जैसे हमारी बेचैनी की हालत देखकर फूला नहीं समा रहा था। कुछ ही समय में लियाकत की जगह अब मैं था। कोशिश करते हुये सबसे पहले मैंने सर का अभिवादन करने के साथ उन्हें उनके जन्म दिन पर बधाई दी और हमारा मार्गदर्शन इसी तरह करते रहने की प्रार्थना की और फिर मैंने अपनी आंखे बन्द कर लीं। क्यूंकि मैं नहीं जानता था कि क्लास के students का मेरे गाने पर क्या Reaction होने वाला था। मैंने अपने ईष्ट को याद करते हुए वह गाना गाया और फिर जब मैंने आंख खोली तो मैं आश्चर्यचकित था। सभी ने तालियां बजाकर हमें प्रोत्साहित किया। मैंने नेहा की ओर देखा वह बहुत ही खुश शी और मेरी ओर अंगूठा दिखाते हुये दर्शाया कि मैंने बहुत ही अच्छा गाया है। मैं तालियों की आवाज और नेहा के मुस्कराते चेहरे को देखते हुए कहीं खो सा गया था। भले ही शुरूआत में मुझे विशाल पर गुस्सा आ रहा था। परन्तु अब मैं उसका शुक्रिया करना चाह रहा था। क्यूं कि शायद मेरे गाये हुये गीत के सारे बोल नेहा के दिल में उतर चुके थे। ऐसा लग रहा था जैसे सबकुछ मेरे अनुकूल ही हो रहा था। अगले कुछ दिनों में हम सभी को स्नातक की पढ़ाई के लिये विश्वविद्यालय

में प्रवेश भी लेना था। हमें Institute में लगभग 1 महीना हो रहा था । क्यूं कि हमारा बैच शाम को था। इसलिये हमें अपने बैच का टाइम चेन्ज कराने की कोई आवश्यकता नहीं हुई। मैंने और विशाल ने लखनऊ विश्वविद्यालय में स्नातक में एडमिशन ले लिया। अब हमारी दिनचर्या पहले की अपेक्षा और अधिक व्यस्त हो गयी थी। सुबह यूनिवर्सिटी जाना और दोपहर को विश्वविद्यालय से वापस आकर कुछ समय आराम करने के पश्चात शाम को Institute को चले जाना। यह हमारी प्रतिदिन की दिनचर्या बन गई थी। बारिश का मौसम जीवन में नई उमंग भर रहा था। वहीं दूसरी तरफ हमारे रोज के कार्यों में कुछ नई जरूरतें भी शामिल हो गई थीं। Institute और विश्वविद्यालय दोनों ही जगह अब लड़कियों के हाथों में रंग बिरंगे छाते देखे जा सकते थे। हमें कई बार भीगना भी पड़ता जब हम ट्रैफिक में होते और तेज बारिश अचानक शुरू हो जाती। प्रवेश लेने के साथ ही विश्वविद्यालय में हमारा कई लड़के लड़कियों से मिलना होता पर जब भी प्रेम की भावना मन में उमड़ती तो सामने नेहा का चेहरा ही होता। कुछ ही दिनों में मुझे इस बात का पता चला कि मेरे प्रिय मित्र विशाल को एक लड़की से प्यार हो गया है। जैसा कि वो अब अक्सर मुझे बताया करता था। दरअसल उसी विश्वविद्यालय से एम0बी0ए0 कर रही एक Student जिसका नाम 'सिमरजीत' कौर था। जिससे मैं और विशाल यूनिवर्सिटी में पहले दिन ही मिले थे। दरअसल मैं तो सिर्फ पहले ही दिन उससे मिला परन्तु विशाल शायद ही अब तक का कोई ऐसा दिन होगा जब उस लड़की से न मिला हो। सिमरजीत पंजाब से थी और लखनऊ में हास्टल में रहती थी।

–विश्वविद्यालय में वो हमारा पहला दिन–

यूनिवर्सिटी में पहला दिन था। मैं और विशाल बातें करते हुये यूनिवर्सिटी के गेट से अन्दर अपनी क्लासेज की ओर जा रहे थे। जैसा कि अधिकांश छात्र यूनिवर्सिटी में दाखिले के बाद क्लासेज में नये–नये मित्रों के ग्रुप बनाते हैं व शुरूआत के दिनों में प्रेमोन्माद और जोशीले स्वभाववश अक्सर लड़कियों के बारे में व उनके फीगर इत्यादि के बारे में बातें करते हुये आनन्दित होते हैं। ऐसे ही कुछ भावों को एक दूसरे से व्यक्त करते हुये मैं और विशाल

यूनिवर्सिटी के मुख्य द्वार से अपने क्लासेज की ओर जा रहे थे। हमारे आगे एक गठीले बदन की लड़की जो कि सलवार सूट पहने हुये थी और उस लड़की ने अपने हाथों में कुछ Books पकड़ रखी थी। वह हमारे आगे चल रही थी परन्तु वह एक दूधिया काया की मालकिन है। ऐसा हम उसके पैरों के पंजों और गोरी गर्दन व कपोलों को देखकर कह सकते थे । यद्यपि उसके पीछे होने के कारण अभी तक हमने उस लड़की की सूरत नहीं देखी थी। परन्तु विशाल मन ही मन उस लड़की के प्रत्येक कर्व का एनालिसिस कर रहा था। विशाल तेजी से आगे बढ़ रहा था जिससे वह उस लड़की के चेहरे को देख सके। बारिश की वजह से कुछ स्थानों पर फिसलन भी थी, जिस कारण मैं धीरे ही चल रहा था। परन्तु इस बात पर ध्यान न देते हुये विशाल ने मेरा हाथ खींचते हुये उस लड़की के आगे निकलने की कोशिश की और जल्दी में मेरा धक्का लगने से वह हील्स पहने लड़की गिरने को हुई तो विशाल ने तुरन्त घूमते हुये उसे अपनी बाहों में ले लिया। जिससे वह लड़की गिरने से बच गई। यद्यपि उसने जिन किताबों को हाथ में पकड़ रखा था, वह जमीन पर गिर गई थीं और उनमें से कुछ के पन्ने इधर–उधर बिखर गये थे। मैंने उन किताबों और पन्नों को उठाया जो इधर उधर बिखरे पड़े थे और जब मैंने वह पन्ने और किताबें उठाकर उस लड़की को देना चाहा तो देखा विशाल और वह सुन्दर लड़की एक दूसरे को एकटक देखे जा रहे थे और फिर जब मैंने उस लड़की से इस बात के लिये कहा "I am Sorry" ये लीजिये आपके नोट्स व Books तब वह लड़की कुछ ठिठकी और अपनी Books को हाथ में लेते हुये ओके कहा और फिर कुछ सोचकर उसने पुनः कहा। आपका। शुक्रिया–विशाल को देखते हुए उस लड़की ने कहा। यद्यपि वह मुझे गुस्से से देख रही थी और वह यह नहीं जानती थी कि मैं विशाल का दोस्त हूँ जिसने उसे गिरने से बचाया था। फिर मैंने माहौल को कुछ ठीक करते हुये कहा– दरअसल गलती मेरी थी, मेरी वजह से आपकी Books गिरीं। Its Ok कोई बात नहीं–उस लड़की ने कहा। ये मेरा Friend विशाल है और मैं राहुल। हमने इसी वर्ष एडमिशन लिया है। हम लखनऊ से ही हैं और आप? –मैनें कहा। मैं सिमरजीत MBA 2nd year student हूँ। (उसके बाद क्लास ना जाकर हम तीनों यूनिवर्सिटी के परिसर में बातें करते रहे और अब हम सिर्फ दो मित्र नहीं बल्कि तीन दोस्त थे) जिसे मैं एक अच्छी मित्रता समझ रहा था वही विशाल के जीवन में प्यार की आहट थी। यह सब मुझे कुछ दिनों बाद मालूम हुआ जब विशाल ने मुझे सिमरजीत के बारे में बहुत सी बातें बताईं। विशाल ने मुझे बताया कि सिमरजीत उससे 4 साल बड़ी है। पर फिर भी यह उनके रिश्ते के लिये कोई मायने नहीं रखता। विशाल और सिमरजीत के बीच कैसा रिश्ता था मैं अब तक इससे अनजान था। परन्तु विशाल के होठों पर सिमरजीत का नाम आते ही उसके चेहरे पर प्रसन्नता की चमक देखी जा सकती थी।

उसने बताया कि वह सिमरजीत से प्यार करने लगा है। मैं समझ पा रहा था कि हमारी सामाजिक व्यवस्थायें उसके लिये भी Problem जरूर बनेंगी। जो वह एक सिख लड़की से प्रेम कर बैठा था। जिसके लिये उसका परिवार कभी अनुमति नहीं देगा। अब अक्सर वह मुझसे इस विषय पर बात करता था। मेरी और विशाल की स्थिति एक जैसी ही थी। जहां मैं वैश्य था तो नेहा ब्राह्मण और वहीं दूसरी ओर विशाल के सामने भी ऐसी स्थिति जन्म ले चुकी थी। बारिश का भी अपना महत्व होता है रिश्तों को जोड़ने में जैसे बंजर भूमि बारिश होने से तृप्त होती है। तो मिट्टी की खुश्बू पूरे वातावरण में बिखर जाती है।

आज सुबह से ही तेज बादल थे। गरज के साथ छुटपुट बूंदा बांदी भी हो रही थी। मन उमंग और उल्लास से भरा हुआ था। हवा के झोंकों के साथ ही अनेकों इच्छाएं मन में उठती और शान्त हो जाती। खराब मौसम की वजह से यूनिवर्सिटी में टीचर्स कम ही आये थे। हम सभी Students बहुत मस्ती कर रहे थे और विशाल सिमरजीत के लिये कोई नया Intresting SMS नेट पर सर्च कर रहा था। मैंने देखा उसने कई SMS सिमरजीत को Send किये और उन सभी रोमांटिक और Lovely SMS के अन्त में उसने "I Love You Simar, Miss U, Yours Vishal" यह लाइन लिखी थी। कुछ ही समय बाद क्लास में 3–4 Students ही रह गये थे। विशाल तो मोबाइल में ही व्यस्त था। कुछ देर में हम चौंक गये जब विशाल

अपनी बेंच से तेजी से उछल पड़ा। Yes I can उसने कहा, ऐसा लग रहा था मानों वह अमेरिका का राष्ट्रपति बन गया हो।

क्या हुआ, उछल क्यूं रहे हो–मैंने पूछा। यार सिमरजीत का Reply आया है–विशाल ने कहा। Reply ही तो आया है, या पकौड़ियां तल के भेजी हैं भाभी ने– मैंने मजाक करते हुये कहा। Hm पर क्या लिखा सिमरजीत ने बताओ भी? – मैंने पूछा। Jaan Class में हूं, I miss you too, lunch time में कैंटीन में मिलेंगे। आ जाना, ओके – ये देख Message विशाल ने मुझे Sms दिखाया, ओ, तेरी तो निकल पड़ी जिन्दगी भर मजे करेगा–मैनें कहा। नहीं यार वह बहुत अच्छी है–विशाल ने कहा। अरे हां–मैंने भी तो यही कहा।

आज विशाल के अन्दर कुछ अधिक जोश और उतावलापन देखा जा सकता था और यह स्वाभाविक ही था। क्यूं कि उसे सिमर से प्यार हो गया था। जैसा कि सिमर ने विशाल से आज दोपहर कैंटीन में मिलने को कहा था। इस दौरान विशाल मुझसे कई टिप्स ले रहा था। ऐसा लग रहा था कि मैं विशाल का मित्र नहीं बल्कि एक लव गुरू हूं। कैंटीन चलते समय मैंने विशाल को बताया कि उसे और सिमर को साथ में लंच करना चाहिये पर उस समय कोई और उस टेबल पर न हो जिससे वे दोनों घनिष्टता से बात कर पायेंगे। मैंने विशाल से कहा कि मैं कैंटीन में एक अन्य सीट पर बैठूंगा (मैंने उससे अब बताया) जब वह सिमर के साथ होगा तो मैं उसे कॉल करूंगा और उसे मोबाइल रिसीव करके पुनः अपनी पॉकेट में रख लेना होगा, जिससे कि मैं उनकी बातें सुन सकूं और अगर उसे कभी कुछ असहजता हुई तो मैं स्थिति को ठीक करने उसकी टेबल पर आ जाऊंगा। यह ठीक रहेगा–विशाल ने कहा।

कैंटीन पहुंचकर हम अलग–अलग सीट पर बैठ गये। कुछ समय बाद मैंने देखा सिमर कैंटीन के दरवाजे पर थी और ऐसा लग रहा था जैसे वह किसी को ढूंढ रही हो। उसने मोबाइल को कान से लगा रखा था। दूसरी तरफ मैंने देखा विशाल जो मुझसे कुछ दूरी पर एक अन्य बेंच पर बैठा था।

उसका मोबाइल बज रहा था, मैं समझ पा रहा था कि वह कॉल सिमर की थी। जब तक कि विशाल कॉल रिसीव करता सिमर ने उसे देख लिया था। उसने दूर से हाथ हिलाकर Hi बोला। मैंने देखा सिमर विशाल के पास पहुंचकर उसके पास की चेयर पर बैठ गई और उसने अपना बैग और मोबाइल टेबल पर रख दिया था। अब जब कि वह विशाल से बात कर रही थी। मैंने विशाल को कॉल की–उसने बताने के अनुसार मोबाइल ऑन कर अपनी पॉकेट में रख लिया।

Huh आज क्लास तो वाकई थका देने वाली थी– सिमर ने कहा। फिर सिमर ने विशाल से कहा मुझे तो भूख लगी है, आज सुबह कुछ खाकर नहीं आई थी। मैं अभी बोलता हूं, वैसे तुम क्या खाओगी? –विशाल ने पूछा। जब तक कि विशाल यह पूछता सिमर ने पहले ही कह दिया – स्टफ पराठा, पंजाबी लोगों की अपनी ही खासियत होती है। खाने में ज्यादा घी और तीखा मसाला उनका फेवरेट होता है, तो आखिर सिमर को क्यूं न पसंद हो। कुछ देर में मैंने सुना विशाल तेज सांसे ले रहा था और बार–बार पानी पी रहा था। पर अब तो इस खाने की उसे आदत हो जायेगी। मसालेदार पराठे और चिली सॉस उसे बदलने के लिये पर्याप्त होंगे। उफ ये क्या मैंने अपना मोबाइल देखा तो नेहा की कॉल आ रही थी। मुझे विशाल की कॉल को डिस्कनेक्ट करना पड़ा और फिर मैंने तुरन्त नेहा को काल की। जैसा मैंने सोचा था कुछ वही हुआ, नेहा ने फोन रिसीव करते ही कहा।

कहां बिजी हो इतनी देर से पता है कितनी बार काल की है मैंने– नेहा। उसके यह शब्द मुझे कुछ तनाव देने वाले थे। तनाव इस बात का कि कहीं नेहा मेरे बारे में कुछ गलत राय न बना ले। कहीं उसके दिल में यह बात न आ जाये कि मेरी कोई अन्य गर्लफ्रैन्ड भी है। पर मुझे इस बात का सुकून जरूर था कि मैं उसके लिये बहुत Importance रखता हूँ। लड़कियों के बारे में मेरी एक राय बिल्कुल ही स्पष्ट हो चुकी थी कि महिलायें रिश्तों के प्रति अधिक सजग (केयरिंग) और भावुक होती हैं। मैं नेहा को बस सुनता ही जा रहा था। उसने फोन पर ही कई शंकायें जाहिर कर दीं। सुबह से न कोई msg न कोई कॉल मैं न करती तो तुम तो करने वाले ही नहीं थे। ऐसा नहीं

है, मैं तुम्हें ही तो याद कर रहा था–मैंने मधुर स्वरों में कहा। काश ... और फिर मैं चुप हो गया। काश क्या हां? बोलो–बोलो नेहा ने कहा। Be serious राहुल! क्या कर रहे हो, कहां हो तुम? मैं यूनिवर्सिटी में हूं। भूख लगी थी तो अभी कैंटीन आया था – मैंने कहा। तुम कहां हो–मैंने पूछा। (मेरी बात का उत्तर न देते हुए नेहा ने कहा– मैं सिर्फ इतना जानना चाहती हूं कि आज शाम को Institute आओगे या नहीं? हां आऊंगा, पर बात क्या है –मैंने कहा। कुछ नहीं, बस ऐसे ही पूछा–नेहा। ओके फिर शाम को मिलते हैं, Bye –नेहा। Bye –मैंने कहा।

आज शाम को हल्की बारिश हो रही थी। विशाल को कॉल करके पूछा तो उसने बताया कि कुछ अन्य काम की वजह से वह आज Institute नहीं आयेगा। ओके, मन तो मेरा भी नहीं पर मुझे जाना पड़ेगा यार–मैंने विशाल से कहा। नेहा ने मिलने को कहा था और कुछ नाराज भी लग रही थी–मैंने कहा।

ठीक है तुम जाओ–वापस आकर कॉल करना–विशाल ने कहा। विशाल के न जाने की वजह से मुझे टैक्सी से जाना पड़ा। टैक्सी में तेज music बज रहा था। बारिश के कारण टैक्सी को जगह–जगह रूकना नहीं पड़ा और मैं जल्दी ही Institute पहुंच गया। हल्की हल्की फव्वारें और ठण्डी हवा जैसे शर्ट में घुसी जा रही थी। मैंने देखा नेहा आ चुकी थी और Institute में आज कम ही students आये थे और कुछ टीचर्स भी नहीं आये थे। हमारी बैच के तो 5–6 students ही आये थे। मैं आंशिक रूप से भीग चुका था और अपने रूमाल से बालों और चेहरे को पोछ रहा था।

Hi कब आयीं तुम – मैंने नेहा के पास पहुंचकर उससे पूछा। बस कुछ देर पहले मुझे तो लग रहा था आज कोई भी नहीं आने वाला–नेहा इतना कह ही रही थी कि शाम मानों रात में बदल गई। हमारी क्लास जो कि Institute की बिल्डिंग के ऊपरी फ्लोर पर थी, लाइट जाने से कुछ देर के लिये तो बिल्कुल अंधेरा छा गया। पर कुछ ही समय में जनरेटर ऑन हो गया। मैंने विन्डो से बाहर देखा, काले बादल पूरे आसमान पर छा गये थे।

कुछ देर में मालूम हुआ कि बारिश के कारण पिन्टू सर आज नहीं आये हैं। कुछ समय तक तो students शान्त रहे परन्तु फिर जैसे ही कुछ टाइम बीता सभी students मस्ती करने लगे थे। इस बारिश ने मन को उमंग से भर दिया था। जहां अन्य students अपने ग्रुप बनाकर बातें कर रहे थे। वहीं मैं और नेहा अलग बैठे थे। नेहा ने कहा वह मेरे लिये macroni लाई है, यह तो बहुत अच्छा किया । फिर मैंने नेहा से बात करते हुये मैक्रोनी खाई। इस दौरान मैं उसके चेहरे को देखता रहा। कभी–कभी मैं स्वयं में गर्व महसूस करता कि इतनी खूबसूरत लड़की मुझसे प्यार करती है। कुछ देर बाद क्लास खाली हो चुकी थी। अन्य students भी जा चुके थे। अधिकतर students ground floor पर जा चुके थे। पर इस दौरान मैं और नेहा क्लास में ही थे। हम बात कर रहे थे पर मेरे शरीर में दौड़ती एक अनजान सिहरन के कारण मुझसे रहा नहीं गया। बातें करते–करते मैं और नेहा क्लास की विन्डो से बाहर का खूबसूरत शान्त मौसम देख रहे थे। पर इसके विपरीत मेरे शरीर में मानों रक्त का प्रवाह तेज हो चुका था। आखिर मैं अपने आपको रोकने में असमर्थ रहा और मैंने नेहा को अपनी बाहों में भर लिया उसके बदन से एक मनमोहक भीनी खुशबू आ रही थी जो मेरे प्रेम की आग को न जाने किस ओर मोड़ना चाहती थी। कुछ वक्त तक जैसे मैं अपने वश में ही नहीं था। मैं नेहा के चेहरे और गर्दन पर किस किये जा रहा था। नेहा भी एक अनचाहा सा विरोध कर रही थी परन्तु वह सिर्फ जलती हुई अग्नि में पानी की कुछ छींटों सा था। आखिर कुछ वक्त बाद हम एक दूसरे से तब अलग हुये जब तेज हवा के झोंके के कारण क्लास का दरवाजा तेजी से बन्द हुआ और फिर हम एक दूसरे को एकटक देखते रहे। विन्डो से आती बारिश की फुहारें हमारे चेहरों को भिगो चुकी थीं। मैं एक बार फिर से नेहा के होठों को चूसने लगा था। मैं एक प्यासा था और उसके चेहरे पर पड़ी पानी की बूंदों को पीता गया। इस बार भी हमारा आलिंगन तब तक चला जब मुझे ऐसा लगा मानों आसमान की कड़कती, तेज बिजली हम पर ही गिर पड़ी हो। पर इस बार नेहा मुझसे अलग होते ही अपना बैग ठीक करने लगी। कुछ देर तक अपने बालों और कपड़ों को

ठीक करने के बाद उसने ग्राउण्ड पर चलने को कहा वह क्लास से बाहर निकल कर सीढ़ियों से ग्रारण्ड फ्लोर पर जाने लगी। मेरे मन में अभी भी जोश भरा हुआ था। मैंने उसे कई आवाजें दीं पर उसने मना किया और फिर से मुझसे ग्राउण्ड फ्लोर पर आने को कहा। जब मैं नेहा के पीछे सीढ़ियों से ग्राउण्ड फ्लोर पर आ रहा था उस वक्त जोश में की गई अपनी हरकतों को लेकर मेरे मन में कई सवाल उठ रहे थे। मेरे दिमाग में बार–बार यही प्रश्न उठ रहा था कि नेहा मेरे बारे में क्या सोच रही होगी।

ग्राउण्ड फ्लोर पर काफी students थे और उनकी आवाजों से चारों ओर कोलाहल व्याप्त था। हम बाहर की ओर देख रहे थे। एक घण्टे तक तेज बारिश होती रही। नेहा मेरे करीब ही खड़ी थी। हम सब students बारिश के रूकने का इन्तजार कर रहे थे। कुछ समय में बारिश धीमी हुई। कई students और टीचर्स अपने छाते खोलकर हल्की हल्की बूंदा बांदी में institute से निकल रहे थे। कुछ देर में रोड लाइट ऑन हो गयी। मैं और नेहा institute से बाहर आये। नेहा ने मुझसे कहा कि वह मुझे मेरे घर तक छोड़ देगी। मैंने मना कर दिया। पर नेहा के कई बार कहने पर मुझे हां कहना पड़ा। आज वह स्कूटी बहुत तेज स्पीड में चला रही थी। मैं पीछे बैठा यह सोच रहा था कि उससे क्या कहूं। तेज हवा में उसके बाल मेरे चेहरे से बार–बार लग रहे थे और एक पहचानी सी खुशबू दे जाते। कुछ सोचने के बाद मैंने नेहा से macroni लाने के लिए शुक्रिया कहा और क्लास में अपनी हरकत के लिए सॉरी बोला। उसने उत्तर में कुछ नहीं कहा। मैं पूरे रास्ते नेहा के बालों की भीनी खुश्बू महसूस करता रहा। हल्की–हल्की बौछारें अब भी पड़ रही थीं। उसने मुझे मेरे घर के पास मेन रोड तक drop कर दिया। दरअसल मैंने ही उसे घर से कुछ दूर रूकने को कहा था। मैंने नेहा को थैंक्स कहा वह मुस्कराई और बाय बोलने के बाद चली गई। घर पहुंचकर मुझे तुरन्त कपड़े चेन्ज करने पड़े। मुझे बार–बार छींके आ रही थीं।

इसके बाद तो जैसे institute में बीतता हर एक दिन मेरे लिये खुशियां ला रहा था। कुछ दिन, सप्ताह और महीने गुजरते गये। जैसा कि मेरे बाबू जी और पापा ने promise किया था। उन्होंने इस दीवाली मुझे निराश नहीं

किया। इस बार मैंने बाइक ले ली। मैं बहुत खुश था। नेहा और मैं फोन पर अक्सर बातें किया करते, वो दिन भर की हर छोटी–बड़ी बात मुझसे बताती। वह एक छोटी निष्कपट बच्ची की तरह मुझे बहुत चाहती थी। अब मैं अक्सर विशाल के आने का इन्तजार नहीं करता था और उससे पहले ही institute के लिये चला जाता। सच्चाई तो ये थी कि मैं और नेहा Institute के परिसर में घण्टों बैठे रहकर बातें किया करते। जहां पहले मेरा ज्यादातर वक्त विशाल और लियाकत के साथ बीतता था तो वहीं अब मैं नेहा के साथ रहता। नेहा अब मुझे मॉम और डैड से भी अधिक जानती थी। जीवन अपने तरीके से जीने के मेरे सपने जो शायद अब तक मैंने किसी से नहीं बताये, नेहा उन्हें सुनने के बाद मुझे अत्यधिक महात्वाकांक्षी होने से बचने के लिये कहती। मैं भले ही अपनी ख्वाहिशों को पूरा करने में सक्षम नहीं था पर उन्हें हासिल करने के लिए मुझमें जुनून और जज्बे की कोई कमी नहीं थी। जब भी मैं और नेहा बाहर रोड साइड निकलते आइसक्रीम खाते, बातें करते, उस वक्त भी मेरे मस्तिष्क में तो ऊंची ऊंची इमारतों, सायरन बजाती पास से निकलती मंहगी गाड़ियों और उनमें बैठे ऊंचे स्टेटस के लोंगों का रूतबा हासिल करने की सोच उमड़ती रहती और वहीं दूसरी ओर नेहा जिसे मैं हर छोटी–छोटी चीजों में खुशियां तलाशते पाता। मुझे आज भी याद है ठण्डक का वह दिन जब किसी कारण से Institute में छुट्टी होने के बावजूद नेहा ने मुझे force करके उस दिन मिलने को कहा। वह जानती थी कि इसके लिये उसे अपनी सख्त मॉम से कोई बहाना नहीं बताना होगा और हम एक दूसरे के साथ ज्यादा टाइम spend कर सकेंगे। मैं भी उसे मना कैसे कर सकता था। आखिर मैं भी तो उसे बहुत चाहता था। यद्यपि मुझे विशाल से कहना पड़ा कि वह शाम को घर न आये। उसके पूछने पर मैंने उसे सारी बात बताई। मैं रोज की तरह घर से 2 बजे Institute क लिये निकला। नेहा ने मुझे Institute के पास ही मिलने को कहा था। अन्य दिनों की तरह मैं आज भी ठीक टाइम से पहुंच गया था। मैंने देखा Institute बन्द था और बाहर गेट पर गार्ड बैठा था। मैंने यह जताते हुये गार्ड से बात करना शुरू की कि जैसे मुझे यह नहीं पता था कि आज Institute बन्द है। कुछ मिनट

बीते होंगे, मैंने देखा नेहा आ रही थी, उसने Red T Shirt और ब्लू जीन्स पहनी थी और ऊपर एक Brown colour की बड़े बड़े बालों बाली वुलेन जैकेट पहनी थी। वह एक सुन्दर मासूम गुड़िया लग रही थी। उसने आते ही स्कूटी मेरे पास रोक दी। जब तक कि वह कुछ कह पाती मैंने यह कहते हुये उसे कुछ और न बोलने को कहा कि 'ओह क्या हुआ, तुम्हें भी नहीं मालूम था कि आज Institute बन्द है। उसने आश्चर्य से कहा 'क्या'? इससे ज्यादा वह कुछ और कह पाती कि तब तक मैंने उसे आंख मारकर यह इशारे से समझाने की कोशिश की कि वह चुप रहे। फिर मैंने उसे कुछ दूरी पर ले जाकर बताया कि वह Guard के सामने कुछ और बात न करे। ओह, तो इतना बोलने के लिये यहां तक लाये हो मुझे– नेहा ने कहा। ओके ठीक है, पर हमें कहीं और चलना है – नेहा। अरे, ऐसा ना करता तो उसे शक हो जाता और हमारे लिये बाद में Problem हो सकती थी – मैंने नेहा से बताया।

वैसे, तुम कहां चलने को कह रही हो – मैंने नेहा से पूछा। कहीं भी, किसी शान्त जगह पर–नेहा। ये शान्त जगह यहां आस पास तो नहीं है–मैंने कहा। नहीं आस पास है तो मैं क्या करूं, जहां भी हो अभी चलो– उसने कहा। यहां से सबसे करीब तो NKR है। पर वो भी Atleast 5 km होगा। पर दूसरी बात ये कि वो एक कपल पार्क है। इसलिये क्या हमें वहां चलना चाहिये–मैंने नेहा से पूछते हुये कहा। तुम कहीं भी चलो पर ज्यादा टाइम वेस्ट मत करो– उसने गुस्से से कहा। "मुझे यह एहसास हो गया कि शायद गुस्से की वजह से उसने इस बात पर गौर नहीं किया कि मैं उसे एक एडल्ट पार्क में ले चल रहा हूँ। उसके गुस्से की वजह से मैंने उससे कुछ और नहीं पूछा। फिर भी एक आखिरी सवाल पूछना पड़ गया।

"तो क्या हम अपनी–अपनी गाड़ियों से चलें?" नहीं मैं अपनी स्कूटी यहीं पार्क कर देती हूं और तुम्हारी बाइक से चलती हूँ– उसने कहा। मैंने स्कूटी को पार्क किया और साथ ही साथ गार्ड को चाय के लिये कुछ पैसे भी दिये गार्ड मुस्कराया जैसे वह सब जानता हो कि क्या हो रहा है। मैं और नेहा दोनों बाइक के पास खड़े थे। अचानक नेहा ने कहा–अब क्या मैं चलाऊं

बाइक? अरे नहीं, तुम भी अच्छा मजाक करती हो–मैनें कहा। मैंने ज्यों ही बाइक स्टार्ट की नेहा मेरे पीछे दोनों साइड पैर रख बैठ गयी। उसने मेरी जैकेट की पॉकेट में अपने हाथ डाल दिये और मुझे जकड़ सा लिया। अरे ये क्या, मुझे गुदगुदी सी लग रही है। उसकी उंगलियों के चुबकीय स्पर्श ने मेरे पूरे बदन में सिहरन सी दौड़ा दी। अगले ही पल उसने अपना चेहरा मेरे कन्धे पर रख दिया था। इतनी ठंड में उसके करीब होने से मुझे गर्माहट का एहसास हो रहा था। 20 मिनट बाद हम NKR (नदिया किनारे रेस्टोरेन्ट) पहुंच चुके थे। यह अपने नाम के बिल्कुल उलट था। कहने को रेस्टोरेन्ट पर एक एडल्ट पार्क जो गोमती नदी के किनारे पर है। पार्क से कुछ दूरी पहले से कपल्स दिखने लगे थे। हमने पार्किंग में बाइक खड़ी की और टिकट लेकर सीधा पार्क के अन्दर चले गये। हमें एक अनजान सा डर था कि कहीं कोई हमें जानने वाला यहां न हो। जब हम पार्क में अन्दर पहुंचे तो हर तरफ शान्ति थी पर कुछ बढ़े तो वहां का नजारा देखकर दिल में अजीब सी हलचल होने लगी थी। मैंने नेहा की ओर देखा। वह भी कुछ युगल जोड़ों की बेहतरीन लिप किसिंग देख कर हैरान थी। उसने मेरे हाथ की एक उंगली को दबाया और अपनी कोहनी से मेरी कमर पर टक्कर लगाई। मानों जैसे वह कहना चाह रही हो, हम कहां आ गये हैं। फिर भी वह आज बहुत अच्छे मूड में लग रही थी। यह मेरे लिये सबसे अच्छा मौका था। नेहा को जी भर के किस करने का। मैं और नेहा पार्क में घूमते किसी ऐसी जगह को तलाश कर रहे थे। जहां कोई और जोड़ा न हो। पर अधिकांश जगहों पर कई जोड़ों ने जैसे कब्जा कर रखा था और किसी भी जोड़े के बारे में यह सोचना कि वह कुछ देर में चला जायेगा और उस जगह हम होंगे, ऐसा असम्भव प्रतीत हो रहा था। क्योंकि शायद कोई भी कपल शाम होने से पहले यहां से जाने वाला नहीं था। पार्क में चलते हुये नेहा एक के बाद एक प्रश्न मुझसे पूछे जा रही थी। Hmmm ये पार्क है, ये कोई पार्क है।

शायद नेहा थोड़ा असहज महसूस कर रही थी। पर मैं उससे बात करके उसे नार्मल फील कराने की पूरी कोशिश कर रहा था। मैंने अपना हाँथ, जो कि नेहा ने पकड़ रखा था, उसे नेहा के कंधे पर रख दिया। इससे दो बातें

हुईं एक तो नेहा को अपनेपन का एहसास हुआ। दूसरा ये कि ज्यादातर लड़कियां अपने Boyfriend का उन पर Dominating होना पसन्द करती हैं। (''ऐसा कुछ समय पहले मुझे विशाल ने बताया था'') जैसा कि जब लड़का और लड़की एक दूसरे के साथ होते हैं। तो उनके बीच सिर्फ एक ही ऐसा विषय होता है जो कभी खत्म नहीं होता और आज मैं ऐसा ही कुछ चाहता भी था। रोज की तरह इधर–उधर की बातें न करके मैंने अपनी बात नेहा की तारीफ से ही शुरू की। पार्क में चलते हम जब भी किसी कपल के करीब से गुजरते तो वे हमें देखने लगते मुख्यतः नेहा को, कुछ ही समय में हमें पार्क में बनी एक सीमेन्टेड चौकी मिल ही गई। जहां हम दोनों बैठ गये। नेहा मुझे आस पास के कपल्स की हरकतों को दिखा रही थी।

''सच कहते हैं दिल तो बच्चा है।' देखो तो उन अंकल आन्टी को– नेहा ने मेरा हाथ हिलाते हुये कहा। मैंने देखा वो अधेड़ उम्र का मैरिड जोड़ा था पर हमारे लिये यह समझ पाना कि वह पति पत्नी हैं या ऑफिस में बने फ्रेन्ड्स मुश्किल था। आज न जाने क्यूं बोलने से अधिक कुछ करने का मन हो रहा था। मुझे और नेहा को मिले अब 6 महीने से अधिक वक्त हो रहा था। और हमारी Friendship अब एक ऐसा रिश्ता बनने वाली थी जिसमें हम जिन्दगी भर एक–दूसरे के साथ रहने का प्रामिस करने वाले थे। यूं कहें तो हमारी Friendship अब प्यार का नाम ले चुकी थी और विवाह तक का Task अभी और बाकी था। कहने को जितनी यह बातें सरल लग रही थीं। वास्तव में इन्हें होने में अभी बहुत वक्त लगने वाला था। इन सब बातों की चिन्ता छोड़ मैं अचानक हस इक बात से बेखबर हो नेहा को चूमने लगा। उसके नर्म मखमली होठों पर, उसके गालों–कपोलों पर उसकी गर्दन पर बस मैं चूमते जा रहा था। उसके नर्म रेशमी बाल जो उसकी गर्दन को ढक रहे थे। मेरे दुश्मन से जान पड़ते थे। उसके बालों को गर्दन से हटाते मैं उसे बस चूम रहा था। न जाने कैसी प्यास थी फिर भी न बुझी। उसे चूमते हुये जब थक जाता तो उसके चेहरे को देखता रहता और फिर कुछ मिनटों बाद उसके रसीले मादक होठों पर भूखे शेर की तरह टूट पड़ता। नेहा निढाल होकर मेरे सामने खुद को समर्पित करती गई। मेरे अन्दर तो

उत्तेजना का भूचाल सा आ रहा था। जिससे रह रहकर मैं अपने हाथों को उसके अंतरंग अंगों तक ले जाने की कोशिश करता रहा। पर वो मुझे रोक देती। भले ही ये कोशिशें विफल रहीं पर नेहा को चूमने में मैं सफल रहा। आखिर नेहा ने भी मुझे चूम कर यह जाहिर कर दिया था कि भले ही वह पूर्ण रूप से मुझे खुद को अभी नहीं सौंप रही थी पर उसके दिल पर राज करने वाला मैं ही हूँ और वह मुझे बहुत प्यार करती है। एक ऐसा वक्त भी आया जब नेहा मुझे किस किये जा रही थी और मैं यह आंकलन करने में ही खो गया था कि आखिर वह मुझे कितना प्यार करती है। उसके चूमने का एहसास मैं अपने गालों पर महसूस कर रहा था। और मस्तिष्क मे उसके साथ जिन्दगी बिताने के सपने उमड़ रहे थे। कुछ देर में नेहा मुझे चूमते हुये रूक गयी, मानों वह बहुत थक गई थी। पर उसके नर्म गर्म होठ अब भी कुछ बुदबुदा रहे थे। “I LOVE YOU RAHUL” मैंने नेहा की पीठ सहलाई और उसे थपकी दी और फिर उसके चेहरे को अपने कन्धे से हटाकर मुझसे नजरें मिलाने को कहा। उसके बाल उलझ गये थे, उसकी आंखों का काजल हल्का फैल गया था। उसके गाल पहले से ज्यादा लाल दिख रहे थे। मैंने उसके होंठों पर उंगली फेरते हुये उससे I LOVE YOU TOO NEHA कहा।

मैं नेहा के चेहरे पर विश्वास से भरी मुस्कान देख सकता था। तभी अचानक मुझे एहसास हुआ, मुझे लगने लगा कि अगले ही पल मेरी तबियत बिगड़ने वाली है। मैं बचपन से अब तक जो Problem सहता आ रहा था अब कभी–कभी वो मेरे लिये शर्मिन्दगी का कारण बनने लगी थी। बचपन से अब तक अगर कोई बदलाव आया था तो वह यह कि मेरी आंखे बन्द होने से पहले मुझे पूरे बदन में खिंचाव और तनाव महसूस होने लगता था। इस वक्त मैं नेहा के करीब था। और मैं यह नहीं चाहता था कि उसे यह सब देखना पड़े। वह आज बहुत खुश थी और दूसरी ओर मुझे मेरे बदन में तनाव महसूस होने लगा था। मैंने नेहा से कुछ देर वहीं रूकने को कहा जबकि मैं थोड़ी दूर पर स्थित एक बड़े पेड़ के पीछे जाकर खड़ा हो गया। अगले कुछ सेकेण्ड में ही मेरी आंखे बन्द हो गई थीं। मेरे मस्तिष्क में तेज आवाज के

साथ झोंके महसूस हो रहे थे। मैं उस बड़े पेड़ की आड़ में जमीन पर गिर गया था। उसके बाद क्या हुआ मुझे नहीं पता था।

मुझे जब होश आया तो अंधेरा हो चुका था, मैंने नेहा को देखा वह मेरे पास ही थी। उसकी आंखों में आंसू थे। मैंने नेहा का हाथ पकड़ा और उसकी ओर नजरें उठाकर देखा। वह तो बस रोये जा रही थी। I Am Sorry Neha - मैंने कहा। मुझे माफ कर दो, शायद तुम इस बीमारी के साथ मुझे Accept ना कर सको – यह कहकर मैं नेहा को देखता रहा। चुप हो जाओ, तुम ठीक हो जाओगे, अब उठो, हमें बहुत देर हो चुकी है– नेहा ने अपने आंसू पोछते हुये मुझसे कहा। कुछ लड़खड़ाते हुये मैं उठा मुझे पार्क में घूमने वाले एक गार्ड ने उठाया। नेहा ने मेरे कपड़े झाड़े और मैं अपनी इस बीमारी की वजह से बहुत शर्मिन्दा था। पर नेहा मुझे अब समझने लगी थी। क्यूं कि अब तक कई बार उसके सामने ऐसा हो चुका था। मैं अब भी उससे कुछ बोल पाने में असमर्थ था। जब मैंने कुछ हिम्मत कर उसकी ओर देखा तो वो मुझसे लिपट गई और फिर से रोने लगी। मैंने देखा अब तक पार्क में लगे लाइट्स ऑन हो चुकी थीं। कई गार्ड पार्क में इधर उधर घूमकर उन जोड़ों से पार्क से जाने के लिए कह रहे थे जो अभी तक पार्क में ही थे और कई किसिंग सीन तो अभी भी देखे जा सकते थे। मैंनें कोशिश करते हुए अपने आपको संभाला, पार्क में लगे नल पर चेहरा धुला। तब जाकर तबियत ठीक हुई। फिर हम पार्क के बाहर आये और बाइक से Institute के लिए वापस निकले।

नेहा बाइक पर मुझसे लिपट कर बैठी थी। अचानक उसने बाइक रोकने के लिये कहा। उसके तेज से कहने पर मैंने बाइक रोक दी। अब क्या हुआ नेहा Institute तो चल रहा हूँ – मैंने कहा। मुझे पानी पूरी खानी है – उसने कहा। ओह ओके, पर क्या तुम्हें लेट नहीं होगा Hmm –मैंने पूछा। नहीं होगा बस 5 मिनट ही तो लगेंगे। चलो खाते हैं– नेहा। पहली पानी पूरी तो उसने मुझे अपने हाथों से खिलाई। कभी–कभी तो वह एक छोटी सी बच्ची की तरह हो जाती। वह एक पानी पूरी खुद खाती तो दूसरी मुझे खिलाती। क्या मस्त टेस्ट है – नेहा ने कहा। मुझे तो बहुत तीखा लग रहा

है। तुम्हें कितना तीखा पसन्द है– मैनें नेहा से पूछा। तुम्हारे जितना– उसने मजाक में कहा। ठीक है, तो अब चलें–मैने पूछा, हां चलते हैं– उसने कहा। कुछ देर में हम Institute पहुंच गये। नेहा पार्किंग से स्कूटी निकालने चली गई और मैं बाहर गार्ड के पास ही था। गार्ड मेरी ओर देखकर मुस्कराये जा रहा था। ऐसा लग रहा था मानों वह जानना चाहता था कि आज क्या कुछ हुआ। लेकिन उसने ऐसा कुछ नहीं पूछा और मेरी आस्तीन पर लगी मिट्टी मुझे दिखाने लगा जो मुझे पार्क में गिरने की वजह से लग गई थी। ओह ये कैसे लग गई–मैंने अपनी आस्तीन झाड़ते हुए कहा। अभी से ये सब ठीक नहीं–गार्ड ने इशारा करते हुए कहा। हाँ– पर ऐसा कुछ नहीं हुआ–मैंने कहा। अब तक नेहा भी आ चुकी थी–मैनें गार्ड को थैंक्स कहा और फिर घर के लिये चले। नेहा और मैं बातें करते साथ–साथ बाइक और स्कूटी से चल रहे थे। तभी नेहा ने स्कूटी रोक दी, मैनें भी अपनी बाइक साइड में लगायी। मैं उसे बात करते हुये देख कर समझ गया कि उसके मोबाइल पर किसी की कॉल आयी है।

Hi उमा कैसी हो – नेहा ने फोन पर पूछा। ओह तुम घर पर तो नहीं गईं?" उमा, मैं घर पर नहीं हूँ। मैंने मॉम से कहा था कि मैं Institute जा रही हूँ तुम सिचुएशन को संभाल लेना प्लीज। मैं घर ही आ रही हूँ। बस कुछ देर में पहुंचती हूँ – नेहा ने कहा। और कॉल Disconnect कर दी। मैंने नेहा से पूछा क्या हुआ?, कोई Problem है – मैंने नेहा से पूछा। सब ठीक तो है ना? मैंने दोबारा पूछा। वह कुछ देर शान्त रही और फिर उसने कहा कि हम रात को बात करेंगे। मुझे अभी जल्दी घर जाना होगा– नेहा ने कहा। ओके, ठीक है पर बात जरूर करना। I will wait for your call - मैंने कहा। फिर वह चली गई और मैं वहीं रोड साइड बाइक पर बैठे यह सोचता रहा कि आखिर नेहा के घर पर क्या बात हो गई। कुछ देर में मैं भी घर वापस आ गया। घर पर मेरे दिमाग में यह बात चलती रही कि आखिर फोन पर ऐसी क्या बात हुई जिससे नेहा इतनी गम्भीर हो गई थी। जैसा कि नेहा ने मुझे बताया था कि उसकी मॉम का नेचर बहुत सख्त है। मैं इन सब बातों को आपस में जोड़कर यह आंकलन लगाने में व्यस्त था कि उमा

ने नेहा से क्या कहा? मुझे इस बात का भी डर था कि कहीं उमा को यह पता चलने के बाद कि मैं आज नेहा के साथ था, वह हमारे और नेहा के बीच कोई मिसअण्डर स्टैंडिंग न क्रियेट कर दें। मैं अपने रूम में था और मां मेरे लिये गर्मा–गरम चाय और पकौड़ियां लाई थीं। जैसा कि मैंने अपने रूम को अपने अनुसार बना रखा था। मैंने स्टडी टेबल को बेड से सटाकर सेट कर रखा था। मेरी कई बुक्स, कॉपी टेबल पर ही रखी रहती थी। ठण्डक में अक्सर मैं छाती तक Blanket ओढ़कर बेड के सिरहाने बैठकर पढ़ाई करता था और अक्सर मेरी ये स्टडी टेबल डिनर टेबल का काम भी करती थी। आज रात मुझे नेहा की कॉल का इन्तजार था। देर रात उसने कॉल करके बताया कि उमा उसके घर आई थी और मॉम के पूछने पर उसने यह कह दिया कि आज Institute बन्द है। मेरे लिये तो बहुत बड़ी Problem होने वाली थी – नेहा ने कहा। पर क्या हुआ फिर बताओ न– मैंने पूछा। अरे फिर क्या, मैंने उमा को सब बताया और उससे माँ के सामने कुछ नया ड्रामा करने को कहा। मैंने माँ से बताया कि छुट्टी आज नहीं कल है और मां के सामने ही उमा को यह बात Accept करनी पड़ी कि उसे कुछ कम सुनाई देता है। शायद यहीं वजह थी कि वह छुट्टी की डेट नहीं सुन पाई।

आखिर हम माँ को समझाने में सफल हो गये – नेहा ने कहा। अक्सर जब भी मां आलू के पराठे या खिचड़ी बनाती तो मैं अपनी थाल को स्टडी टेबल पर ही ले आता। इस दौरान अक्सर हम नेहा कॉल पर बातें करते या एस0एम0एस0 से चैट करते। दिसम्बर का महीना ठण्डक का भारी प्रकोप जारी था। लोगों को रोड के किनारे अलाव तापते देखा जा सकता था। कई रिक्शे वाले सॉल और मोफलर पहने अलाव तापते रहते जब तक कि उन्हें अगली सवारी नहीं मिलती और कई लोग रोड साइड चाय के ठेलों के पास सुबह जमा हो जाते। घने कोहरे से जीना बेहाल सा हो जाता। अखबारों की हेडलाइन और अन्य सूचनाओं में भी ठण्डक का असर देखा जा सकता था। राजनीतिक सख्सियतों के लिये भी नये मुद्दे और अवसर इस ठण्डक के साथ जन्म ले चुके थे। जैसा कि पिछले चुनाव परिणाम के बाद से ही विभिन्न क्षेत्रों में अलग–अलग बदलाव आ रहे थे। पर कहीं न कहीं अफसोस

ये था कि वह सब विकास एक अच्छी प्रेरणा से नहीं बल्कि ईर्ष्या के कारण उत्पन्न हुआ था। जिन क्षेत्रों में जीती हुई पार्टी के लीडर ने वहां विकास और जिन क्षेत्रों में विपक्षी पार्टी के नेता जीते थे वहां की स्थिति तो बद से बदतर हो रही थी। अब इसका जिम्मेदार कौन, यह भी एक राजनीतिक विषय बन गया था। फिर भी इन सब बातों से अनजान शहरों में युवा वर्ग अच्छी शिक्षा और अच्छी लाइफ स्टाइल को ही महत्व देते हैं। गर्मियों की अपेक्षा ठण्डक में जीवन मानों कुछ ठहर सा जाता 25 दिसम्बर और फिर नया साल, बाजारों में ग्रीटिंग कार्ड्स और गिफ्ट्स की दुकानों पर अच्छी भीड़ देखी जा सकती थी। मोबाइल पर दोस्तों और रिश्तेदारों के Happy New Year SMS एक महीना पहले से ही आने लगे थे। दूसरी ओर मेरा और नेहा का रिश्ता और गहरा होता जा रहा था। इस नये साल पर मैंने उसे ग्रीटिंग और उपहार देने के लिये सोचा यद्यपि नये साल से कुछ दिन पहले मैंने इस बारे में लियाकत और विशाल से पूछा था! जहां लियाकत इस सन्दर्भ में मुझे कोई भी सलाह देने में असफल रहा वहीं विशाल ने बताया कि वह तो सिमरजीत के साथ मूवी देखने का प्रोग्राम बना रहा है। पर क्यूं कि शायद नेहा को मेरे लिये इतना वक्त निकालना सम्भव नहीं था। उसकी मां उसे इस बात की स्वीकृति कभी न देती। हमारे लिये यह मुश्किल था कि मैं और नेहा मूवी देखने जायें। पिछली रात जब मैं इसी बात पर विचार कर रहा था कि मैं नेहा को ऐसा क्या उपहार दे सकता हूँ जो अच्छा भी हो और उसके लिये उपयोगी भी। जैसा कि मैनें अक्सर नेहा को Stylish watches पहने हुये देखा था। अब मैं यह निर्णय ले चुका था कि मैं क्या गिफ्ट नेहा को दूं। अगले दिन मैंने एक अच्छा गहरे लाल रंग का ग्रीटिंग खरीदा और एक Stylish Branded Watch भी जिसे मैंने अब तक की जमा की गई Pocket money से खरीदा था। मैं उस Wrist watch की कीमत का उल्लेख यहां इसलिये भी नहीं करना चाहता क्यूं कि यह मेरे लिये अपनी कीमत से कई गुना ज्यादा महत्व रखती थी।

मेरे लिये नेहा को देने के लिये ये ही सबसे अच्छा उपहार था। अब मैं New Year का इन्तजार कर रहा था और ग्रीटिंग में कुछ प्रभावपूर्ण लिखना चाहता था। कुछ सोचने के बाद मैंने Greeting में लिखा।

Happy New Year To My Sweet Sweet "NEHA" Your's Rahul.

साथ ही मैंने कुछ लाइनें और भी लिखीं। "तुम्हारे साथ बिताया हर पल मुझे खुशी देता है।" इतने दिनों में तुम्हारे करीब होते हुये भी जो कुछ न कह सका उसे आज फिर कहने की कोशिश कर रहा हूँ। " I LOVE YOU NEHA"

जीवन में ऐसे लोग कम ही मिलते हैं जिनसे हम अपनी सारी अच्छी और बुरी बातें शेयर कर पाते हैं। मेरे बारे में मैंने तुम्हें सब बता दिया। मेरी अब तक की जिन्दगी और बीमारी भी, मैं जानता हूँ तुम बहुत अच्छी हो, बहुत !

31 दिसम्बर की रात जब हम सभी मॉम डैड और भईया टीवी देख रहे थे। अधिकतर चैनल्स पर New Year Celebration programmes आ रहे थे। हंसाते, गुदगुदाते इन प्रोग्राम्स में रात 12 बजते ही पटाके फूटने लगे। हमारी कालोनी में भी लोगों ने पटाके फोड़े और रौशनी कर नये साल का स्वागत किया। मैंने रात में ही अपने कुछ Friends और नेहा को New Year Message Send कर दिया। मैं नेहा को कॉल करना चाहता था। पर उसने किसी कारण से मुझे रात को फोन करने से मना कर रखा था। घर में मॉम फोन पर दीदी को विश कर रही थीं। जैसा कि अगले दिन के लिये मैंने सोचा था कि नेहा को gifts देकर wish करूँगा करना है। अगले दिन 1 जनवरी को जब मैं यूनिवर्सिटी से वापस घर आया तो grand father ने बताया कि माँ मार्केट गयी है। तुम अपनी माँ को कॉल करके पता कर लो कि वह कहाँ है। उनके पास अधिक सामान हो तो तुम उनकी मदद के लिये मार्केट चले जाओ – बाबा ने कहा।

सच कहूं तो 2 मिनट के लिये मेरा मन गुस्से से भर गया था। मैंने मन में ही प्रश्न किया। "आज ही मॉम को शॉपिंग करनी थी क्या "। जब भी मैं

चाहता हूँ कोई काम ठीक समय पर हो सके तो उसमें न जाने क्यूं Problem आ जाती है। मैंने तुरन्त मॉम को कॉल की। कई बार कॉल जाने पर भी फोन रिसीव नहीं हुआ। मेरे मन में तो और भी गुस्सा आ रहा था। मैं यह सोच सोच कर परेशान हो रहा था कि अगर मॉम देर से घर आयीं तो आज मेरा Institute जाना तो कैंसिल हो जायेगा। कैसे भी पर मैं आज क्लास नहीं मिस करना चाहता था। मैंनें सुना था कि Make most of the opportunity मैं यह मौका नहीं खोना चाहता था। मैं बहुत परेशान था और फिर कुछ देर बाद मैंने फिर से मॉम को कॉल लगाई। हैलो राहुल कहां हो – मां ने कहा। अरे मैं तो घर पर हूँ, कब से आपको कॉल किये जा रहा हूँ – मैंने कहा। ओह मार्केट में भीड़ होने की वजह से शायद रिंग नहीं सुनाई दी। मैं चौक में हूँ तुम आ जाओ – मां ने कहा। ठीक है मैं आता हूँ– मैंने कहा। अगले 40 मिनट बाद मैं मॉम के साथ था। वो अपने लिये कुछ गर्म कपड़े लेने आयी थीं। मैंने उनसे कहा अगर आप शॉपिंग कर चुकी हों तो हम घर वापस चलें–मैंने मां से पूछा। ''मुझे Institute जल्दी पहुंचना था मैं मन ही मन जल्दी घर वापस आना चाहता था।'' पर मॉम तो जैसे अभी और वक्त लगाने वाली थी। Rahul यह Blanket कैसा है देखो तो जरा – मां ने मुझे ब्लैंकेट दिखाते हुये कहा। ओह मॉम ठीक तो है – मैंने उत्तर दिया। उफ मैं तुमसे पूछ रही हूँ इसका कलर देखो – मां ने कहा।

हाँ इसका Texture ज्यादा अच्छा है यह ले लो। आखिर मां Blanket का चुनाव करने में सफल हो गई और Blanket के पैसे देने के बाद हम घर को वापस लौटे। रास्ते में कुछ ज्यादा ही वक्त लग गया था। भीड़ की वजह से हमें घर पहुंचने में काफी देर हो गई थी। घर वापस आकर मैंने तुरन्त Institute जाने की तैयारी की। यद्यपि मुझे पता था कि क्लासेज स्टार्ट हो चुकी होंगी। मैनें मोबाइल देखा तो उसमें कई मिस्ड कॉल थी। चेक करके देखा तो विशाल, लियाकत और नेहा की काल थी। शायद भीड़ भरे रास्ते में मैं रिंग नहीं सुन पाया था। कुछ देर में मैं Institute पहुंचा तो क्लासेज शुरू हुये देर हो चुकी थी। मैनें Institute की पार्किंग में बाइक खड़ी कर वहीं रूक कर नेहा का इन्तजार करना ठीक समझा। मैंने विशाल, लियाकत और

नेहा को मैसेज कर दिया कि मैं बाहर पार्किंग में हूँ। विशाल और लियाकत को मैंने मैसेज से यह भी कह दिया कि वह क्लासेज खत्म होने के बाद मेरे पास तुरन्त न आ जायें। क्यूं कि मैं नेहा से मिलने के बाद उनसे मिलूंगा। मैं पार्किंग में रहकर क्लास की पूरी जानकारी लियाकत और विशाल से ले रहा था। मेरे पूछने पर लियाकत ने बताया कि उमा भी आयी है और क्यूं कि आज तुम नहीं हो इसलिये उमा नेहा के पास की सीट पर बैठी है –लियाकत ने मैसेज से बताया। लियाकत ने बताया कि आज की क्लास तो बहुत Intresting है। नया साल होने के कारण सर बहुत सी पुरानी बातें शेयर कर रहे हैं। आज तो तुम्हें क्लास में जरूर होना चाहिये था–लियाकत ने कहा। मैं बाहर पार्किंग में खड़ी अपनी बाइक पर बैठा ठण्ड से कांप रहा था। यद्यपि मैंने जैकेट से अपने बदन को ढक रखा था। पर मैं अन्दर Institute में जाकर इसलिये नहीं बैठना चाहता था। क्यूं कि मैं नहीं जानता था कि क्लासेज छूटने के बाद मैं Students की भीड़ से घिर जाऊं? और नेहा से न मिल पाऊं। इसलिये मैंने पार्किंग में रूकना ही ठीक समझा। मैं आज की क्लास अटेन्ड न कर पाने से पछता रहा था।

फिर मैंने उस ग्रीटिंग को फिर से देखा और पढ़ा जिसे मैं नेहा को देने के लिये लाया था। मैंने ध्यान दिया कि कहीं मुझसे कुछ लिखने में गलती तो नहीं हुई, मैं थोड़ा नर्वस भी था। मैंने देखा क्लास खत्म हो चुकी थी और कुछ Students Institute से बाहर निकल रहे थे। मैंने दूर से ही उन Students की भीड़ में नेहा को देखने की कोशिश की पर नहीं, अभी तक नेहा बाहर नहीं आयी थी। मैंने विशाल को कॉल कर पूछा कि नेहा कहां है। वह अभी बाहर क्यूं नहीं आयी। कुछ देर में विशाल का reply आया। मैसेज में लिखा था वे दोनों (उमा और नेहा) सर से कुछ पूछ रहीं हैं। इसलिये अभी तक वे क्लास में ही हैं।

पर कुछ ही देर बाद जब मैंने नेहा को Institute की सीढ़ियों से नीचे उतरते देखा तो मैंने राहत की श्वास ली। मैंने देखा उमा नेहा के साथ ही आ रही थी। मैंने नेहा के मोबाइल पर मैसेज किया कि मैं पार्किंग में हूँ और वह अभी तक कहां है। मैं उसका इन्तजार कर रहा हूँ। Sms करने के बाद

मैंने नेहा को देखा वह अपनी जैकेटी की पॉकेट से मोबाइल निकालकर देख रही थी। वह मेरे किये गये मैसेज को पढ़ रही थी। अब तक वह पार्किंग के नजदीक आ चुकी थी। उसने वहीं से पार्किंग की ओर देखा। मैंने हाथ हिलाकर उसे Hi बोला और कुछ पल बाद वह मेरे पास आ चुकी थी।

मैंने नेहा और उमा दोनों को Happy New year wish किया। आज क्लास क्यूं मिस कर दी तुमने – नेहा ने पूछा। अरे पूछो मत मॉम शापिंग करने गई थीं और मुझे उन्हें लेने जाना था – मैंने कहा। वापस आने में देर हो गई थी। इसलिये drop कर दी क्लास, हाँ पर आज क्लास बहुत ही Intresting थी तुम होते तो और भी मजा आता – नेहा ने मुस्कराते हुए कहा।

चलो कॉफी पीते हैं फिर चलेंगे –मैंने नेहा से कहा, तभी उमा ने नेहा से कुछ कहा। यार उमा को कुछ जरूरी काम है। मुझे आज घर जल्दी पहुंचना है। हम किसी और दिन चलेंगे प्लीज – नेहा ने रिक्वेस्ट करते हुये कहा। मैं कुछ क्षण बस उसे देखता ही रहा। आखिर वह मुस्कराई। उसकी Cute सी मुस्कान देख मुझे जैसे सुकून मिल गया। हाँ पर ... मैंने कुछ कहना चाहा पर न कह सका। वो पार्किंग से स्कूटी निकालने लगी। मेरा तो मानों सारा प्लान चौपट होने जा रहा था। मैंने कुछ क्षण सोचा कि कैसे भी मुझे यह गिफ्ट और ग्रीटिंग तो नेहा को देना ही होगा। अन्ततः मैंने हिम्मत जुटाई और स्कूटी को स्टार्ट कर चुकी नेहा को एक मिनट रूकने के लिये कहा। मैंने उस बैग को उठाया जिसमें एक बड़ा सा ग्रीटिंग और गिफ्ट रखा था। नेहा के पास पहुंचकर मैंने उसे नेहा को दे दिया। इसमें क्या है – नेहा ने पूछा। उमा पीछे ही स्कूटी पर बैठी थी। मुझे ठीक न लगा कि मैं क्या कहूँ। मैंने कहा कि घर पर देख लेना।

ओह पर यह तो इतना बड़ा सा है– नेहा ने कहा। मेरे समझाने पर वह मान गई और फिर वह चली गयी। उसके जाने के बाद ही लियाकत और विशाल जो कि अब तक मेरी कॉल का इन्तजार कर रहे थे, मैंने उन्हें कॉल करके बुला लिया। लियाकत और विशाल दोनों ने ही मेरी टांग खींचना शुरू

कर दी और फिर हम तीनों ही कॉफी शॉप गये। वहां विशाल ने बताया कि यूनिवर्सिटी में वह सिमरजीत से मिला था। पर क्यूं कि आज सिमरजीत के अंकल उससे मिलने आये हैं। इसलिये वह कल मूवी देखने जायेगा। विशाल ने अपनी और सिमरजीत की बातें हमें और लियाकत को बताईं और फिर हम वापस घर लौटे। अगले दिन मैं Institute में नेहा का इन्तजार करता रहा। पर वह नहीं आयी, मैंने कई बार उसे कॉल भी की पर वही कम्प्यूटर की नीरस सी आवाज सुननी पड़ती। नम्बर स्विच ऑफ बता रहा था। उस दिन रात और अगले दिन सुबह मैंने कई बार नेहा को काल करने का प्रयास किया। पर हमेंशा स्विच ऑफ ही मिलता।

मैं परेशान हो गया था। पर उस दिन शाम को जब नेहा Institute में आयी तो जैसे मेरी जान में जान आ गई। मैं खुश था और आज नेहा की प्रतिक्रिया की अपेक्षा कर रहा था। क्लासेज शुरू होने में अभी कुछ वक्त शेष था। मैं और नेहा Institute के परिसर में टहलते हुए बात कर रहे थे। उसने बातों बातों में ही कहा I Like you Rahul पर मैं तुम्हारा कीमती उपहार नहीं रख सकती हूँ। उसने बताया कि अगर वह कभी भी उस वाच को पहनेगी तो उसकी मॉम को पता चल जायेगा और मॉम उससे यह प्रश्न अवश्य करेंगी कि उसे यह मंहगी वाच किसने दी। नेहा ने मुझसे कहा कि वह वाच मैं रख लूं। पर दिये हुये उपहार को वापस लेना मुझे बिल्कुल भी ठीक नहीं लग रहा था। मैंने नेहा से कहा कि वह वाच को अपने पास ही रखे और मॉम से डरने की कोई जरूरत नहीं है। हाँ मैं तुम्हें इस बात के लिये फोर्स नहीं कर रहा कि तुम इसे पहनो– मैंने समझाते हुए कहा।

ओके ठीक है – नेहा ने सर हिलाते हुये कहा। और फिर हमने Class attend की। नेहा और मैं क्लास में पास ही बैठते थे और उमा नेहा से कुछ दूरी पर। उमा के दिल में हमारे प्रति नफरत तो मानों पहले दिन से जन्म ले चुकी थी और वह ऐसा कोई मौका नहीं छोड़ना चाहती थी। जिससे वह मुझे नेहा से अलग कर सके। उसे यह पता था कि मैंने नेहा को ग्रीटिंग और गिफ्ट दिया है और शायद नेहा ने उसे इस बारे में बताया भी होगा।

अगला दिन मेरी जिन्दगी में परिवर्तन लाने वाला है। मुझे इस बात की कल्पना तक न थी। जब मैं Institute के लिये घर से निकलने वाला था मैंने सोचा नेहा को कॉल कर लूं पर जब कॉल की तो उसका मोबाइल स्विच ऑफ ''अब क्या हो गया'' मैंने मन ही मन सोचा और फिर विशाल को कॉल की तो उसने बताया कि वह कुछ देर में मेरे घर आ रहा है और फिर हम दोनों साथ ही Institute गये। मैं बाइक पार्किंग में खड़ी ही कर रहा था कि मेरे मोबाइल की रिंग बजी, मैंने देखा लियाकत की कॉल थी जो शायद कुछ देर पहले Institute आ चुका था।

Hi! लियाकत– मैंने कॉल रिसीव करते हुए कहा। कहां हो तुम राहुल अभी तक आये नहीं लियाकत ने पूँछा। मैंने सोचा तुम्हें कॉल कर लूं–लियाकत। क्यूं तुम Institute में हो क्या – मैंने पूछा। हाँ मुझे आये हुये तो 30 मिनट हो रहे हैं – लियाकत ने बताया। ओके हम भी Institute पहुंच चुके हैं। कुछ ही समय में हम क्लास में होंगे–मैनें कहा। राहुल, कोई बात है क्या? – लियाकत ने पूछा।

Hmm क्या, कैसी बात, कुछ बताओगे क्या हुआ – मैंने पूछा। वो... नेहा की मॉम Insitute में आयी हुई हैं। वह नेहा को साथ डायरेक्टर रूम में है। उमा भी उनके साथ है। लियाकत यह बताते हुये 1 मिनट के लिये चुप हो गया। हैलो हैलो ... लियाकत चुप क्यों हो गये तुम– मैंने पूछा। मैं मोबाइल को कान से सटाये हुये लियाकत की आवाज को सुनने की कोशिश कर रहा था। पर मुझे जो सुनाई दिया वह मन में संदेह उत्पन्न करने वाला था। पिन्टू सर लियाकत से मेरे बारे में पूछ रहे थे। ''क्या राहुल आ चुका है – पिन्टू सर ने लियाकत से पूछा था। हाँ राहुल बोलो– लियाकत ने धीमे स्वर में कहा। हाँ मैं सुन रहा हूँ। पर ये सब क्या हो रहा है– मैंने फोन पर कहा, फिर मैंने कॉल डिस्कनेक्ट कर दी। मैंने Institute में ऊपर की ओर देखा सेकेण्ड फ्लोर की बालकनी में खड़ी नेहा और उमा शायद मेरे Institute आने की प्रतीक्षा ही कर रही थीं।

मैंने विशाल को सारी बात बताई। मुझे यह बिल्कुल समझ नहीं आ रहा था कि मैं क्या करूं। मैं घबराया हुआ था और इस बात का डर भी था कि कोई बात घर तक न पहुँच जाये। कुछ पल के लिये मेरे हाथ पैर तो सुन्न पड़ गये थे। मेरे दिमाग में इन प्रश्नों का उत्तर नहीं मिल पा रहा था। फिर आखिर नेहा ने ये सब क्यों किया। मैं मन ही मन सोच रहा था कि मैंने तो उसे किसी बात के लिये फोर्स नहीं किया और वह तो खुद मुझसे प्यार करती है। विशाल समझ चुका था कि कुछ गड़बड़ जरूर है। लियाकत ने फोन पर क्या कहा – विशाल ने मुझसे पूछा। मैं तो बर्फ की तरह जमा हुआ उसके सामने खड़ा था। बस यह देख पा रहा था कि विशाल ने लियाकत को कॉल कर Situation की जानकारी ली।

फिर विशाल ने मुझसे कहा कि "तुम्हें आज की क्लास अटेन्ड नहीं करनी चाहिए। राहुल तुम वापस घर चले जाओ यार फिर कुछ टाइम लियाकत के रूम पर रूको–विशाल ने कहा। क्लास खत्म होने के बाद हम और लियाकत तुम्हें सारी जानकारी देंगे। यही सबसे ठीक रहेगा– विशाल ने कहा। उसकी माँ रोज तो आयेगी नहीं विशाल ने मुझे समझाते हुए कई Option मेरे सामने रखे पर मैंने पुनः सोचा और अपने आपको आने वाली मुसीबतों से सामना करने के लिये तैयार किया।

मैं नेहा के सामने कमजोर नहीं साबित होना चाहता था और अगर मैं क्लास नहीं गया तो उमा यह बात सर को जरूर बता देगी कि मैं जानबूझकर आज क्लास नहीं आया। मैं कहीं नहीं जाउंगा – मैंने विशाल से कहा। ओके पर तुम्हें पता है उसकी माँ अभी एम0डी0 ऑफिस में है। कुछ देर के बाद चलो – विशाल ने कहा। नहीं, हो सकता है ऐसी कोई बात ही न हो और हम बेवजह ही डर रहे हों–मैंने कहा। कुछ देर में हम दोनों क्लास में पहुँच चुके थे। क्लास पूरी तरह शान्त थी रोज की तरह न ही कोई आपस में बातें कर रहा था और न ही हमारे क्लास पहुंचने पर जब हमने Hi बोला तो किसी ने कोई प्रतिक्रिया ही दी। क्लास में नेहा और उमा नहीं थीं। फिर हमने लियाकत से यह पता करने को कहा कि वह देखे कि नेहा की मॉम अभी भी एम0डी0 आफिस में हैं या नहीं।

लियाकत टायलेट के बहाने क्लास से बाहर गया। पर तभी पिन्टू सर क्लास में आ गये। हम सभी खड़े हो गये पर कुछ रूकने के बाद उन्होंने मुझे अपने आफिस में बुलाया। मैं पिन्टू सर के आफिस में गया। सर, क्या बात है– मैंने सर से पूछा। तुम्हें नहीं पता है कि तुमने क्या किया। हमारे समझाने के बाद भी – पिन्टू सर ने कहा। वो नेहा का क्या मैटर है – सर ने पूछा। सर......... मैंने कहा फिर कुछ रूक गया। क्या सर, Hmm बोलो – सर ने कहा।

Sir I Love Her but I didn't force her for anything- I said.

Ok और उसे ये वॉच किसने दी, सर ने वही वाच मुझे दिखाई जो मैंने नेहा को दी थी। अब तो मैं कुछ बोल ही नहीं पा रहा था। जिस वाच को खरीदने के लिये मैंने बचपन से अब तक की बचाई सारी पॉकेट मनी लगा दी थी! वह सर को अवारापन और छिछोरी हरकत लग रही थी। उनके लिये सच्चा प्यार कल्पना से परे था मानों।

प्यार–व्यार कुछ नहीं होता समझे करियर और पढ़ाई पर ध्यान दो। इन लड़कियों में मत पड़ो इस चक्कर में बर्बाद हो जाओगे। राहुल मैं तुम्हें समझा सकता हूँ पर एम0डी0 सर को मुझे इन सब बातों का जवाब देना होगा– पिन्टू सर ने कहा तुम्हारी वजह से एम0डी0 सर की डांट सुननी पड़ी हमें – सर ने कहा। I am sorry Sir – मैंने सिर झुकाकर कहा। Institute के अन्दर अब इस तरह की कोई घटना नहीं होनी चाहिये – सर ने कहा।

सर ये सब उमा की वजह से हुआ है। उसने ही ये सब किया है। वह मुझसे बदला लेना चाहती थी – मेरी आवाज बैठ सी गयी थी। मैं बस धीमे स्वर में सर को यह बता रहा था। मैं कुछ नहीं सुनना चाहता, किसने क्या किया मुझे नहीं मालूम पर मैंने खुद तुम्हें नेहा के साथ Institute के परिसर में घण्टों बैठे देखा है। अब इस तरह का माहौल बिल्कुल बर्दाश्त नहीं किया जायेगा– सर इतना कहने के बाद मुझे एम0डी0 के आफिस ले गये। मैंने देखा वहां नेहा की मां पहले से बैठी थीं।

अनिल अग्रवाल (M.D.) आफिस के बाहर लगी नेम प्लेट पर लिखा देखा। आफिस में पहुंचकर मैं सिर झुकाये खड़ा था। राहुल यह सब क्या है। तुम्हारी वजह से हमें शर्मिन्दा होना पड़ रहा है – और सर के चुप होते ही नेहा की मां ने सवाल पूछना शुरू कर दिया। राहुल गुप्ता नाम है तुम्हारा? – नेहा की मां ने पूछा, जी – मैंने कहा। कहाँ रहते हो? – नेहा की मां ने फिर पूछा। जी – मैंने कहा। कहाँ रहते हो? – जी, राजाजीपुरम – मैंने उत्तर दिया। पापा क्या करते हैं तुम्हारे? – नेहा की मां ने पूछा। मेडिसिन होलसेलर एण्ड रिटेल बिजनेस।

अच्छे परिवार से हो तो यह सब क्यों करते हो?, नेहा को फिर से परेशान किया तो सीधा जेल जाओगे – दूर रहो उससे– नेहा की माँ ने डांटते हुये कहा और खुद भी कुछ करना चाहते हो तो इस तरह ये कीमती वक्त बर्बाद मत करो, समझे – उन्होंने फिर कहा। नेहा की माँ तो मुझे फटकार लगा ही रही थी कि तभी उनके कुछ शान्त होते ही अनिल सर ने बोलना शुरू किया।

"मैं ऐसा कुछ भी बर्दाश्त नहीं करूंगा जिससे Institute की गुडविल पर आंच आये" तुम्हारी इन बेहूदा हरकतों से हम अपनी Reputation खराब नहीं कर सकते। ये वाच तुमने नेहा को दी थी – एम0डी0 सर ने मुझे वाच दिखाते हुये पूछा। मैंने गर्दन घुमाकर बाहर की ओर देखा। आफिस के बाहर दरवाजे के पास नेहा और उमा खड़ी थीं। ऐसा लग रहा था कि मेरी हो रही बेइज्जती से उमा को तसल्ली मिल गयी थी। वहीं नेहा की झुकी नजरों का कारण मैं अब भी नहीं समझ पा रहा था। एक लड़की जो खुद मुझे प्यार करती हो ऐसा कैसे कर सकती थी – मैं स्वयं से मन ही मन कई प्रश्न पूछ रहा था।

मैंने पूछा ये वाच तुमने नेहा को दी थी – एम0डी0 सर ने दोबारा पूछा। मैं सकपका गया पर फिर कुछ संभल कर उत्तर दिया, हां सर मैंने दी थी – मैंने कहा। रखो इसे अपने पास और अब इस तरह की कोई हरकत नहीं होनी चाहिये। मैंने डे सर को कह दिया है तुम्हारा बैच चेन्ज कर दिया

जायेगा। एम0डी के मुंह से निकलने वाले ये शब्द मेरे सीने को चीरने वाले थे और मैं बेसहारा, लाचार और अपनी किस्मत को कोसता हुआ अपनी डबडबाई आंखों को पोछते हुये एम0डी0 के आफिस से बाहर निकला। मैंने क्लास में जाकर अपना बैग उठाया और यह शर्मिन्दगी उठाते अपनी किस्मत को कोसता जा रहा था। क्या हुआ राहुल? क्यूं रो रहे हो– विशाल और लियाकत ने पूछा।

मैं उनसे कुछ न बोला, बैग कन्धे पर डाली और Institute से बाहर आया। बाहर निकलते वक्त मैंने एक बार पीछे मुडकर देखा तो नेहा मेरी ओर ही देख रही थी। मेरी आंखों से आंसू की तेज धार बह रही थी। मैं Institute से बाहर आकर पास के एक रेस्टोरेन्ट में जाकर बैठ गया। मैंने कॉफी आर्डर की और फिर तब तक वहां बैठा रहा जब तक कि क्लास खत्म होने के बाद लियाकत और विशाल मुझे कॉल करने के बाद वहीं आ गये।

लियाकत और विशाल ने बताया कि उन्हें सारी जानकारी पिन्टू सर ने दे दी है, उन्होंने बताया कि वे तुम्हारा बैच चेन्ज कर देंगे। हम सभी दुखी थे, मैंने निश्चय किया मैं नेहा से यह जरूर पूछूंगा कि उसने ऐसा क्यों किया। मैं बहुत परेशान था। उस दिन घर वापस आकर जब यह मालूम हुआ कि Institute से कॉल आयी थी और Sir मुझे पूछ रहे थे तो मैं और घबरा गया फिर मैंने यह कहते हुए बात को घुमाया कि फीस लेट होने की वजह से हो सकता है सर ने कॉल की हो।

मैंने उस रात खाना भी नहीं खाया। मुझे भूख प्यास कुछ भी महसूस नहीं हो रही थी। उसके बाद मैंने कई बार नेहा को कॉल करने की कोशिश की, परन्तु उसका मोबाइल स्विच ऑफ था। मैं अगले 2–3 दिन तक Institute विशाल के साथ जाता पर जब तक विशाल और लियाकत Institute में क्लास अटेन्ड करते तब तक मैं Institute के बाहर स्थित रेस्टोरेन्ट में बैठा कॉफी पीता और उनका इन्तजार करता, क्लास खत्म होने के बाद विशाल के साथ ही घर वापस आ जाता था।

मैं विशाल और लियाकत से यह जानकारी लिया करता था कि क्या नेहा मेरे बारे में उमा से या किसी और से कोई बात करती है। या फिर क्या Day Sir मेरे बारे में कुछ कह रहे थे।

धीरे–धीरे एक सप्ताह गुजर गया। मैं घर से तो Institute जाने के लिये निकलता पर Institute न जाकर पास के पार्क में जाकर बैठा रहता। मैं Institute के बाहर से अकसर नेहा और उमा को साथ आते जाते देखता और एक दिन जब नेहा अकेले Institute आ रही थी, मैंने उसे रास्ते में रोकने की कोशिश की। उसने स्कूटी रोक दी, मैं उससे पूछता रहा कि आखिर उसने ऐसा क्यूँ किया।

"नेहा तुम्हें मुझसे बोल देना चाहिये था। मैं कभी तुमसे फिर बात न करता, तुमने यह झूठा स्वांग क्यूं रचा, क्यूं धोखा दिया तुमने मुझे"

क्या तुम्हारे दिल में बदला लेने की इतनी नफरत थी मुझसे, – मैं नेहा से कहता गया जो भी मेरे दिल और दिमाग में आ रहा था मैं उससे बस कहते जा रहा था।

नेहा मौन रहते सब सुनती रही, वह कुछ न बोली। नेहा तुम्हें सच बोलना होगा–मैनें उसके हाथ को झिटकते हुए पूछा। Rahul I am very Sorry, वो उमा ने माँ को सब बता दिया था। मैं कुछ नहीं कर सकती थी। I really Love you Rahul. मैंने तुम्हें धोखा नहीं दिया है – नेहा ये कह रही थी और उसकी आंखों से आंसू बहने लगे थे, वह वहीं उस पार्क के किनारे मेरे गले लग गई।

I Love You too Neha - मैंने उससे कहा। सच तो यह था कि मैं उससे बहुत गुस्सा था। उसके प्रति मैंने जाने क्या–क्या विचार बना रखे थे। वह एक स्वार्थी और घमण्डी लड़की है, और शायद मैं पूरी उम्र उसे माफ न करता पर उसकी बातों को सुनते ही मानों सब फिर से परिवर्तित हो गया। उसके प्रति मेरा प्यार और विश्वास और बढ़ गया। यद्यपि अनजाना सा गुस्सा उसके प्रति अब भी था। पर मैं यह समझ सकता था कि वह एक लड़की है और उसके Dad के न होने की वजह से वह अपनी मॉम को

किसी भी तरह का दुख नहीं देना चाहती है। हम दोनों कुछ देर तक एक दूसरे के गले लगे रहे और फिर उसने आज Institute न जाने का फैसला किया। दोनों ने अगले 3 घण्टे पास स्थित रेस्टोरेन्ट में बिताये। इस दौरान उसने मुझसे कई बार Sorry बोला। राहुल मेरी वजह से तुम्हें कितना कुछ सुनना पड़ा। तुम्हारा बैच भी चेंज हो गया। प्लीज मुझे माफ कर देना– नेहा ने मेरा हाथ पकड़ते हुये कहा।

Just Don't think about that please - मैंने कहा, मेरे लिये वे सारी बातें मायने नहीं रखती। मैं तो सिर्फ इतना जानना चाहता था कि तुम मुझसे प्यार करती हो या नही ? – मैंने कहा।

नेहा से मिलकर और यह सब जानकर मैं अब खुश था और मेरे अन्दर उमड़ती एक बड़ी हलचल अब शान्त हो चुकी थी। रात को फोन पर लियाकत ने बताया कि Pintu Sir पूछ रहे थे कि राहुल दूसरा बैच ज्वाइन क्यूं नहीं कर रहा है। अब तो मैटर खत्म हो गया है। पिन्टू सर ने मुझसे तुम्हें समझाने को बोला– लियाकत ने फोन पर बताया। हाँ यार मैं समझ सकता हूँ पर इतने समय तक जिस तरह हमने साथ में पढ़ाई की और अब दूसरे बैच में जाकर पढ़ना बिल्कुल भी अच्छा नहीं लगेगा – मैंने लियाकत से कहा। फिर भी मैं कोशिश करूंगा कि कल से ज्वाइन कर लूं– मैंने कहा।

अगले दिन से मैं दूसरे बैच में जाने लगा। इस दौरान मेरे स्वाभाव में काफी परिवर्तन आ गया था। अब मैं पहले से अधिक सीरियस रहने लगा था और Institute में सिर्फ उतनी देर रूकता जब तक मेरी क्लास चलती। मैं देख रहा था कि कई लोगों का मेरे प्रति नजरिया अब बदल चुका था और हर कोई मुझसे अधिक बात करने से बचता था। इसमें Institute की वह Receptionist भी थी जो पहले अकसर मुझसे मुस्कराकर बात करती थी। अब न ही कोई मुझसे मजाक करता और न मैं ही। मुझे जब भी नेहा से मिलना होता हम Institute से बाहर मिलते। Institute के अन्दर तो जैसे मैं और नेहा एक दूसरे को पहचानते भी नहीं थे। अगले एक महीने बाद मैंने घर पर यह बताया कि Institute की क्लास की टाइम चेन्ज हो गई है।

ठण्डक का आखिरी दौर भी गुजर चुका था। मौसम में जैसे रंगीनियां बिखर रही थी और एक बार फिर मैंने और नेहा ने 14 फरवरी को पूरा दिन साथ बिताया। अब हम पहले की तरह जल्दी–जल्दी नहीं मिल पाते थे, कुछ समय बाद ही हमारे Graduation के Exam भी आने वाले थे। समय कैसे बीतता गया पता ही न चला। फिर से तेज धूप और पेड़ों से झड़ते पत्ते पिछले साल की याद दिला रहे थे। जो आज की स्थितियों से बहुत अलग था। Graduation के Exam के खत्म होने के बाद जैसा कि मैंने मेडिकल परीक्षा का फार्म भरा था। मालूम हुआ कि मई आखिर में Exam है। हमारी कम्प्यूटर क्लास भी खत्म होने को थी। सर ने कुछ एक्स्ट्रा क्लासेज लेकर कोर्स 15 अप्रैल तक पूरा करवा दिया था। लियाकत वापस अपने गाँव चला गया। विशाल और मैं अक्सर शाम को कालोनी के पार्क में मिला करते।

जैसा कि बताया गया था कि हम सबको कम्प्यूटर कोर्स के डिप्लोमा सर्टिफिकेट 15 मई को मिलेंगे। जिससे एक बार फिर हम सब 15 मई को Institute में मिले। एक दूसरे से एक साथ, एक जगह पर मिलकर हम बहुत खुश थे। हमने देखा कि नेहा Institute अपनी मां के साथ आयी है। आज कई दिनों के बाद फिर से हमें मस्ती करने का मौका मिला था। अब हमे डिप्लोमा मिल चुका था और यही कारण था कि हम पूरे तरीके से बेफिक्र थे। दोपहर के 12 बजे तक Institute में कुछ एक टीचर और Students ही थे। शायद यह अत्यधिक उत्सुकता ही थी जो मैनें Institute में ही नेहा को किस करने की ठान ली थी और फिर वह मौका भी आया जब मैं ऐसा करने में कामयाब हो पाया। नेहा की मां तो मुझे ऐसे देख रही थी जैसे मैं उनका कोई पुराना दुश्मन हूँ। उमा को उसकी Image (इमेज) दिखाने का भी आज अच्छा मौका था। मैंने देखा कि नेहा की मां पिन्टू सर से उनके आफिस में बातें करने में व्यस्त थीं और इसी बीच नेहा और उमा Institute में सीढ़ियों से अगले फ्लोर पर जा रही थी। मेरे लिये यही सबसे अच्छा मौका था और मैं आत्मविश्वास से भरा हुआ था। मेरे और नेहा के बीच अब कैसा रिश्ता है उमा को कुछ नहीं मालूम था। सीढियों पर मैं नेहा और उमा के पीछे ही चल रहा था और फिर अचानक मैंने नेहा की बांह पकड़कर उसे दीवाल से

सटा दिया और उमा के सामने ही नेहा को कई बार किस किया। नेहा ने अनचाहा प्रतिरोध किया जिसकी सच्चाई उमा को नहीं मालूम थी। नेहा को किस करने के बाद मैनें उसे छोड़ा तो उमा जैसे आग बबूला हो रही थी। वह शायद इस घटना को नेहा की मां से बताती पर नेहा ने उमा को यह कहकर मना किया कि इससे उसकी इमेज खराब होगी और वैसे भी आज के बाद हम इससे कभी नहीं मिल पायेंगे– नेहा ने उमा को बताते हुये कहा। कुछ बड़बड़ाते हुए आखिर वह वहां से चली गई। लियाकत, विशाल और मैं Institute से सम्बन्धित अपनी हर याद को जैसे ताजा कर रहे थे। शाम तक हम सभी साथ रहे हम तीनों ने ही हमेंशा एक दूसरे का साथ निभाने और दोस्ती बनाये रखने का वादा किया। हमें मालूम था कि लियाकत से अकसर मिल पाना हमारे लिये आसान न होगा पर हमारा एक दूसरे से किया गया वादा हमें हमेंशा एक दूसरे से जोड़े रखेगा। हम तीनों के अपने–अपने लक्ष्य थे। लियाकत को दुबई जाना था तो विशाल को एक बड़ा बिजनेसमैन बनना था। मेरी राह इन दोनों से अलग तो थी पर मेरी किस्मत मुझे कहां ले जाने वाली थी, इसका अब तक मुझे कोई ज्ञान नहीं था।

हम सब का Institute से आना जाना आज से जैसे खत्म हो रहा था। हमने देखा हमारे ही बैच की एक लड़की ''सोनाली'' ने पिन्टू सर को अपनी शादी का कार्ड भी दिया। सोनाली एक सिम्पल और अच्छी लड़की थी। कई बार जब हम क्लास में बातें करते थे तो वह अक्सर कहती थी कि वह सिर्फ एक हाउसवाइफ बनकर नहीं रहना चाहेगी। पर उसकी किसी MNC में जॉब करने की इच्छा मानों खत्म कर दी गयी थी। सपनों को उड़ाने देने का उसका इरादा शायद उसके घर वालों ने ही छीन लिया था।

सर के पूछने पर उसने बताया कि वह अभी शादी नहीं करना चाहती थी। उसने तो कुछ और ही सोचा था। सोनाली ने बताया कि वह शादी से इनकार करके अपने माँ, बाबू जी को और दुख नहीं देना चाहती है। आखिर हमारा समाज और परिवार हमारे साथ ऐसा बरताव क्यूं करता है। कुछ समझ नहीं आता– सर ने कहा, सर आप बहुत अच्छे हैं। आप शादी में जरूर आइयेगा – सोनाली ने सर से कहा।

(एक लड़की जो हमारे साथ पढ़ती थी, हमारे जैसे सपने थे जिसके, अभी न जाने किस बात की जल्दी थी कि उसके माँ–बाप ने उसे स्नातक तक कम्पलीट नहीं करने दिया) – हमारे दिमाग में यही प्रश्न उठ रहा था।

इस बार CPMT का Exam मैंने बिना अधिक तैयारी के ही दिया था। Physics कुछ कमजोर होने की वजह से ही मैं कोई प्रथम श्रेणी का कालेज न पा सका। घर वालों का कहना था कि जो भी कॉलेज मिल रहा है मैं उसमें एडमिशन ले लूं। पर मैं ऐसा नहीं चाहता था और एक कारण यह भी था कि मैं नेहा से दूर भी नहीं जाना चाहता था। शायद यही एक कारण था जिसकी वजह से मैंने इस बार एडमिशन नहीं लिया। दूसरी तरफ यह विचार भी मेरे मन में था कि B.Sc पूरी करने के बाद ही मैं कुछ और करूंगा।

नेहा ने नया मोबाइल ले लिया था और अब अक्सर हम बातें करते रहते थे। मैं अब बिल्कुल बेफिक्र था। कम्प्यूटर कोर्स खत्म होने के साथ–साथ ही अब Institute में आना जाना भी खत्म हो चुका था। अगले 2 सालों तक कोई नई प्लानिंग भी नहीं करनी थी। मैंने बी एस सी कम्पलीट करने के बाद ही कुछ और करने का निश्चय किया। इस दौरान मेरे और नेहा के बीच प्यार और प्रगाढ़ होता जा रहा था। अब जब भी हमें मौका मिलता हम यूनिवर्सिटी न जाकर घण्टों पार्क में बैठकर एक दूसरे से बातें करते बिता देते थे। हम दोनों का एक दूसरे से अधिक जुड़ने की एक वजह यह भी थी कि हम दोनों की सोच एक जैसी थी। वहीं हम दोनों अपने परिवार से अधिक खुश नहीं थे। जहां अधिकांश लोगों की सोच अच्छा करियर, नाम, पैसा और बड़ा बनने के इर्द गिर्द घूमती रहती वहीं मैं और नेहा अक्सर समाज की उन कुरीतियों को बदलने की सोचते रहते जिनकी वजह से खुद समाज को ही नुकसान होता है। अलग–अलग जाति सम्प्रदाय के लोग एक दूसरे की जान के दुश्मन बन जाते हैं। शायद ऐसा इसलिये भी था क्योंकि हम एक ऐसी ही परिस्थिति से गुजर रहे थे।

अपने आप में यह प्रश्न उठता कि हमारा समाज और परिवार आज भी अर्न्तजातीय और दूसरे धर्म में विवाह स्वीकार नहीं करता क्यूं? जब कि

परिवार द्वारा की गई अरेन्ज मैरिज के टूटने के विभिन्न कारण ऐसे होते हैं जिनमें लड़के और लड़की के विचार आपस में नहीं मिलते या फिर उनका उस परिवार से अच्छा तालमेल नहीं हो पाता। भारतीय शादियों में तो अधिकांशतः परिवारों द्वारा लड़कियों से शादी के बारे में उनकी राय ली ही नहीं जाती। कई बार तो लड़कियां अपने पति को विवाह के बाद ही देख पाती हैं।

हम दोनों का मानना था कि सामाजिक और कानूनी दोनों स्थितियों में बदलाव की आवश्यकता है। नेहा एल0एल0बी0 कर रही थी और वह भी समाज में बदलाव लाना चाहती थी। वह सोचने के साथ ही साथ अपने विचारों को मूर्त रूप देने के लिए तत्पर भी थी। हमारा एक दूसरे से मिलना, बातें करना मानों हमारी दिनचर्या बन गया था। अगले 18 कुछ इसी तरह कैसे बीत गये। हम पार्क, रेस्टोरेन्ट, मॉल हर जगह साथ घूमने जाते थे। अक्सर जब भी हम बाहर मिलते वह मेरे लिये कुछ खाने के लिये खुद बनाकर लाती और मैं भी उसे चॉकलेट देता रहता था। वह वक्त बस कुछ समय के लिये ही मेरी जिन्दगी में ठहराव लाया था और मेरी जिन्दगी में इस ठहराव की जगह फिर से हलचल लेने वाली थी। वही हुआ मेरी जिन्दगी ने फिर से करवट ली। जब एक दिन नेहा की माँ ने उसे मुझसे बातें करते हुये सुन लिया। अब तक तो शायद वह Institute की उस बात को भूल ही चुकी थीं पर इस घटना से जैसे उनका उग्र स्वभाव फिर से जाग्रत हो गया।

Institute की घटना लगभग 2 साल पुरानी हो चुकी थी और हम सामान्य जीवन जी रहे थे। उस शाम जब मैंने नेहा को काल की तो उसने बताया कि मॉम किचन में चाय बना रही हैं और मैं उससे अगले 15 मिनट तक तो आराम से बातें कर ही सकता हूँ क्यूं कि उन 15 मिनट के बाद उसकी माँ उसके साथ ही चाय पीने वाली थीं। हम दोनों बातें करने में इतने खो गये कि ना वक्त का उसे ही होश रहा और न मुझे और होश तब आता है जब एक तेज आवाज के साथ Call disconnect हो जाती है। मैं आशंकित था कि क्या हुआ है। मैंने तुरन्त ही दोबारा नेहा को कॉल की कॉल रिसीव तो हो गयी परन्तु नेहा कुछ नहीं बोल रही थी। सिफ उसकी

माँ की तेज आवाज ही सुनाई दे रही थी। वह नेहा को डांट रही थी ''किससे बात कर रही थी तुम, कौन है जिससे "I Love You" बोल रही थीं – नेहा की मां कड़क आवाज में पूछ रही थी। तुमने मेरे विश्वास को तोड़ा है– इस बार नेहा की मां ऊंची आवाज में बोल रही थीं। नहीं, मां ऐसा नहीं है राहुल बहुत अच्छा लड़का है – नेहा ने कहा। चुप हो जाओ बदतमीज और हां ये राहुल वही लड़का है ना जिसने तुम्हें Institute में परेशान करने की कोशिश की थी – नेहा की माँ प्रश्न करती जा रही थीं।

हाँ, वही पर उसने मुझे कभी परेशान नहीं किया–नेहा ने कहा। वह जरूर तुमसे बदला लेना चाहता होगा और तुम हो कि उस आवाँरा बदतमीज के इस जाल को प्यार समझ रही हो– नेहा की मां ने कहा। अभी तक मैंने इन बातों को छोटा समझकर तुम्हारे भाई से कुछ नहीं कहा है। पर अब पानी सर से ऊपर चढ़ चुका है। मैं आज ही इस बारे में उसे बताती हूँ और फिर देखना उस राहुल का क्या हाल होता है। और भी एक बात कान खोलकर सुन लो, कल से तुम्हें यूनिवर्सिटी छोड़ने और लेने वैभव जायेगा – नेहा की मां ने कहा। मैं फोन पर यह बातें सुनकर असमंजस में था। यह सब क्या हो गया और एक प्रश्न जो रह रहकर उठता कि ये वैभव कौन है। एक लम्बे समय के अन्तराल के बाद मुसीबतें मुझ पर फिर से मेहरबान हो रही थीं। कभी दिल रोता तो कभी ''वैभव'' कौन है यह सोचना रहता। मैंने कई बार कॉल की पर नेहा का मोबाइल स्विच ऑफ, नेहा के मोबाइल का स्विच ऑफ होना मानों आने वाली मुसीबतों को संकेत होता था। फिर मैंने जब कालेज के बाहर उससे मिलना चाहा तो हमेंशा ही एक लड़का उसके साथ रहता।

शायद यह लड़का वैभव ही होगा – मैनें मन ही मन में सोचा, यूनिवर्सिटी आते समय और यूनिवर्सिटी से जाते वक्त वह हमेंशा नेहा की परछाई की तरह रहता था। लगभग एक सप्ताह गुजरने के बाद एक दिन दोपहर के वक्त जब मैं कुछ लिख रहा था। मेरे पास कॉल आयी , मैंने देखा जो कि लखनऊ के किसी बेसिक नम्बर से थी। मैंने कॉल रिसीव की। हैलो – मैंने कहा। राहुल मैं बोल रही हूँ नेहा, तुम कैसे हो – नेहा ने कहा। नेहा

की आवाज सुनकर मेरे शरीर में जैसे फिर से ताजगी भर गई। मैं ठीक हूँ नेहा तुम कैसी हो। बहुत मिस करता हूं तुम्हें! तुम्हारे बिना थोड़ा वक्त गुजारना भी बहुत मुश्किल होता है मेरे लिये– ये कहते मैं अपनी भावुकता को नहीं रोक सका और रो पड़ा।

राहुल मत रो प्लीज, I love you Rahul – नेहा ने कहा । हम दोनों कभी अलग नहीं होंगे। अभी मैं तुम्हें यूनिवर्सिटी के पास के एक पी0सी0ओ0 से बात कर रही हूँ। हम अभी कुछ दिनों तक न ही बात कर सकते हैं और न ही मिल सकते हैं। मॉम वैभव को मुझे युनिवर्सिटी लाने और ले जाने के लिये साथ भेजती हैं – नेहा ने बताया।

नेहा, ये वैभव कौन है है – मैंने पूछा। मौसी का लड़का है। मेरे घर में ही रहता है। अभी यहाँ PO की तैयारी कर रहा है। वैभव को मालूम है कि मैं तुमसे बहुत प्यार करती हूँ और वह इस बात को समझता भी है। पर मैं नहीं चाहती कि उसे मॉम की डांट सुननी पड़े। हम अगले कुछ दिनों तक नहीं मिल सकते हैं और मुझे जब वक्त मिलेगा तो बात कर लूंगी। तुम अपना ख्याल रखना– नेहा ने कहा। Hmm But I miss you Neha –मैंने कहा। I miss you too – नेहा ने कहा। अब मैं जा रही हूँ। ओके वैभव इधर ही आ रहा है– नेहा ने कहा। Ok Take care – मैंने कहा।

नेहा से बात करके दिल को राहत मिल गई थी। पर हर दिन का अधिकतम वक्त जो अब तक मैं नेहा के साथ Spend करता था। अब खाली खाली सा जान पड़ता था। जब भी नेहा को ज्यादा मिस करता तो उंगलियां स्वतः मोबाइल पर चलती और फिर कुछ सोचकर रूक जातीं। मुझे लियाकत से बात किये 2–3 महीनें हो रहे थे और विशाल से भी पिछले सप्ताह मिला था। जिन्दगी में नीरसता भी आ चुकी थी। ना जाने क्यूं पर ऐसा लग रहा था जैसे मैं बिल्कुल अकेला हो गया हूँ। कुछ सोचा और विशाल को कॉल की, फोन बिजी बता रहा था तो कुछ देर रूकने के बाद मैंने फिर से उसे कॉल की अब भी उसका नम्बर बिजी ही था। कई बार कोशिश करने के बाद आखिर विशाल ने कॉल रिसीव की।

Hi Rahul! कैसे हो – विशाल ने पूछते हुये कहा। नेहा से कैसा चल रहा है–विशाल ने फिर पूछा। नेहा कि याद मानों मेरे लिये दर्द महसूस करना था। पर विशाल का इस तरह से पूछना ठीक ही तो था। मैं तो उसकी स्थिति वैसे भी समझता था और मुझे इस बात का पूरा विश्वास था कि वह पिछले एक घण्टे से सिमर से ही फोन पर बातें कर रहा था। अच्छा हूँ! और वैसे भी तुमसे छिपा क्या है मेरे दोस्त – मैंने कहा। क्यूं अब फिर से कुछ Problem हो गई क्या, और तुमने पिछले कुछ दिनों से यूनिवर्सिटी में क्लासेज भी अटेन्ड नहीं की। क्या हुआ – विशाल ने पूछा। क्या बताऊं विशाल, Actually अब नेहा की मॉम की वजह से न ही मैं और नेहा मिल पाते हैं और न ही अब बात ही कर पाते हैं। जाने कब तक ऐसे चलेगा कुछ नहीं कह सकता – विशाल से कहा।

Hmm समझ सकता हूँ यार, सब ठीक हो जायेगा। तू टेन्शन ना ले– विशाल ने कहा। अच्छा तू बता सिमर कैसी है और तुम दोनों शादी कब कर रहे हो–मैनें मजाक करते हुये पूछा। अभी ऐसा कुछ नहीं सोचा, पहले पढ़ाई कम्पलीट हो फिर करियर और तब जाकर सोचेंगे शादी के बारे में। अभी सिमर का भी एम0बी0ए0 फाइनल ही तो है – विशाल ने कहा।

वैसा अच्छा होगा कि एक ही समय में मैं सिमर व तुम्हारी और नेहा की शादी हो। अच्छा होगा ना – विशाल ने पूछते हुये कहा। अच्छा मजाक करने लगे हो –मैंने कहा। कल मिलते हैं यूनिवर्सिटी में– मैंने कहा। Call disconnect होने के साथ ही फिर कुछ प्रश्न मेरे मस्तिष्क में घूमने लगे। इस खाली वक्त में क्या करूं कुछ समझ नहीं आ रहा था। नेहा से भी मुलाकात और बात दोनों ही बन्द थी। फिर मैंने अपनी ही दिनचर्या में स्वयं कई बदलाव किये। मैं सुबह जल्दी उठकर रेगुलर जिम जाने लगा। रेगुलर यूनिवर्सिटी जाता और हमारी सामाजिक और राजनीतिक व्यवस्था पर अधिक रूचि लेने लगा।

इस प्रश्न पर मैं हमेंशा विचार करता कि समाज की रूढ़िवादी विचारधारा, मानसिकता व पुरानी सोच को कैसे बदला जा सकता है और

गरीब व मध्यम वर्ग का व्यक्ति ऊचाइयों को कैसे पा सकता है। मैंने अभी तक जितने भी Successful लोगों की जीवनी पढ़ी उन सब में यह बात मुख्य थी कि वे सभी परिश्रमी और जुझारू थे। उन्होंने सफलता प्राप्त करने के लिये नये रास्ते खोजे थे और फिर जब मैं वर्तमान में अपनी स्थिति पर गौर करता तो पाता कि मेरे पास तो ऐसा कुछ भी नहीं है। कुछ है तो वह मेरी नीरस जिन्दगी और बीमारी। समय ऐसे ही बीतता गया और कुछ दिनों बाद जब नेहा की कॉल फिर आयी तो वह अत्यन्त शान्त और गहन स्वभाव में लग रही थी।

राहुल कैसे हो– नेहा ने पूछा। ठीक तो नहीं हूं। तुम समझ सकती हो–मैंने कहा। मुझे भी अच्छा नहीं लग रहा है – नेहा ने कहा। तुमसे अलग रहकर तो मैं जीना भी नहीं चाहती– नेहा ने कहा। क्या करें हम बताओ– मैंने कहा। देखो हमारे घर वाले तो हमारी शादी करने वाले नहीं और उनसे इस तरह की कोई उम्मीद रखना भी गलत होगा। और यह भी निश्चित है कि एक दिन हम दोनों घर से भागकर शादी करने वाले हैं – नेहा ने कहा। नहीं अभी ऐसा कुछ नहीं जब तक कि हम अपना करियर नहीं बना लेते–मैंने कहा। सिर्फ शादी करना ही सब कुछ ठीक नहीं कर देगा। नेहा मैं तुम्हें हमेंशा खुश देखना चाहता हूँ, हमें इन्तजार करना चाहिये– मैंने कहा। I trust You Rahul –नेहा ने कहा। "न जाने कितनी बार यह बातें हमने की होंगी। इसी उम्मीद के साथ ही दिल को यह तसल्ली रहती कि हम कभी न कभी अपनी मंजिल जरूर पायेंगे।

वक्त का पहिया तो कभी नहीं रूकता और इसके साथ चलते–चलते हमारी जिन्दगी ने भी कुछ अलग मोड़ लिया। मेरा Graduation complete हो गया। मैनें CPMT का Exam दोबारा नहीं दिया। घर में पिताजी इसी बात से मुझसे नाराज रहने लगे थे। अब मैं उनकी नजरों में एक अवाँरा और निकम्मा लड़का था। इसी दौरान मैंने एक प्राइवेट कम्पनी में जॉब कर ली और पत्राचार से (Correspondence) MBA करने लगा। यद्यपि तनख्वाह बहुत ही कम थी। पर अनुभव प्राप्त करने के लिये यह अच्छा था। पिता जी

इस बात को लेकर भी मुझसे नाराज थे कि मैंने फैमिली बिजनेस न ज्वाइन करके एक कम सैलरी वाली जॉब को क्यूं चुना।

"कहते हैं जब इन्सान की किस्मत अच्छी न हो तो हर पल मुश्किलों का सामना ही करना पड़ता है। मेरी बीमारी की वजह से ही मुझे कई बार शर्मिन्दा होना पड़ा और यह मेरी नौकरी छूट जाने का कारण भी बना।" यद्यपि आर्थिक रूप से मुझे कोई परेशानी नहीं थी। पर मेरी सोच पर इस बात ने गहरी चोट की। नौकरी छूट जाने के बाद मैं पूरा वक्त घर पर ही रहता। मेरी मनोदशा बिल्कुल भी ठीक नहीं थी और पिताजी के ताने दिल को और भी चोट पहुंचाते थे। मैं हर बात उन्हें नहीं बता सकता था। मैं मन ही मन बहुत परेशान था। किसी भी काम में अब मन नहीं लगता था। मस्तिष्क न जाने किस शून्य में विचरता रहता मुझे कुछ भी ज्ञात नहीं था और एक दिन इसने अपना चरम प्राप्त कर लिया। जब उस दिन पिता जी की बातों ने मेरे मन में अत्यन्त वेदना उत्पन्न कर दी। उस दिन सुबह जब मैं बिस्तर पर ही था। मेरे कानों में उनकी तेज आवाज सुनाई दी।"यह मेरी आखिरी चेतावनी है। तुम्हें आज से अपनी दिनचर्या बदल लेनी होगी। तुम कुछ नहीं कर सकते। तुम एक अंवारा, मक्कार और आलसी लड़के हो।

क्या करोगे तुम?? फिर कह रहा हूँ। मैं अब और हैण्डिल नहीं कर सकता– पिता जी गुस्से में कह रहे थे। तुम जो भी करना चाहते हो कर सकते हो। पर मैं तुम्हें इस निकम्में स्वरूप में नहीं देख सकता। मेरी अब कोई जिम्मेदारी नहीं होगी। अब तक बहुत कर चुका मैं तुम्हारे लिये। पढ़ाई तुम्हारे नसीब में ही नहीं है– पिता जी ने कहा।

(और कुछ देर रूकने के बाद फिर से बोलना शुरू किया)

मेरी किस्मत ही खराब है। एक तो तो मिस्टर तबाह करके रख। है मुझे दूसरे ये– यह कहते हुये पिता जी ने दरवाजे के पास रखी चीनी मिट्टी की चाय की केतली पर जोर से पैर मारा तो मानों पूरी दुनिया हिल गयी। केतली के कई टुकड़े मेरी कम्बल पर भी गिरे। मैंने तुरन्त ही कम्बल को हटाया और उठ खड़ा हुआ, और कुछ समय तक मैं स्तब्ध

खड़ा ही रहा मेरे चारों ओर पूरा संसार मानों 180 किमी0 प्रति घण्टा की स्पीड से घूम रहा था। पापा बड़बड़ाते हुए कुछ देर में शॉप पर चले गये। मॉम किचन में थीं और पापा के जाने के बाद हमारे लिये चाय बना रही थीं। मेरे बाबा जी जिनका कमरा मेरे कमरे के पास ही है। यह सब बातें सुन रहे थे। पापा के जाने के बाद उन्होंने माँ से कहा।

लड़के अपनी तरह से जिन्दगी जी रहे हैं। पर हमें उनसे बात गुस्से में नहीं करनी चाहिये, बल्कि उन्हें प्यार से समझाना चाहिए। बाबा जी इतना कह ही रहे थे कि मॉम भी बोलने लगीं। ''अरे वो तो दोनों के लिये ही अच्छा सोचते हैं पर ये लड़के'' इन पर हमारी बातों का कोई असर नहीं पड़ता'' – इतना कहते हुये मां ने बाबा को दूध का ग्लास पीने के लिये दिया।

मैं यह सब बातें सुन रहा था। मुझे झुंझलाहट में यह नहीं समझ आ रहा था कि क्या करूं और मैं नहाने चला गया। मैं बाथरूम में रोज की तरह आज गाना नहीं गा रहा था आज तो ऐसा लग रहा था जैसे मेरा शरीर और मस्तिष्क अलग–अलग कार्य कर रहे हों। मेरे मन में अर्न्तद्वन्द चल रहा था। आखिर मैं यह सब बातें कब तक सुनता रहता। अब रोज–रोज यह सब मुझे ठीक नहीं लग रहा था। मैं अपने दिल की बात किसी से नहीं कह सकता था और कभी तो इस बात का अफसोस होता कि मुझे कभी ऐसा माहौल ही नहीं मिला जो अपनी बात परिवार में कह सकता। बचपन से अब तक के सभी मित्रों के नाम मेरे दिमाग में आते जा रहे थे। आखिर इस मुश्किल में मुझे कौन समझ सकता है। मुझे मालूम था कि मेरे कई मित्रों की जॉब लग चुकी उनमें से कई तो लखनऊ के बाहर हैं और कुछ की तो शादी भी हो चुकी है। विशाल का ख्याल भी आया लेकिन फिर विचारों में उथल पुथल सी हुई और मैंने किसी से सम्पर्क ना करने का निर्णय लिया। सुबह के 8 बज चुके थे। कुछ देर में मैं तैयार होकर घर से जाने लगा तो मॉम ने आवाज दी।

राहुल कहां जा रहे हो। कब तक वापस आओगे। बाहर जा रहे हो तो चाय तो पी लो–मां ने कहा। मैंने उन्हें कोई उत्तर नहीं दिया। मैंने अपना मोबाइल उठाया जो कि हमेंशा की तरह साइलेन्ट मोड में था। मैंने देखा पापा की कॉल आ रही थी और शायद वो 2–3 बार पहले कर भी चुके होंगे। आखिर कुछ सोचने के बाद मैंने काल रिसीव की पर जैसा कि मैं सोच रहा था। कुछ वैसा ही हुआ जैसे ही मैंने काल रिसीव कर मोबाइल कान से लगाया मानों भूचाल आ गया था। पापा की तेज आवाज मेरे कानों में गूंजने लगी।

''कहां हो, हम मर रहे होंगे तब भी फोन नहीं रिसीव करोगे तुम'' मैंने हिम्मत करते हुए पूछा। क्या बात है बताइये। दो दिन पहले मैंने अपना चश्मा ABC Opticals में बनने के लिये दिया था उसे ले आना– पिता जी ने कहा। मैं कुछ ना बोला और फिर फोन रख दिया। और फिर बाहर बिना किसी निश्चित मंजिल के निकल पड़ा। कुछ दूर पर ही जा पाया था कि तभी याद आया कि आज मैं अपनी दवा खाना भूल गया हूँ। जिसे मैं नियमित खाता हूँ। मैं अन्दर ही अन्दर गुस्से से जल रहा था।

मैंने घर वापस न जाने का निर्णय किया। क्यूं कि मैं घर से कोई योजना बनाकर नहीं आया था और मैं बाइक भी नहीं लाया था। मैंने टैक्सी ली कुछ दूर स्थित पार्क चला गया। (यह सब जैसे स्वतः बस होता गया अभी तक मैं असंतुलित ही महसूस कर रहा था) मैं कैसे भी उस पार्क तक पहुंच कर, हर बात से बेखबर पार्क में किनारे की तरफ जहां अन्य जगह की अपेक्षा भीड़ कम थी। एक वृक्ष के नीचे बैठ गया था। मैं मानों एक विक्षिप्त पागल था। मेरी आंखों से आंसू बह रहे थे और मैं रूमाल से उन्हें पोछता जा रहा था। दिल कर रहा था मानों रोता ही रहूं। बेचैन मन दिल में नेहा की यादों को फिर रो ताजा कर रहा था। करीब घण्टे भर बाद मैं पार्क से बाहर निकला और पैदल ही नेहा के घर की ओर चल पड़ा। जो लगभग वहां से 1 किमी0 की दूरी पर था मैं सब कुछ भूल जाना चाहता था। मैं सिर्फ नेहा की यादों के साथ चलता रहा। मुझे किसी बात की फिक्र नहीं थी मैं तो बस नेहा को देखना चाहता था। 1 किमी0 की दूरी कब तय हुई काई अन्दाजा

नहीं था। नेहा के घर के सामने पहुंचते ही जैसे अब तक की सारी यादें तस्वीर बनकर दिमाग में दौड़ने लगी थीं। अचानक एक तेज झटके में मेरी आंखे बन्द हो गई और उसी दौरान किसी गाड़ी की टक्कर से मैं वहीं गिर पड़ा था। सड़क पर भीड़ जमा हो गई और आगे क्या हुआ मुझे कुछ पता नहीं।

– 30 मिनट बाद – जब आंखें खुली तो शरीर को एक गर्माहट का एहसास था। मैं एक मध्यम आकार के कमरे मे एक नर्म बेड पर लेटा हुआ था। मेरा आधा बदन कम्बल से ढ़का हुआ था। मुझे एहसास हुआ कि मैं अर्द्धनग्न अवस्था में हूँ। कमरे के एक कोने में रूम हीटर लगा था जिससे कमरे का तापमान गर्म था। कमरे में लाइट्स नहीं ऑन थी सिर्फ रूम हीटर की हल्की रौशनी थी। मैं अब भी इस बात से अनजान था कि मैं कहां हूँ। मन में एक प्रश्न स्वतः उठा क्या मेरी मृत्यु हो चुकी है और क्या ये जीवन के बाद प्राप्त हुआ एक दूसरा स्थान है। शायद यह सब कल्पनायें मेरी खराब मानसिक हालत का कारण थीं। जब मैंने कुछ हिलने की कोशिश की तो मेरे पैर और हाथ में तेज दर्द का एहसास हुआ। मैंने अपने हाथ पर पट्टी बंधी देखी मैं घबराया हुआ था। एक बार फिर से कोशिश की कि उठ सकूं। पर उठने की इस बार की कोशिश के दौरान तीव्र वेदना सहनी पड़ी और मेरे मुंह से आह की तेज आवाज निकल पड़ी।

तभी अचानक मुझे एक आवाज सुनाई दी "क्या हुआ" और कुछ बर्तनों के खनकने की आवाज भी थी। जब तक मैं कुछ समझ पाता कि मैं कहां हूँ। नेहा एक ट्रे में चाय लिये हुये मेरे सामने थी। मेरी कल्पनाओं का विस्तार खत्म था। मेरी भ्रमित स्थिति फिर से ठहराव पा चुकी थी। मुझे इस बात को समझने में कोई वक्त नहीं लगा कि मैं नेहा के साथ हूँ। इससे पहले कि मैं नेहा से कुछ और पूछता, उसने चाय पास की टेबल पर रखी और मेरे सीने से लिपट गयी। मैं आश्चर्य में था कि नेहा के घर के अन्य सदस्य कहां हैं? नेहा की सुकबुगाहट से मैं समझ पा रहा था कि वह रो रही है। आंसू मेरे भी निकल रहे थे। पर मैंने पहले उससे ये जानना चाहा कि घर के अन्य लोग कहां हैं और मैं यहां कैसे? नेहा ने बताया कि घर पर उसके सिवा कोई नहीं

है। माँ कालेज गयी है, विवेक भईया मोना दी के पास दिल्ली गये हैं। जब मैंने उससे मौसी के लड़के वैभव के बारे में पूछा तो उसने बताया कि वैभव की जॉब किसी बैंक में लग गई है और वह अब अलीगढ़ में है। उसने यह भी बताया कि मॉम शाम को 6.30 तक घर वापस आती हैं। नेहा ने बताया कि कुछ देर पहले ही जब उसने घर के बाहर तेज शोरगुल सुना तो उसने निकल कर देखा और देखा कि तुम्हें एक बाइक ने टक्कर मार दी थी। जब तक भीड़ लगती मैंने पास के लोगों को बताया कि मैं तुम्हें जानती हूँ और फिर तुम्हें घर में ले आई तुम्हें शायद वो सब याद नहीं होगा। मैं जानती थी कि यह तुम्हारी बीमारी के कारण ही हुआ होगा और तुम कुछ देर बाद ठीक हो जाओगे। यद्यपि तुम्हारे बदन पर लगे खरोंच पर मैंने पट्टी कर दी है। यह बताते हुए नेहा मेरे सीने से लिपटी रही और फिर उसने मुझे एक पेनकिलर खाने को दी। मेडिसिन खाने के बाद हम एक दूसरे के बारे में पूछते रहे। हम एक दूसरे से गम्भीर होकर बातें करते जा रहे थे। हमारी गम्भीर और गमगीन बातों के बीच हम कुछ मुस्कराये भी जब मैंने नेहा से उसके फिगर को मेनटेन रखने के लिए थैंक्स बोला।

तुम बिलकुल नहीं सुधरोगे राहुल – नेहा ने कहा, ओह जान क्या तुम चाहती हो मैं सुधर जाउं मैंने नेहा को बाहों में भरते हुए कहा।

Actually नहीं.... नेहा ने मुस्कराकर कहा। नेहा और मैं एक दूसरे से Eye contact स्थापित कर रहे थे। मैं उसकी भावनायें समझने में असमर्थ था। नेहा ने मेरे और करीब आकर अपने होठों को मेरे होठों पर रख दिया और हम दोनों एक दूसरे के आलिंगन में डूब गये। नेहा के अन्दर मानों प्यार के धधकते शोले अग्नि का रूप ले चुके थे। उसने लैगिग, टी शर्ट और ऊपर से हल्का स्वेटर पहन रखा था। उसकी मुझसे प्यार करने की चाहत मानों सभी सीमाओं को लांघ जाना चाहती थी। मैं बिस्तर पर निढाल पड़ा था और वह मुझे चूमती जा रही थी। कुछ ही देर में नेहा ने अपना स्वेटर लैगिंग और टी शर्ट भी उतार दी। मैं यह सब सहता रहा, मैं चाह कर भी आज नेहा को रोक नहीं पा रहा था और उसे उसकी कामुकता को उसके Dominating अन्दाज को बस देखता ही जा रहा थां। वह मेरे बदन से

लिपट गई। मैंने उसके नर्म बदन की गर्माहट को महसूस किया और उसकी रेशमी त्वचा मानों मेरे बदन पर सरक रही थी। उसके बदन की भीनी खुशबू जो मुझे मंत्र मुग्ध करने के लिए काफी थी। जहां कुछ समय पहले मैं असहाय सा महसूस कर रहा था वहीं अब जोश से भरपूर मानों सूखे कमजोर बदन में 8–10 बोतल ग्लूकोज चढ़ा दिया गया हो। और फिर मैंने भी उसके पोषित शरीर के अंगों को महसूस किया। उसे किस करता रहा। मेरे हाथ उसकी सिलिकान जैसी कमर पर थे ओर उसके वक्षों का भार मेरे सीने पर था। मैंने उसकी गर्दन पर किस किया और फिर उसके चेहरे को देखता रहा। उसका Milky white बदन, उसके गुलाबी होठ मानों मैं परमसुख के समंदर में गोते लगा रहा था। नेहा मदहोश हो उठी थी जाने किस भावना ने हम दोनों को इस स्थिति तक ला दिया था। नेहा के हाथ मेरी जीन्स की बटन को खोलने का प्रयास कर रहे थे। वो बहक चुकी थी। भावनाओं का भूचाल मेरे अन्दर भी हिलौरें ले रहा था। परन्तु मेरी आकांक्षा मेरा प्यार सिर्फ यहां तक ही सीमित नहीं था। मैं नहीं चाहता था मेरे कारण नेहा को कोई और Problem का सामना करना पड़े। मेरे और नेहा के चरम आलिंगन की इस उथल पुथल में मुझे एक गंभीर निर्णय लेना पड़ा और मैंने नेहा को अब और आगे बढ़ने से रोक दिया। आज मुझे इस बात का भी अनुभव हुआ कि एक लड़के की अपेक्षा एक लड़की को प्यार करने से रोक पाना कितना मुश्किल होता है। नेहा उतावली हो उठी। फिर भी मैंने उसे समझाया कि कुछ ही वक्त बाद हम दोनों हमेंशा के लिए साथ होंगे और फिर मैं तुम्हें कभी नहीं रोकूंगा। मैंने उससे यह भी बताया कि कुछ ही दिनों में मुझे इन्दौर (मध्य प्रदेश) जाना होगा। जहां मैं अपनी आंखों से सम्बन्धित इस बीमारी का इलाज करवाऊंगा और वहां से वापस आकर किसी भी स्थिति में मैं उससे विवाह कर लूंगा। मैनें नेहा से Promise किया।

ऐसा कहने पर नेहा कुछ रूक गई थी – मुझे लगा मानों वह मान गई हो पर अगले कुछ मिनट ही मानो घटनाओं में सब बदल गया। मैं तुम्हारी ही तो हूँ। हमेंशा–हमेंशा के लिये– मेरे कान में धीरे से इतना कहते हुए नेहा ने मेरी जीन्स का बटन खोल दिया। कुछ ही मिनटों में मेरे और उसके शरीर

के फासले मिट चुके थे। भावनाओं, परिकल्पनाओं के सजीव चित्रण को मूर्त रूप मिल गया था। चरमोत्कर्ष की उड़ान में हम दोनों ने एक दूसरे का बेहतरीन साथ दिया। वो गर्माहट वो खुश्बू वो स्पर्श बिल्कुल अनोखा था। गतिमान अवस्था ने आखिर एक लम्बे अन्तराल के बाद विराम ले लिया और आनन्द के सागर में डूबकर जैसे हमने नया जीवन पा लिया था। नेहा निढाल मेरे बदन से लिपटी थी। मेरे शरीर का वह अनोखा जोश स्थिर हो चुका था। नेहा को अपने बदन से हटाकर मैंने बेड पर दूसरी तरफ किया और उसके नग्न शरीर को कम्बल से ढक दिया। नेहा के होठ बुदबुदा रहे थे।

Rahul I Love You, You are a lovely lion.

मैंने देखा मेरी शर्ट जो बेड के दूसरे कोने पर थी, मैं उसे उठाकर पहनने लगा। पर हाथ में अत्यधिक दर्द की वजह से मैं शर्ट नहीं पहन पा रहा था। बेड पर लेटे हुये नेहा मुझे इस हाल में देख रही थी। वह उठी और अपने कपड़ों को पहनने के बाद उसने मेरी शर्ट के बटन बन्द किये। इस दौरान हम दोनों ने एक दूसरे को कई बार किस किया। अब तक शाम हो चुकी थी। मुझे इस बात का डर था कि कहीं नेहा की मॉम कालेज से न आ जायें। नेहा ने बताया कि माँ को आने में लगभग 1 घण्टा है। नेहा ने अव्यवस्थित बेड और रूम को ठीक किया। आज जो हुआ मैंने कभी उसकी कल्पना नहीं की थी। मैं अब नेहा के घर से निकल जाना चाहता था और एक आखिरी चुंबन के साथ मैंने नेहा को Bye कहा। दर्द के कारण मैं ठीक से चल नहीं पा रहा था। नेहा मुझे घर के बाहर तक छोड़ने आगी। घर से बाहर निकल कर मैंने उसे मुड़कर देखा तो उसने संतुष्टि भरी मुस्कान दी।

गैं वापस घर आ रहा था और चिन्ता व परेशानियों की रेखायें मेरे मस्तिष्क पर देखी जा सकती थी। सबसे पहली बात जो मुझे याद आयी। पापा के Specticals, मैं सोच ही रहा था कि माँ और पिता जी ने मुझे ना जाने कितनी बार कॉल किया होगा। जब कि मैं तो मोबाइल स्विच आफ कर घर पर ही छोड़ आया था। पिताजी के गुस्से को हवा देने के लिए इतना

काफी था । पैर और हाथ में लगी चोट का असर अब हो रहा था। मुझे असहनीय पीड़ा थी। जैसे–तैसे घर तक पहुंचकर मैनें डोर बेल बजाई। कुछ देर बाद ही मॉम ने दरवाजा खोला और साथ–साथ ही प्रश्नो की झड़ी लगा दी। आखिर एक माँ के नाते उन्हें मेरी बहुत फिक्र थी।

कहां चले गये थे, कुछ बताकर ही जाना चाहिये था कि कहां जा रहे हो। घर की कोई चिन्ता नहीं है तुम्हें – मम्मी ने गुस्से में कहा। बाबा जी ने दूसरे कमरे से आवाज देकर पूछा "कौन है बहू" – मैं सुन रहा था। राहुल आया है – मां ने बाबा जी को उत्तर दिया और जब मां कुछ शान्त हुई और मैं अपने रूम में जाने के लिए आगे बढ़ा तो मुझे लंगड़ाते व मेरे हाथ पर बंधी पट्टी देख Mom घबरा गई। राहुल ये चोट कैसे लगी तुम्हें–मां ने घबराते स्वर में पूछा और मुझे उनको समझाना पड़ा कि बाइक से लड़ गया था पर कोई अधिक चोट नहीं आयी है और यह कहते ही मैं अपने रूम में चला गया। मैं अपने बिस्तर पर जा गिर पड़ा। उस पल भी मुझे नेहा की याद आ रही थी और इस बात की चिन्ता थी कि रात को मेरी इस हालत पर पिताजी की क्या प्रतिक्रिया होगी। मैं स्वयं भी अपनी स्थिति को लेकर बहुत चिन्तित था और कहीं न कहीं मुझे इस बात का दुख भी था कि मैं पिता जी को किसी प्रकार से Support नहीं कर पा रहा हूँ। मेरे अन्दर एक अजीब सी झुंझलाहट थी। मैं सोच रहा था कि पिता जी तो आज भी हमारे लिये इतना सब कर रहे हैं। मैंने उनका एक छोटा सा कार्य नहीं किया। मैं मन ही मन पछता रहा था। घर की विपरीत परिस्थितियों को ठीक करने में मैं असफल था। क्यों न हम घर में सिर्फ 5 सदस्य ही थे। पर बड़े भईया का विवाह पिता जी के लिये चिन्ता का सबसे बड़ा कारण बन चुका था। अक्सर इस बात को लेकर घर में विवाद की स्थिति भी बन जाती। और हम सबको इस उम्मीद से फिर शान्त हो जाना पड़ता कि समय के साथ सब ठीक हो जायेगा।

दर्द की वजह से मैं बिस्तर पर लेटा ही रहा। कुछ देर में माँ मेरे लिये चाय बनाकर ले आयी और उन्होंने मुझसे मेडिसिन लेने के लिए भी कहा। कुछ देर बाद दवा के कुछ असर से आराम मिला और मेरी आंख लग गई

और मैं सो गया। मैंने मां से कहा था कि इस बारे में पिता जी को कुछ न बतायें। वे चिन्तित होंगे जो मैं नहीं चाहता था।

आज रात पिता जी और भईया अन्य दिनों की अपेक्षा घर जल्दी वापस आ गये। शायद मेरे सो जाने के बाद माँ ने मेरे एक्सीडेन्ट की बात फोन से पिता जी को बता दी थी। यद्यपि मुझे कोई फ्रैक्चर नहीं हुआ था। बाइक से लड़ने की वजह से हाथ और पैर में रगड़ लग गई थी और अब मेरे एक पैर में Swelling भी आ गई थी। कुछ आहट होने पर मैंने देखा पिता जी और भईया मेरे बेड पर ही बैठे हैं। पर मेरे अनुमान के बिलकुल विपरीत वो मुझ पर गुस्सा नहीं बल्कि अपना स्नेह देते हुये उन्होंने मुझसे चिन्ता न करने को कहा। पिता जी जानते थे ऐसी घटनायें जो अक्सर मेरे साथ घटती हैं उनका मुख्य कारण मेरी आंख और मस्तिष्क से सम्बन्धित पुरानी बीमारी ही है और इसलिये उन्होंने आज फिर से इस बात को कहा कि तुम्हारी बीमारी से सम्बन्धित वह आपरेशन जिसे कुछ समय पहले डाक्टर्स ने बताया था वह जल्दी ही करवायेंगे। आज का दिन मेरी दर्दभरी कराह के साथ खत्म हो गया।

कुछ वक्त बीतने के साथ ही मैनें अपने Eye and Nerve disorder से सम्बन्धित आपरेशन को कराने का फैसला किया। हमारा फैमिली बिजनेस तरक्की कर रहा था। पिता जी व बड़े भईया की लाईफ बहुत ही बिजी हो चुकी थी और घर पर मॉम को सारी व्यवस्था देखनी पड़ती थी। मुझे अपना ऑपरेशन Indoor के एक बड़े अस्पताल में कराना था और इसके लिये मुझे वहां लगभग एक महीने तक एडमिट होना था। यद्यपि घर के किसी सदस्य का मेरे साथ न होना मेरे लिये परेशानी भरा होता। परन्तु मैं अब घर के सुकून को भंग नहीं करना चाहता था। यही वजह थी कि माँ, पिताजी और बड़े भईया मैंने सबको इस बात के लिये मना किया कि वह मेरे साथ हास्पिटल में रहें। मैनें उन्हें बताया कि विशाल मेरे साथ रहेगा ओर मुझे कोई परेशानी नहीं होगी।

घर के किसी सदस्य को ले जाने से बिजनेस और घर दोनों ही अव्यवस्थित होते जो मैं नहीं चाहता था। यद्यपि पिता जी ने स्वयं साथ चलने के लिए अत्यधिक जोर दिया परन्तु मैंने उन्हें समझाते हुए मना कर दिया। मैं अब बड़ा हो गया हूँ और वैसे भी विशाल जो कि मेरा सबसे अच्छा मित्र है। वह तो मेरे साथ ही रहेगा – मैंने पिता जी से कहा बड़ी ही मुश्किलों के बाद मैं घर के सदस्यों को मनाने में कामयाब हो पाया। अगले दिन मैंने विशाल को यह बात बताई और फिर उसने अगले सप्ताह के लिये ट्रेन टिकट बुक करा ली। हमने अपनी जरूरत के ज्यादातर सामान अगले 2–3 दिनों में व्यवस्थित कर पैक कर लिये थे। और फिर वो दिन भी आया जब हम इन्दौर के लिए निकले। पिता जी और बड़े भईया हमें स्टेशन तक छोड़ने भी आये। मैं और विशाल ट्रेन द्वारा लखनऊ से भोपाल और फिर बस से इन्दौर पहुंचे। हमारी ट्रेन रात की थी जिस वजह से हम भोपाल सुबह पहुंचे थे और वहां से बस से इन्दौर के लिये निकले। दोपहर बाद लगभग 3 बजे हम इन्दौर पहुंचे। हास्पिटल पहुंचकर सबसे पहले मैंने माँ को कॉल की अैर बताया कि मैं ठीक से हास्पिटल पहुंच गया हूँ। और फिर मैंने नेहा को कॉल कर बताना चाहा पर उसका नं0 स्विच ऑफ था। मैंने और विशाल ने हास्पिटल के रिसेप्शन काउन्टर पर बात की। आप डाक्टर को कल दिखा सकते हैं और फिर जैसा डाक्टर बतायेंगे तब आपका आपरेशन होगा – रिसेप्शन पर बैठी एक महिला ने बताया।

7–8 दिन तो रेगुलर चेक अप ही होंगे–उस महिला ने कहा। फिर मैंने हास्पिटल में एक प्राइवेट रूम बुक किया। और अपने बैग इत्यादि को रूम में रखने के बाद हमने कुछ वक्त आराम किया। अगले दिन दोपहर तक के लिये हम स्वतंत्र थे। कुछ देर आराम करने के बाद मैं और विशाल हास्पिटल के बाहर टहलने के लिये निकल गये। हमने आज सुबह रास्ते में नाश्ता किया था। भोपाल में बिकने वाला पोहा वास्तव में बहुत स्वादिष्ट था। जो कि उत्तर भारत की तरह समोसे और पकौड़ियों से बिल्कुल अलग था। नाश्ते से हमारी भूख कब तक रूकती अतः हास्पिटल से कुछ दूरी पर स्थित

होटल में हमने खाना खाया और लस्सी भी पी। घर से दूर सारी चिन्ताओं से मुक्त हमें ये सुकून के पल बहुत आनन्दित कर रहे थे।

हास्पिटल वापस आते वक्त हमने मूंगफलियां भी लीं। जो भी उत्तर भारत से बिल्कुल अलग थीं। मूंगफलियों का ऊपरी आवरण काले रंग का था। रात बीतने के बाद अगले दिन सुबह हम फ्रेश होकर जल्दी ही तैयार हो गये और रिसेप्शन पर आकर डाक्टर से मिलने के लिए नम्बर लिया। फिर मैं और विशाल वेटिंग रूम में बैठे मेरा नम्बर आने का इन्तजार करने लगे थे। अभी तक मैं कई हास्पिटल में गया था पर यहां का वातावरण बिल्कुल अलग था। और यह मुझे अत्यधिक रोचक लग रहा था। Dr. P.S. Hardia Eye Hospital Indore Rau. मैंने देखा यहां पर अधिकांश पेशेन्ट्स को Eye related मेजर या मान्यूट Problem थी। दूर–दूर से लोग यहां अपनी आंखों की समस्या का ईलाज करवाने आये थे। वृद्ध, महिलायें, पुरूष, बच्चे, लड़कियां सभी देखे जा सकते थे और मैंने देखा कि Hospital में हो रहे कई ऑपरेशन का live प्रसारण भी हास्पिटल में लगे कई टी0वी0 पर हो रहा था। पता चला कि Dr. P.S. Hardia को कई हजार सफल आपरेशन के कारण गिनीज बुक आफ वर्ल्ड रिकार्ड भी प्राप्त है।

अब मुझे पूरा भरोसा था कि मेरी समस्या पूर्णतः खत्म हो जायेगी। आखिर हमारा नम्बर आया और डाक्टर ने देखने के बाद कई जांचे जो नियमित रूप से होनी थीं लिख दीं और कुछ दवाइयां भी लिखीं जो अगले 6–7 दिनों तक हमें सेवन करनी थीं। मैं घर से अपने साथ कई नॉवेल भी लाया था। जो मैं अक्सर पढ़ा करता था। अपनी वह डायरी भी जिसमें मैंने अपनी जिन्दगी के अब तक के एक्सपीरियंस और Important dates लिख रखी थीं। अगले 5 दिन बाद डाक्टर ने मुझे लेटे रहने को कहा और मेरे सर और शरीर से कई मशीनें जोड़ दीं। अब मैं बस लेटे हुये बातें ही कर सकता था जिस वजह से दिन भर कमरे की शान्त अवस्था में मुझे बेचैनी महसूस होती थी। यद्यपि विशाल मेरे साथ हर पल रहता। फिर भी कई Observing मशीनें जो कि मेरे सर और बदन से अटैच थीं। जिनके कार्य को Regularly check करना होता था। कई तरह की मेडिसिन को दिन में कई

बार लेना होता था। जिस कारण मेरे रूम में एक नर्स नियुक्त थी। जो अधिक से अधिक समय तक मेरी Check up details देखती थी। इस दौरान वह मुझसे मेरे बारे में भी पूछती, मशीनों की रीडिंग लेती और दवाईयां खिलाती। वह एक नर्स थी परन्तु किसी भी मायने में वह किसी फिल्मी Actress से कम खूबसूरत नहीं थी। उसकी बड़ी बड़ी आंखें और छरहरा बदन मेरे और विशाल के लिये Discussion का विषय बन जाता। वह नर्स एक Perfect figure और खूबसूरती की मालकिन थी। उसे देखकर किसी की भी तबियत में सुधार स्वतः होने लगता। मेरे और विशाल के लिये रूम के शान्त माहौल को जीवन्त कर देने के लिये उस नर्स का मेरे कमरे में होना काफी था। हर बार जब भी वह उपकरणों को चेक करने आती तो विशाल उससे कुछ अधिक बातें करने की कोशिश करता और मैं उन उपकरणों के जाल में फंसा बस उस को देखता रहता। अब तक मैं उससे सिर्फ उसका नाम ही पूछ सका था। उसका नाम था "मान्या रॉय"

विशाल हर बार यह प्रयास करता कि वह उस नर्स को मुस्कराने को मजबूर कर दे। परन्तु विशाल के कई प्रयासों के बाद भी उसे सफलता नहीं मिली। अगले दिन जब विशाल, सिमरजीत से फोन पर बातें करते हुये रूम से बाहर निकल गया था। उसी वक्त मान्या मेरे ब्लड चेक अप के लिये ब्लड लेने आयी थी। रूम में विशाल को न देखकर उसने पूछ ही लिया। आज आपका फ्रेन्ड कहां गया – नर्स मान्या ने पूछा। मैने उसे बताया कि मेरा मित्र पिछले 1 घण्टे से अपनी गर्लफ्रेन्ड सिमर से बातें कर रहा है और अभी कुछ देर पहले बाहर गया है। आपका फ्रेन्ड जितनी ज्यादा बातें करता है आप उतना ही चुप रहते हो–मान्या ने कहा।

Hmm पर आप भी तो चुप रहती हो और वैसे भी जब इन्सान के पास बहुत सारी चिन्तायें और Problems होती हैं तो वह अक्सर चुप ही रहता है–मैंने कहा। एक नव जवान व्यक्ति को क्या Problem हो सकती है। आपको तो खुश रहना चाहिए कि आपको प्यार नहीं हुआ। नहीं तो आपको सबसे बड़ी चिन्ता और दुख का विषय वही लगता। –मान्या ने मेरी Elbow (कोहनी) के ऊपर वाले हिस्से पर रूई से स्प्रिट लगाते हुए कहा दर्द तो मुझे

भी सहना पड़ रहा है–जैसे ही मान्या ने एक लम्बी सुई मेरे बदन में घुसोड़ दी–मैनें कहा।

ये दर्द तो कुछ देर रहेगा और फिर खत्म हो जायेगा पर प्यार में मिली तकलीफ रह–रह कर चुभती है– वेल मैंने आपका ब्लड जांच के लिये ले लिया है।

(उसने हंसकर बताया कि उसने इस तरह की बातें इसलिये की जिससे मेरा ध्यान सुई के दर्द की ओर न जाये)

मान्या के मेरे कमरे से निकलते वक्त ही विशाल अन्दर आ रहा होता है। ''कहां बिजी थे अब तक आप मैं चेक अप के लिए ब्लड सैम्पल लेने आयी थी– मान्या ने विशाल को देखते ही कहा। वो मैं ..... बाहर जूस लेने गया था राहुल के लिये–विशाल ने कहा। Hmm अच्छा है और झूठ भी काफी अच्छा बोल लेते हैं आप–मान्या ने कहा। मेरे शरीर पर लगे कई उपकरणों से डाक्टर्स यह जानने की कोशिश कर रहे थे कि आखिर दिमाग में होने वाली किस प्रक्रिया के कारण ऐसा हो रहा है कि मेरी पलके कुछ समय के लिए शिथिल हो जाती हैं और मैं आंखे खोल नहीं पाता। इस दौरान डाक्टर्स ने मुझे किसी भी प्रकार की दवा लेने से रोक दिया था। जिसके कारण अब मुझे इस प्रकार के दौरे कई बार आ जाते थे। और उस दौरान डाक्टर्स मशीनों के द्वारा दिमाग में होने वाले परिवर्तन को बारीकी से विश्लेषित करते थे। कहीं न कहीं इसका कारण ढूंढने में डाक्टर्स को कुछ सफलता भी मिली कि आखिर ऐसे दौरे आने की वजह क्या है।

पर डाक्टर्स को सिर्फ एक बात का ही सल्यूशन मिल पा रहा था पर मेरे मस्तिष्क में आने वाली तेज आवाजें जिनमें कभी किसी की अजीब कराहटें तो कभी किसी की धुंधली सी आवाज़ सुनाई पड़ती थी। जैसे कोई मुझसे कह रहा हो कि ''तुम्हें वापस आना है वो गीत तुम ही गा सकते हो। और न जाने क्या–क्या।'' अक्सर जब भी ये अजीब सी ध्वनि और शब्द मुझे सुनाई देते। मैं सहसा अपने चारो ओर देखने लगता पर वहां कोई नहीं होता। जिस दौरान मैं हास्पिटल में था ऐसी घटना मेरे साथ अत्यधिक हो रही थीं। मुझे

नहीं मालूम था कि इसका क्या कारण है। मैं सोचता कि हो सकता है सारी दवायें बन्द होने के कारण ऐसी प्रॉब्लम हो रही हो। इस बात का जिक्र मैंने विशाल से भी किया। पर उसने तो यह कहकर टाल दिया कि एक जगह पर कई दिन से रहने और अत्यधिक सोचने की वजह से ऐसा हो सकता है। पर आज मुझे सुनाई देने वाले शब्द अत्यधिक साफ थे। जैसे कोई बहुत ही तेज–तेज हंस रहा हो और कह रहा हो "कि मैं बहुत खुश हूं। वो मुझसे जल्दी ही मिलने आ रही है।" पर मैं नहीं समझ पा रहा था कि कौन किससे मिलने वाला था। जैसा कि मेरी तबियत अव्यवस्थित रहने के कारण विशाल ज्यादा से जयादा समय मेरे साथ कमरे में ही रहता। मालूम हुआ कि अगले तीन दिन बाद मेरा आपरेशन होगा। पिछले कुछ दिनों में मान्या सिर्फ एक नर्स ही नहीं हमारी अच्छी मित्र भी बन चुकी थी। वह अक्सर जब भी मेरे कमरे में आती मेरे लिये Flowers और Choclate लाती, मुझसे बातें करती मुझे हंसाती। मैं उसके बारे में ही सोच रहा था। विशाल मेरे पास पड़े एक दूसरे बेड पर लेटा हुआ था। मुझे कमरे के दरवाजे पर कुछ आहट महसूस हुई। तभी दरवाजा खुला और मान्या अन्दर आयी। उसने बताया कि वह मेरा रक्तचाप नापेगी (Blood pressure) । उसने मेरी बांह पर ब्लड प्रेशर नापने वाली मशीन का पट्टा लपेट दिया। मेरा ध्यान तो उसकी खूबसूरती ने अपनी ओर आकर्षित कर रखा था। तभी विशाल का फोन बजता है। विशाल जो कि सो रहा था। हड़बड़ाहट में उठता है जिससे उसका मोबाइल बिस्तर से जमीन पर गिर गया। उसे लगा कि काल सिमर ने की होगी। परन्तु जब उसने मोबाइल को फिर से ऑन किया तो उसने देखा कि कॉल उसके घर से आयी थी। और उसकी माँ ने उसे एक मैसेज भी किया था। "Call me urgent" यार घर से काल आयी थी– विशाल ने कहा विशाल ने घर कॉल की तो उसे मालूम हुआ कि उसके पिता जी का एक्सीडेन्ट हो गया है। उनके हाथ और पैर में फ्रैक्चर है। यद्यपि डॉ0 ने प्लास्टर कर दिया। उनकी तबियत अब Stable है। विशाल असमंजस की स्थिति में था। उसने मुझे जब यह बताया तो मैंने उसे तुरन्त घर वापस जाने के लिये कहा और फिर मैंने घर पर फोन कर मॉम को सारी बात बताई। कुछ ही देर बाद घर से पापा

का फोन आया कि वो और माँ आज ही इन्दौर के लिए निकलेंगे और कल तक इन्दौर पहुंच जायेंगे।

मान्या जो कि मेरा ब्लड प्रेशर चेक कर रही थी। उसने ये सारी बातें सुनी थी। उसने विशाल से घर जाने को कहा और उसने बताया कि वह इस दौरान Hospital से लीव लेकर मेरी देखभाल करेगी। मैं उसके इस तरह के व्यवहार से बहुत प्रभावित हुआ। पहले मैंने उसे मना किया। परन्तु उसके फोर्स करने पर मैं उसे न रोक सका। मान्या ने विशाल को उसका सामान पैक करने में मदद भी की और फिर कुछ देर में विशाल घर के लिये वापस निकल गया। मान्या ने एक Urgent application देकर हास्पिटल से लीव ले ली और जैसा कि उसने कहा था कि वह एक घण्टे बाद वापस आयेगी और फिर हम साथ में खाना खायेंगे। वैसा ही हुआ लगभग 1 घण्टे बाद मान्या वापस रूम में आयी। हमने साथ में खाना खाया। उसने मुझे अपने हाथों से खाना खिलाया। मेरे पास के बेड पर जहां विशाल लेटता था आज उस पर मान्या थी। खाना खाने के बाद जब उसने उपकरणों को फिर से मेरे शरीर से जोड़ दिया। मैं स्थिर रहकर सिर्फ बोल ही सकता था। मान्या ने मुझसे मेरे बारे में और जानना चाहा। वह मेरी इस अनोखी बीमारी और मेरे बारे में और अधिक जानना चाहती थी। मैंने उसे बताया कि कैसे मैं बचपन से इस बीमारी की वजह से आज तक परेशान हूँ। मेरा करियर और अब तक का जीवन कैसे इससे प्रभावित हुआ।

मान्या अपने साथ एक नॉवेल भी पढ़ने के लिए लाई थी। मैंने देखा नॉवेल का नाम था। "The massage of her last Birthday!" मुझे अब नींद आ रही थी और कुछ ही देर में मैं सो गया। और फिर लगभग 2 घण्टे बाद जब मेरी आंख खुली मुझे बेचैनी सी हो रही थी। मुझे तेज प्यास लगी थी। मैंने देखा मान्या अब भी वह नॉवेल पढ़ रही थी। जब मैंने उसे बताया कि मुझे प्यास लगी है तो उसने मुझे पानी पिलाया।

इस बार मैंने उससे पूछा कि वह अभी तक सोई क्यूं नही – नींद नहीं आ रही थी– मान्या ने कहा। इसलिए नॉवेल पढ़ रही थी, मुझे अच्छा लगता

है – मान्या ने कहा। फिर मैंने मान्या से उसके बारे में पूछा। आप के घर में कौन–कौन है– मैंने पूछा। कुछ देर वह चुप रही और फिर उसने अपनी नॉवेल के उस पन्ने के बीच में कागज की एक स्लिप लगा दी जिसे वह पढ़ रही थी और फिर उसने उस नॉवेल को अपने दूसरी ओर रख दिया। उसने बेड पर पड़ी चादर से अपने पैरों को ढक लिया।। अब आप सो जाइये–मान्या ने आंखे बन्द करते हुये कहा। मैं तो बेड पर सीधा लेटा हुआ कमरे की छत को देख रहा था। आप तो बहुत खूबसूरत हो। आपके तो बहुत सारे friends होंगे– मैंने मान्या से पूछा। नहीं मेरा कोई friend नहीं है– मान्या ने कहा और मैं किसी को अपना friend बनाना भी नहीं चाहती– मान्या ने उत्तर दिया।

इस संसार में प्यार और फीलिंग्स की कोई अहमियत नहीं है– मान्या ने कहा। आप ऐसा कैसे कह सकती हो– मैंने मान्या से पूछा। कुछ देर वह चुप रही और फिर कुछ देर बाद उसने कहा। ''क्यूं हमें अकसर वह नहीं मिल पाता जिसे हम पाना चाहते हैं'' बातों–बातों में ही मैनें भी उसे बताया कि मैं एक नॉवेल लिख रहा हूँ। मेरा उद्देश्य तो यह था कि मान्या मुझसे बात करती रहे इसलिये ही मैंने यह उससे बोला कि मैं एक नॉवेल लिख रहा हूँ।

मेरे यह बताने पर कि मैं एक लेखक हूँ। मान्या के अन्दर मेरे नॉवेल की स्टोरी जानने की उत्सुकता जाग उठी थी। वह मेरी कहानी जानने की जिद करने लगी। ठीक है! मैं अपनी स्टोरी के बारे में तुम्हें जरूर बताउंगा पर पहले तुम मुझे अपने बारे में बताओ–मैंने मान्या से कहा। फिर उसने बताया कि उसकी जिन्दगी में ऐसा कुछ नहीं है जो Intresting हो–मान्या ने कहा।

उसने बताया कि उसकी जिन्दगी में आने वाला हर नया पल एक ट्रेजेडी लेकर आता है। लेकिन अब वो परेशानियों से हमेंशा के लिए दूर हो जाना चाहती है। क्यूँ ऐसा किसलिये – मैंने पूछा। मैं पिछले एक साल से अकेले रह रही हूँ मैंने पिछले एक साल से अपने घर वालों से कोई Contact नहीं किया! मैं एक Divorcee हूँ – मान्या ने बताया। यह सुनकर

मैं हैरान था कि वह एक Divorcee कैसे हो सकती है। कैसे कोई उसे तलाक दे सकता है– मैंने मान्या से पूछा।

Divorce मैंने दिया है– मान्या ने कहा। पर क्यूं तुमने क्यूं दिया–मैंने पूछा। अब हमें सो जाना चाहिये। सच में तुम बहुत सोचते हो–मान्या ने कहा। और फिर रात जाने कब गुजर गई। अगले दिन मैं ये ही सोचता रहा इतनी अच्छी और खूबसूरत लड़की किस वजह से अपने पति को तलाक दे सकती है। कई प्रश्न शंकायें और अनेक काल्पनिक उत्तर मेरे मस्तिष्क में घूम रहे थे। कई बार तो मैं यह सोचता कि कहीं मान्या का पति उसकी शारीरिक जरूरतों को पूरा करने में असफल तो नहीं था या फिर नपुंसक था, क्या इसका कारण घरेलू झगड़े या फिर दहेज तो नहीं रहा होगा? ऐसे कई प्रश्न मैं मन ही मन स्वयं से पूछे जा रहा था।

कोई भी कारण क्यूं न हो पर मान्या ने अभी तक मुझे कुछ नहीं बताया था। यद्यपि मैं जानना चाहता था कि सच्चाई क्या है। मान्या ने मुझे विशाल या किसी अपने के न होने की कमी का एहसास नहीं होने दिया।

मुझे उम्मीद थी कि पिता जी शाम तक आ जायेंगे पर शाम 4 बजे उनकी काल आयी, उन्होंने बताया कि ट्रेन किसी कारण से रास्ते में रूकी हुई है। उन्हें पहुंचने में 4 से 5 घण्टे की देरी हो सकती है। दोपहर का खाना भी मान्या ने हमें अपने हाथों से खिलाया था। मान्या का मेरे प्रति स्नेह मुझे अपनेपन का एहसास देता, मैं मान्या से emotionally जुड़ा महसूस करता पर उसका उसके अतीत के बारे में मुझे न बताना मुझे परेशान करता था। शाम के वक्त मुझे मेरे सर और अन्य अंगो में लगी कुछ मशीनों के कारण उलझन हो रही थी। मैं कुछ समय के लिए इन सभी Observing मशीनों को हटाकर अंगड़ाई लेना चाहता था।

जब मैंने ये बात मान्या को बताई तो उसने कुछ समय के लिए उन सभी Observing मशीनों से मुझे आजाद कर दिया । वास्तव में मैं बिस्तर पर पड़ा जैसे मर चुका था। मैंने अपने शरीर को थोड़ा इधर–उधर घुमाकर दर्द को दूर करने की कोशिश की और फिर मान्या के साथ चाय पी। हास्पिटल

से लीव लेने के बाद से वह सलवार सूट पहनती थी। वह एक जवान यौवन से परिपूर्ण लड़की थी। जब तक कि मैं मान्या से उसके अतीत के बारे में पूछने की कोशिश करता मान्या ने चाय पीते ही मुझे 3 अमूल्य शब्दों का तोहफा दिया। I Like you Rahul – मान्या ने कहा। Thanx for being so loveable and caring - I said to Manya और फिर कुछ देर बाद फिर से मान्या ने उन सभी Observing मशीनों को मेरे शरीर से जोड़ दिया। बिस्तर पर पड़े हुए मैंने एक बार फिर से मान्या से उसके अपने पति को Divorce देने के कारण को पूछा। इस बार मेरे request करने के बाद आखिर वह मान गई। लेकिन इस बात के लिये उसने मेरे सामने एक शर्त रखी कि मुझे मान्या की आप–बीती को अपनी नॉवेल में जगह देनी होगी। मैंने हिचकिचाहट महसूस की। मैं कोई नॉवेल नहीं लिख रहा था। सब कुछ बस काल्पनिक ही था परन्तु अब और अधिक झूठ मैं मान्या से नहीं बोल सकता था। मैं उसे कोई तकलीफ नहीं देना चाहता था। मैंने मन में निश्चय किया कि मैं नॉवेल भी लिखूंगा और मान्या की आप बीती भी।

तुम मेरे लिए इतना कुछ कर रही हो तो क्या मैं ये नहीं कर सकता मैं Promise करता हूँ कि मैं आपकी कहानी अपनी नॉवेल में जरूर लिखूंगा–मैंने मान्या से कहा। परन्तु मैं एक प्रसिद्ध और सफल लेखक नहीं हूँ। मुझे नहीं मालूम कि मेरी लिखी हुई नॉवेल कितने लोग पढ़ेंगे। आपको एक बार और विचार कर लेना चाहिए–मैनें मान्या से कहा। और क्या मैं आपकी आप–बीती को अच्छी तरह से प्रस्तुत कर पाउंगा या फिर आपनी आप–बीती मेरी नॉवेल के पन्नों में ही सिमट कर रह जायेगी–I said to Manya

मान्या ने कमरे में लगे शीशे के सामने खड़ी होकर अपने उलझे बालों की लट को संभालते हुए कुछ कहने का प्रयास किया। यद्यपि उसने अपने होठों से रबर बैण्ड दबा रखा था। कुछ क्षणों बाद जब मान्या ने रबर बैण्ड को अपने हाथों से चोटी में लगाने का प्रयत्न किया तो मेरी नजर उसकी गर्दन पर लगे दांतों के निशान पर गई। तुम्हारी गर्दन पर ये निशान कैसे मान्या–मैंने मान्या से पूछा। अब तक वह बाल संभाल चुकी थी। उसने कस

कर अपने बालों को बांध रखा था और वापस मेरे पास पड़े दूसरे बेड पर आकर बैठ गई।

मेरी कहानी को लिखने के लिये मैंने एक ऐसे इन्सान को चुना है। जो न सिर्फ लिखना ही जानता है। बल्कि एक ऐसा इन्सान है जो समाज की रूढ़िवादिता को बदलना भी चाहता है। तुम्हें सिर्फ मेरी कहानी लिखनी ही नहीं है बल्कि समाज में वह परिवर्तन भी लाने हैं जिससे ऐसा फिर न हो–मान्या ने कहा।

तुम मेरी गर्दन पर लगे इस निशान के बारे में जानना चाहते हो–मान्या ने पूछते हुए कहा, हाँ–मैंने कहा। मेरी गर्दन पर पड़ा यह निशान एक इन्सान की चरम कामवासना और हवस की निशानी है और सिर्फ यह ही नहीं मेरे शरीर पर ऐसी कई निशानियां हैं। कुछ अब भी हैं तो कुछ वक्त के साथ ही मिटते गये। पर मेरी आत्मा पर लगे ये घाव कभी नहीं भर सकते–मान्या ने कहा। राहुल मैं एक ऐसे समुदाय से हूँ जहां धार्मिक कट्टरता और जातिवाद गहराई तक समाया हुआ है। वैसे तो यह भारत के कुछ बड़े शहरों को छोड़कर हर जगह है परन्तु कुछ जगहों पर तो इन्सान को रूढ़ियों और परम्पराओं ने ऐसे बांध रखा है कि समाज सिर्फ पशुओं का अस्तबल प्रतीत होता है। मेरे माँ और पिताजी ने मेरे लिये वो सब किया जो माता–पिता का एक बच्चे के प्रति दायित्व होता है। अपने खुशहाल बचपन को मैं कभी नहीं भूल सकती। माँ, पिताजी का प्यार एक भरा –पूरा परिवार, जब मैं अक्सर अपने बाबू जी (Grandfather) की उंगली पकड़कर गांव के बाहर आम के बाग तक टहलने जाया करती थी पर एक दिन जब मैं लगभग 8 साल की रही हूंगी, जैसा कि प्रत्येक दिन मैं बाबू जी के साथ सुबह हल्के अंधियारे में ही आम के बाग तक जाती और सुबह के 8 बजे तक हम घर वापस आ जाते थे। तब तक माँ चूल्हें पर चाय चढ़ा चुकी होती थी। वापस आकर नहाने के बाद हम चाय पीते थे। घर का बड़ा सा आंगन सुबह–सुबह चिड़ियों की चहचहाहट से गूंजने लगता था। मैं अक्सर आटें की गोलियों उन्हें खाने को डालती थी। जब मैं दूध नहीं पीती तो गेरे बाबू जी कहते कि मैं दूध पीने से जल्दी बड़ी हो जाउंगी और यह कहकर वह रोज

मेरी लम्बाई नापते इस लालच में कि मैं जल्दी बड़ी हो जाउंगी मैं दूध पी जाती थी। बाबू जी मुझे बहुत प्यार करते थे। वह मुझे स्कूल छोड़ने भी जाते थे और स्कूल से छुट्टी के समय बाबू जी को स्कूल के बाहर देख मैं जल्दी से दौड़कर उनकी साइकिल पर बैठ जाती थी। रास्ते में बाबू जी स्कूल के बारे में पूछा करते थे और हम बातें करते घर वापस आ जाते थे। पर शायद हमारी खुशहाल जिन्दगी को किसी की नजर लग गई थी और फिर वो मनहूस दिन जब रोज की तरह ही मैंने बाबू जी से उस आम के बाग तक चलने को कहा तो उन्होंने बताया कि उन्हें खांसी आ रही है और वो आज जाना नहीं चाहते। परन्तु मैंने मानों जिद पकड़ ली थी। मैं रोने लगी तब आखिर बाबू जी ने मुझसे कहा कि रो मत मैं चल रहा हूँ।

फिर मैं और बाबू जी बाग तक टहलते हुए गये। जब हम बाग में पहुंचे तो वहां किसी लड़की के चिल्लाने की तेज आवाज आ रही थी। बाबू जी ने मुझे बाग के एक किनारे पर रूकने को कहा और फिर वो उस ओर गये जिस तरफ से एक लड़की के चिल्लाने की आवाज आ रही थी। लगभग 15 मिनट हो गये परन्तु बाबू जी वापस नहीं आये, मैं अकेले खड़ी परेशान हो रही थी और तभी मुझे बाबू जी की तेज कराहने की आवाज सुनाई दी।

मैं भी तेज से चिल्लाई बाबू जी .... और फिर अगले 2 घण्टे बाद जब मेरी आंख खुली तो चारो ओर सन्नाटा पसरा था और मैं अपने घर के एक कमरे में शान्त लेटी हुई थी। घर के बाहर औरतों और बच्चों के रोने की आवाजें जैसे किसी अनहोनी के घटित हो जाने की बात कह रही हो। मैंने चारपाई से उठकर घर के अन्य कमरों में देखा कोई नहीं था। फिर बाहर चबूतरे पर दौड़ती हुई आयी तो देखा मेरी मां, चाची और कई आस–पास की औरतें तेज–तेज रो रही थीं। मोहल्ले के लोगों ने चबूतरे को जैसे चारो ओर से घेर रखा था। मैं घबरा गई थी। मुझे नहीं मालूम था कि क्या हो गया है। पूरे मोहल्ले में सन्नाटा था। सिर्फ रोने की आवाजें थीं। कोई हमें छोड़ के जा चुका था, पर मेरे मन में प्रश्न था 'कौन'

भीड़ को हटाते, लांघते जब मैं माँ के पास पहुंची तो देखा बाबू जी का मृत शरीर बांस की बनी उस सीढ़ी पर रखा था। उन्हें गले तक सफेद चादर से ढक दिया गया था। मैं समझ गई कि अब मैं बाबू जी के साथ फिर कभी टहलने नहीं जा पाउंगी। मैं भी चीख्ने लगी, रोने लगी। उस दिन कई बार मैं बेहोश हुई और जब होश आता तो फिर रोने लगती। ये सब कैसे हुआ, मैंने कुछ लोगों को कहते सुना कि बाबू जी का कत्ल हुआ है। किसी ने बाबू जी पर तेज धारदार हथियार से हमला किया था। पर मैं नहीं समझ पा रही थी कि कोई मेरे बाबू जी को क्यूं मारेगा। वो तो किसी के साथ भी बुरा नहीं करते थे और न ही उनकी किसी से दुश्मनी थी। फिर क्या वजह हो सकती थी उनकी हत्या की!

लोगों ने यह भी बताया कि जहां बाबू जी का मृत शरीर पड़ा था उसी जगह के पास एक पेड़ पर नौजवान युवक और युवती लटकते हुए मृत अवस्था में पाये गये हैं। शायद किसी ने उन्हें मारकर पेड़ पर लटका दिया था। परन्तु ऐसा क्यूँ और इन सबका बाबू जी से क्या सम्बन्ध। जैसे–जैसे यह सब प्रश्न मेरे मन में उठते। मैं सिहर जाती। गांव के कुछ लोग जो शायद राजनीति और कूटनीति को अच्छी तरह समझते थे। मैंने उनसे यह सुना कि जिस लड़के और लड़की की Dead body वृक्ष पर लटकती पायी गयी है, वह लड़का और लड़की एक दूसरे से बहुत प्यार करते थे और उन्होंने गांव की पंचायत व नियमों के खिलाफ जाकर एक ही गोत्र के होते हुए शादी कर ली थी। जिस कारण उनकी हत्या करवा दी गई और उन्हीं हत्यारों ने मेरे बाबू जी को इसलिए मार दिया क्यूं कि बाबू जी उन्हें पहचान गये थे।

मेरे पिताजी बहुत ही भावुक थे। वे बाबू जी के चले जाने के दर्द को बर्दाश्त नहीं कर पा रहे थे। कहीं न कहीं यह बात खुल चुकी थी कि यह दुष्कृत्य पंचायत के लोगों का है। पर खौफ ऐसा कि किसी ने कुछ नहीं कहा। उस दिन जब दोपहर तक सभी रिश्तेदार और परिवारी जन इकट्ठा हो गये और तब बाबू जी को अन्तिम संस्कार के लिए गंगाघाट ले गये। हमारे घर और मोहल्ले में सन्नाटा छाया था। रह–रह कर हमारे आंसू फूट

पड़ते। मैं उसके बाद अगले कई दिनों तक स्कूल नहीं गई। मैंने दूध पीना छोड़ दिया था। जब कभी कोई मुझे दूध पीने के लिये कहता मुझे बाबू जी की याद ताजा हो जाती। कुछ दिन बाद ही हमारी पंचायत में उस लड़के के माता–पिता जो कि पास के एक गांव का था, जिसकी हत्या कर पेड़ पर लटका दिया गया था, उन माता पिता ने बताया कि वह उनकी अकेली सन्तान थी। वे बहुत रोये, उन्होंने पंचायत पर उसकी हत्या का आरोप लगाया और फिर वहीं उन्होंने स्वयं पर कैरोसीन डाल कर आत्मदाह कर लिया।

इस घटना के बाद ही पिता जी ने मुझे वहां से दूर शहर के बोर्डिंग स्कूल में पढ़ने भेज दिया। तब से मैं वहीं बड़ी हुई परन्तु यह घटनायें मैं आज तक नहीं भूल सकी। मैंने मन ही मन यह ठान लिया कि इस तरह के कृत्य करने वाली इन पंचायतों को खत्म करके ही रहूंगी। मैं परिवर्तन लाउंगी भले ही इसके लिए मुझे अपनी जान ही क्यूं न देनी पड़े। बोर्डिंग के बाद यूनिवर्सिटी मेरे लिये एक खुला संसार था और घर से दूर मुझे तन्हाई अब खटकती सी थी। दिल में जो जुनून बचपन से था उस पर मेरे यौवन के रंग अब चढ़ने लगे थे। मेरे साथ ही पढ़ने वाला एक लड़का "अरमान" जो अक्सर मुझसे बात करने और मिलने की कोशिश करता रहता था। मैं हमेंशा ही उसे इग्नोर करती थी। यद्यपि वह खूबसूरत और अच्छे नेचर का था और शायद यही वजह थी कि क्लास की अन्य लड़कियां अकसर उसकी बात करती रहतीं पर मैं अड़िग थी। मुझ पर इन बातों का कोई प्रभाव नहीं था और मैं उससे कभी बात न करती अगर उस दिन जब यूनिवर्सिटी के कुछ सीनियर्स ने मुझे घेर लिया था। उनकी गन्दी रैगिंग से अच्छा था मैं मर जाती। अरमान मेरे अनजाने में भी अकसर मेरे आसपास ही रहता था। वो हमेंशा मुझे देखने की, मुझसे बात करने की कोशिश करता था। उस दिन भी वो पास ही था पर मुझे नहीं मालूम था। सीनियर्स मुझसे रैगिंग के रूप में छेड़खानी कर रहे थे। उनकी गन्दी फब्तियां और फिर मेरे जिस्म को स्पर्श करना मैं चिल्ला उठी थी। मैं नहीं जान पायी अरमान कब वहां पहुँच गया। अरमान ने सीनियर्स को ऐसा करने से मना किया पर जब सीनियर्स नहीं

माने तो उसने एक सीनियर जो मुझे छेड़ने की कोशिश कर रहा था उसका हाथ पकड़ लिया। वह मेरे लिये उन सीनियर्स से उलझ पड़ा, उसका जुनून, उसकी आंखों में मेरे प्रति सच्चा प्यार दिख रहा था। बात और बढ़ गई, नौबत हाथा पाई की आ गई। अरमान ने एक सीनियर को पकड़ कर उसकी गर्दन को तेज से दबाया। अगर अरमान उसे ना छोड़ता तो वह मर ही जाता। उस सीनियर की जीभ बाहर निकल आयी थी। उस सीनियर के बाकी Friends यह देख भाग खड़े हुये। मैं चीख उठी, मैंने अरमान से उसे छोड़ने के लिए कहा। अरमान छोड़ दो उसे नहीं तो मर जायेगा, और शायद यही वह दिन था जब मैंने खुद को अरमान के प्रति आकर्षित महसूस किया। मुझे अपनी सीमा लांघने का एहसास नहीं था, सहसा मैं अरमान के गले लग गई। मैं भूल चुकी थी कि अरमान दूसरे जाति का ही नहीं दूसरे धर्म से है। समय गुजरने के साथ–साथ ही अरमान और मेरे बीच प्यार और प्रगाढ़ होता गया। हमारी स्टडीज पूरी होने के बाद जब हमने विवाह की बात अपने परिवार में बताई तो स्थितियों ने ऐसा तूफान बनाया जो मानों हमारी जिन्दगी को बर्बाद करने की राह तक रहा हो।

परिवार के लोगों को हमने मनाने की कोशिश की पर कुछ भी फायदा नहीं हुआ। हां उनका यही कहना था कि अगर ऐसा करते हो तो परिवार को हमेंशा के लिए भूल जाना। हमारे लिये यह मुश्किल होता अगर हम सेल्फ डिपेन्डेन्ट न होते। मैंने और अरमान ने परिवार की नामन्जूरी के बावजूद विवाह कर लिया। परन्तु यहां एक बात जो अरमान को मेरे घर वालों की शर्त के अनुसार माननी पड़ी वह यह कि शादी के बाद अरमान को हिन्दू धर्म स्वीकार करना होगा। उलझनों को सुलझाते–सुलझाते अरमान ने इस शर्त को भी मान लिया। पर समाज और उसके परिवार को तो जैसे आग लग गई थी, मेरे बचपन से अब तक अगर कुछ बदलाव आया था तो वह सिर्फ राजनीतिक स्तर पर ही था। पहले लोग अशिक्षा का शिकार थे तो आज शिक्षित व्यक्ति भी राजनीतिक घटनाओं का शिकार बन जाते हैं। समाज के छोटे–छोटे तबकों का नेतृत्व करने वाले इन बातों का राजनीतिकरण कर लोगों और समाज में तनाव आज भी उत्पन्न करते रहते हैं। मुझे भी इस

बदलाव का अनुभव मिला। मैंने अरमान से कोर्ट मैरिज की। हमारे परिवार के लोग हमसे उतना अधिक नाराज नहीं थे जितना हमारा विवाह राजनीतिक मुद्दा बन कर धार्मिक विवाद बन गया था और दो वर्गों के बीच टकराव का कारण भी।

समाज के वे ठेकेदार लोग जिन्होंने पुरानी प्रथाओं और कुरीतियों को न बदलने देने का ठेका ले रखा था। उन्होंने हमारे खिलाफ मानों फतवा दे दिया था। हमारे लिये खुद को बचाना ही सबसे बड़ी बात थी। मेरे विवाह के बाद से मैं कभी अपने घर नहीं जा पाई। क्योंकि समाज और धर्म के उन्हीं ठेकेदारों ने हमारे विवाह को नाजायज करार दिया था और हम पर विवाह तोड़ने का दबाव बनाया जाने लगा था। पर हम कभी नहीं झुके और यही कारण था कि हम उन समाज के ठेकेदारों के निशाने पर थे। उन्होंने हमें मरवाने का फरमान दे दिया था। उनके आदेशों का पालन करने वाले किराये के कुत्ते हमारी जिन्दगी को छीनने के लिए हमें हर जगह ढूंढ रहे थे। मैं और अरमान कई दिनों तक छुपकर कई जगहों पर रहे। हमने कुछ दिन जम्मू में भी बिताये, वो दिन बहुत ही सुकून भरे थे। हर परेशानी से दूर प्रकृति के सौन्दर्य से भरपूर वातावरण में एक मकान में किराये पर रूके थे। अरमान को जम्मू स्थित एक साफ्टवेयर कम्पनी में नौकरी मिल गई थी, हम अपने उन अच्छे दिनों को कभी नहीं भूल सकते। हमें वहां रूके मुश्किल से छः महीने ही बीते होंगे कि पाकिस्तान से आये कुछ आतंकवादियों ने सीमा के निकट गोली बारी शुरू कर दी थी। कई दिनों तक भारतीय सेना और उनमें झड़प दिन रात चलती रही।

कुछ आतंकवादी जो छिपकर जम्मू में रह रहे थे फिदाईन हमले कर रहे थे। तनाव को बढ़ता देख हमने जम्मू छोड़ने का फैसला किया और फिर दिल्ली आकर रूके। हमें इस बात की कोई आशंका नहीं थी परन्तु वो हमें ढूंढने में कामयाब हो चुके थे। हमारे दुश्मन हमें मारने का पूरा प्लान बना चुके थे। वह दिल्ली में हमारी हर गतिविधि पर ध्यान रख रहे थे। एक रात जब अरमान आफिस से कुछ देर से वापस आया तो मैंने उससे डिनर बाहर करने के लिए Request की। अरमान मेरी बात कभी नहीं टालता था। उस

रात जब हम राजीव चौक के एक रेस्टोरेन्ट में खाना खा रहे थे, तभी अचानक कई गुण्डों ने रेस्टोरेन्ट में घुसकर हमें घेर लिया। मैं यह सब देखकर बहुत डर गयी थी। उन गुण्डों के हाथों में धारदार चाकू और डण्डे थे। गुण्डों ने अरमान को मारना शुरू कर दिया। मैं उन्हें रोकती रही, मैं चिल्लाई, कई लोगों से अरमान को बचाने के लिये कहा पर किसी ने नहीं सुना और फिर जब मैंने बाहर निकलकर पुलिस को बुलाना चाहा तो एक गुण्डे ने मुझे पकड़ लिया और उसकी चाकू मेरी आस्तीन से लग गई, खून की धार मेरे हाथ से बह रही थी। मैंने उसे झिटककर वापस आकर अरमान को बचाने के लिए कोशिश की पर मेरे सर पर तेज चोट से मैं बेहोश हो गई। गुण्डों के प्रहारों से हमारी हालत मरने की हो गई थी। जब तक कि पुलिस वहां पहुंचती, गुण्डे वहां से जा चुके थे। लोगों ने मुझे और अरमान को हास्पिटल पहुंचा दिया था। जब कि उस रेस्टोरेन्ट का मालिक 'धर्मेश' जिसने कि उन गुण्डों का विरोध किया था। चाकू लगने से मर चुका था।

मुझे इस बात का पूरा यकीन था कि ये गुण्डे हमें मारने के लिए ही वहां पर आये थे। हास्पिटल में जब मैं बेहोशी की हालत से बाहर हुई तो मेरे मुंह से सबसे पहले 'अरमान' का नाम निकला। मैं यह सोचकर सिहर उठी कि अरमान कहां है। डॉक्टर ने बताया कि अरमान को कई गम्भीर चोटें आयी हैं और वह भी Hospitalized है। पुलिस ने अरमान और मेरे परिवार को हमारी हालत के बारे में खबर दे दी थी। अरमान का परिवार इलाहाबाद में रहता था। उसके माता–पिता का देहान्त बचपन में ही किसी एक्सीडेन्ट में हो चुका था। उसके बड़े भाईजान और भाभी हास्पिटल आ चुके थे। मैंने देखा वह मेरे रूम के बाहर खड़े थे। मैं यह समझ सकती थी कि उनके दिल में यही बात होगी कि उनके भाई की ये हालत मेरी वजह से हुई है। वो मेरी तरफ देख रहे थे। उनके चेहरे पर बड़ी काली दाढ़ी थी और वह सफेद कुर्ता पहने थे। उस वक्त मानो हिन्दू–मुस्लिम का कोई भेद नहीं रहा था। वह चुप थे। तभी हमें बताया गया कि मां और पिता जी मुझसे मिलने आ चुके हैं। माँ को देखते ही मैं रो पड़ी थी और बिस्तर से उठने की मेरी कई कोशिशें नाकाम रहीं। माँ और पिता जी रो रहे थे। मां मेरे गले लग गई।

अब तक मुझे अरमान की कोई अधिक जानकारी नहीं मिली थी। मैं सिर्फ इतना ही जानती थी कि वह इसी हास्पिटल में एडमिट है। मुझे बताया गया कि अरमान को सर पर गहरी चोटें लगी हैं, जिसकी वजह से उसे नींद की Heavy dose दी गयी है। मै माँ से लिपटकर रो रही थी और बार–बार अरमान को देखने की जिद कर रही थी। मुझे डॉ0 की बातों पर यकीन नहीं हो रहा था। मैं बाहर खड़े अरमान के भाई और भाभी की चुप्पी देखकर हैरान थी। मैं उनसे जानना चाह रही थी कि अरमान की हालत कैसी है। बिस्तर पर ही मैं कई बार चिल्लाई।

"आप कुछ बोलते क्यूं नहीं अरमान किस हाल में है" आप चुप क्यों हो मुझे बताओ?– मैंने कई बार कहा। पिताजी ने मुझसे शान्त रहने के लिए कहा और फिर बाहर निकल कर अरमान के भाईजान से बात करने चले गये। जैसा कि मैं समझ पा रही थी शायद पिता जी उनसे विनती कर रहे थे कि वे मुझसे बात करें और अरमान की हालत के बारे में बतायें जिससे मुझे विश्वास हो सके। कुछ देर के बाद अरमान के भाई और भाभी हमारे पास आकर बैठे। अल्लाह का शुक्र है अरमान की तबीयत अब Stable है – अरमान के भाईजान ने बताया।

डॉक्टर उसे ऑक्सीजन दे रहे हैं। वह उनकी निगरानी में है –अरमान के भाईजान ने बताया। यह बातें सुनते ही मानों मेरा रक्तचाप बढ़ गया था और डाक्टर ने किसी को भी मुझसे अब और अधिक बातें करने से मना कर दिया। फिर मुझे एक इन्जेक्शन लगाया गया। जिसके बाद क्या हुआ मुझे कुछ एहसास नहीं था। शायद वह नींद का इन्जेक्शन था। आने वाले कई दिनों में मेरी हालत सुधरती गई और मैं हर दिन अरमान से मिलने की जिद करती रही और फिर एक दिन मैंने मेडिसिन खाने से इन्कार कर दिया। मेरे दिमाग में अजीब सा शक घर कर गया था। मैं किसी भी सूरत में अरमान को देखना चाहती थी। मैंने कुछ भी खाने पीने से मना कर दिया। आखिर माँ और पिताजी को इस बात के लिए मानना पड़ा कि वे मुझे अरमान के पास शाम को ले चलेंगी। पर उन्होंने यह शर्त रखी कि मैं अरमान को रूम विन्डो के बाहर से ही देखूं। कुछ सोचने के बाद मैंने उनसे हाँ बोल दिया।

अरमान हास्पिटल के ऊपरी फ्लोर पर एडमिट था। डाक्टर्स और माँ, पिता जी के कहने के अनुसार ही मैंने अरमान को रूम के बाहर से ही देखा।

उसके हाथ पैरों में कई जगह पट्टियां बंधी हुई थीं। उसके चेहरे पर आक्सीजन मास्क था और उसे ग्लूकोज दिया जा रहा था। उसकी ऐसी हालत मुझसे देखी न गई और मैं वहीं बेहोश हो गयी और जब होश आया तो मैंने अपने आप को वापस अपने रूम में पाया। हमारा मैटर अब एक मर्डर से जुड़ गया था। धर्मेश की मौत और मामले की सच्चाई जानने के लिए पुलिस इन्वेस्टिगेशन के लिये आयी। मैंने अपने बयान में पुलिस को सबकुछ बताया। वह पंचायत का फैसला भी जिसमें हमें मरवा देने की बात कही गई थी। पुलिस को अरमान का बयान भी लेना था। पर उसके अभी तक होश में न आने के कारण पुलिस उसका बयान नहीं ले पायी थी। दिन गुजरने के साथ साथ मैं नार्मल हो गई थी। अब मैं अरमान को लेकर बहुत चिन्तित थी। यद्यपि अरमान गंभीर अवस्था से अब बाहर निकल चुका था। परन्तु मैं तब स्तब्ध रह गई जब डाक्टर्स ने मुझे अरमान की याददाश्त चली जाने के बारे में बताया। डाक्टर ने यह भी बताया कि समय बीतने के साथ–साथ याद्दाश्त वापस आने की गुंजाइश बढ़ सकती है। पर इसके लिए उसे Hospitalize रहना होगा। मैंने एक उम्मीद से खुद को मजबूत किया और इस बात के लिये दृढ़ हुई कि कैसे भी मुझे अरमान की याद्दाश्त वापस लानी है।

पहले जहां मुझे हर Problem में अरमान मदद करता था और उसके साथ होने का एहसास सारी परेशानियों को भुला देने के लिए काफी था। पर अब तो स्थिति बिलकुल अलग थी। मैं अपना दुख किसी से नहीं कह सकती थी। कब तक कौन मेरा साथ देता। कोई निश्चित समय सीमा भी तो नहीं थी। मेरी तकलीफ और असहनीय दुख की वेदना मैं ही महसूस कर पा रही थी। जिन्दगी से लड़कर जीतने की चाहत फिर भी मेरे मन में थी। मैंने उम्मीद नहीं छोड़ी और मुसीबतों का सामना करने के लिए खुद को मानसिक रूप से तैयार किया।

माँ–पिता जी जो वैसे भी पहले हमारे फैसले के साथ नहीं थे। अब दिल्ली में कब तक हमारी मदद को रूकते। वैसे भी अरमान से विवाह करने का फैसला हमारा था और अब फिर से मैं अपने घर वालों को परेशानी उठाते देखना नहीं चाहती थी। यही कुछ कारण थे जो मैंने माँ–पिता जी को घर वापस लौटने को कहा। दूसरी तरफ अरमान के भाईजान और भाभी वास्तव में जिनके जीवन की उम्मीद अरमान ही था। अरमान अपने भााई और भाभी के सपनों को पूरा करना चाहता था। अरमान ने मुझे बताया भी था कि उसके भाई और भाभी एक एक छोटे से घर में रहते हैं और निचले स्तर की प्राईवेट नौकरी कर कैसे भी अपना जीवन यापन करते हैं। अरमान इलाहाबाद में एक बड़ा घर लेना चाहता था। अपने भाई की इच्छा के अनुसार उन्हें खुद का बिजनेस खोलने में Financially मदद भी करना चाहता था। अब तो और सब कुछ मानों जैसे रूक गया हो। ख्वाहिशें बस ख्वाहिशें ही रह गयी और फिर कभी ऐसा हो भी पायेगा कि नहीं कुछ नहीं कहा जा सकता था। मैंने अरमान के भाई और भाभी को विश्वास दिलाया कि अरमान जल्दी ही ठीक हो जायेगा। वे हमारी ज्यादा चिन्ता न करें। दिल्ली में रहना उनके लिये कब तक सम्भव होता। मैंने उन्हें इलाहाबाद वापस लौटने के लिए कहा, मैंने उन्हें भरोसा दिलाया कि अरमान की तबियत की जानकारी मैं उन तक पहुंचाती रहूंगी।

माँ, पिताजी व अरमान की भाभी और भाईजान के जाने के बाद अब मेरे सामने सबसे बड़ी समस्या अरमान के इलाज का खर्च और घर का किराया निकालना था। मैंने अभी तक अरमान की वजह से कहीं जॉब नहीं की थी पर अब उसकी इस हालत में मेरे लिये कार्य करना अनिवार्य हो चुका था। अब मुझे इस बात का पूरा एहसास भी था कि लड़कियों की शिक्षा भी कितनी जरूरी है। अब चाहे इसे मजबूरी कहें या जरूरत पर पैसे कमाने के लिाए यह मेरे लिये जरूरी था। मेरी शिक्षा के अनुसार मुझे जल्दी ही लैब–टेक्नीशियन की जॉब मिल गयी। पर उससे मिलने वाले पैसे से घर के खर्च और अरमान का ईलाज कराना बहुत मुश्किल था। समय बीतने के साथ–साथ मुश्किलों का बोझ बढ़ता ही जा रहा था। अरमान की तबियत

Stable थी पर याद्दाश्त में कोई सुधार नहीं था। मैं अन्दर ही अन्दर घुट रही थी। सुबह शाम अपनी किस्मत को कोसती रहती। आखिर कब तक और किस–किस की मदद लेती। दिल्ली के उस अस्पताल में अब तक अरमान के ठीक होने की उम्मीद थी पर अचानक एक दिन उसे लकवा होने से अब वह चलने फिरने में भी असमर्थ हो चुका था। शायद मैं यह कभी किसी को न बता पाती कि मेरी बदन पर यह निशान दिल्ली स्थित हास्पिटल के चेयरमैन के हैं। जिसने मुझे मेरे जिस्म को उसे सौंप देने की शर्त पर अरमान को अब तक हास्पिटल में रखा और अपने ही पति की जान बचाने के लिए मुझे अपने ही पति को Divorce देना पड़ा।

(सब कुछ मानों वर्तमान में लौट आया)

मान्या की आप बीती दिल और दिमाग को झकझोर रही थी। सहसा – राहुल पूछ उठता है – पर मान्या तुम्हें अपने पति को Divorce क्यूँ देना पड़ा, क्यूँकि अरमान को Divorce देने के बाद मुझे उस हास्पिटल के चेयरमैन से शादी करनी पड़ी। यद्यपि वह एक अधेड़ उम्र का पुरूष था। मानों उसने मेरे जिस्म को अपनी कामेच्छा और हवस मिटाने के लिये खरीदा था वह हर रात मेरे जिस्म से अपनी हवस मिटाता था। अब अप्राकृतिक किसे कहें! किसी Nudes फिल्म की लड़की सी हालत थी। उसने कई बार अपने अंगों को मेरी गर्दन में उतारा! मैं बस एक मांस का चिकना लोथड़ा थी उसके सामने!–मान्या ने बताया। राज का पयरालिसिस होने की वजह से अब वह बोल भी नहीं पाता है और न ही चल पाता है। अब वह व्हील चेयर पर बैठा मेरी जिन्दगी की आस बना हुआ है।

सुना था इस हास्पिटल में विश्व प्रसिद्ध न्यूरोसर्जन हैं। जिन्होंने ऐसे कई पेशेन्ट्स ठीक किये हैं, पर अफसोस यहां पर भी कोई फायदा नहीं हुआ। कुछ समय पहले हम दिल्ली से इन्दौर इसीलिये आ गये थे और अब तो मैं दिल्ली के उस हास्पिटल के चेयरमैन को भी Divorce दे चुकी हूँ। शायद ईश्वर मुझे कभी न माफ करे क्यूं कि मेरा यह शरीर अब शुद्ध नहीं रहा पर मेरी आत्मा में हमेंशा से ही अरमान रहा है और उसी के लिये मुझे सब यह

कुछ करना पड़ा। मैं जानती हूँ कि अगर अरमान के सामने ऐसी स्थिति आती तो वह मर जाना पसंद करता। पर क्या उसकी अनभिज्ञता में मेरा मर जाना उचित होता और मैं उसे तड़पता देख जी भी तो नहीं सकती थी। आज इतने समय बाद मुझे एक खुशी है कि जिन्दगी में अरमान के साथ जीने के पल भले ही कम मिले हों पर अरमान के साथ मरकर मैं उसका साथ हमेंशा के लिए पा लूंगी और इस बात के लिए ईश्वर का शुक्रिया भी करना चाहती हूँ कि आखिरी समय में तुम जैसा अच्छा दोस्त दिया – मान्या ने कहा।

मैंने अरमान के लिये सरकार से इच्छा मृत्यु की अपील की है। उम्मीद है जल्दी ही सरकार मेरी अपील स्वीकार कर लेगी। एक Secret जो मैं सिर्फ तुम्हें बता देना चाहती हूँ क्यूंकि मैं नहीं चाहती कि मेरी अधूरी जिन्दगी तुम उस उपन्यास में लिखो।

क्यूँ ऐसा कौन सा रहस्य है– राहुल ने मान्या से पूछा। अरमान के साथ ही मैं भी इस दुनिया को हमेंशा के लिए छोड़ दूंगी–मान्या ने कहा। क्या, तुम्हारे साथ इतना सब घटित हुआ– मैंने चौंकते हुए पूछा। हाँ, यही सच है, पर आज भी मुझे दुख है कि वह रूढ़िवादी पंचायतें आज भी हैं और कोई उनके निर्णय को रोकने की कोशिश नहीं करता। सरकार भी भ्रष्टता में लिप्त अपने वोट बैंक के लिये उनका साथ देती है –मान्या ने कहा।

पर मैं तुम्हें मरने नहीं दूंगा! तुम अपने इस दोस्त को छोड़कर नहीं जा सकती, कभी नहीं –मैंने कहा। नहीं राहुल, मैं अरमान को कभी अकेला नहीं छोड़ सकती न ही इस संसार में और न ही ये दुनिया छोड़ने के बाद। और मैं अब अरमान को इस तरह तड़पता हुआ और नहीं देख सकती और डॉक्टर ने भी उसकी तबियत में सुधार होने से इन्कार कर दिया है – मान्या ने कहा।

''आज मैं यह सोचती हूँ कि जब एक इन्सान अपनी जिन्दगी अच्छी तरह गुजारना चाहता है और अपने उसूल बनाता है फिर वही इन्सान कैसे अपने जीवन के रंगों को बदल डालता है। जब मुश्किलों से परेशान और

हालातों से मजबूर होता है''– मान्या यह कहते हुये रूक गयी। मान्या की आप बीती सुनता हुआ मैं बहुत ही भावुक हो गया था। मेरी आंखों से आंसू निकल पड़े थे। मैं तो मशीनों से इस तरह घिरा था कि अपने आंसुओं को भी पोछने मे असमर्थ था। तुम क्यूं रोते हो! यह आंसू किसलिये ''पागल''– मान्या ने अपने रूमाल से मेरे आंसू पोछते हुये कहा।

उफ ... मैं तो भूल ही गई। कल तुम्हारे ऑपरेशन की डेट है। मैं प्रार्थना करती हूँ कि इस ऑपरेशन के बाद तुम पूरी तरह ठीक हो जाओ –मान्या ने कहा। मैं कुछ खाने के लिए लाती हूँ। तुम्हारी माँ और पिताजी भी आते होंगे। कुछ देर बाद मान्या ने मुझे अपने हाथों से खाना खिलाया और फिर उसने बताया कि वह अरमान के पास जा रही है। उसे ड्रिप से दूध पिलाने के लिये। उसके चले जाने के बाद मैं आंखें बन्द कर उसके बारे में ही सोच रहा था कि फिर कुछ देर में रूम का दरवाजा खटकता है ! मैंने बिस्तर पर लेटे हुये ही आवाज दी कि दरवाजा खुला है।

अचानक ही एक गहरी चिन्ता में डूबा मेरा दिमाग मानों प्रसन्नता से भर उठा था। माँ और पिता जी को देख मैं खुश था। माँ तो रो ही पड़ी। पिता जी पास पड़े बेड पर बैठ गये और वह नॉवेल देखने लगे जो मान्या वहां छोड़ गई थी। फिर माँ ने पिता जी के हाथ से वह नॉवेल लेते हुये कहा। ''बच्चे की तबियत के बारे में पूछ भी नहीं सकते कोई बात नहीं, पर उसकी ओर देख तो सकते हो'' माँ ने पिता जी से कहा।

ओह डाक्टर पर भरोसा है हमें, अब मैं तो सब ठीक नहीं कर सकता। हम कुछ देर आराम करने के बाद डॉक्टर्स से अधिक जानकारी लेंगे –पिताजी ने कहा और फिर माँ और पिता जी जो कि यात्रा से थके हुये थे पास के बेड पर सो गये थे। वहीं दूसरी ओर मैं बेड पर लेटा हुआ छत को निहार रहा था। मेरे दिमाग में तो मान्या की आप–बीती घूम रही थी। वहीं कुछ एक घण्टे के बाद फिर से कमरे का दरवाजा खुलता है और मान्या कमरे में आती है।

माँ और पिताजी को देखकर उसने मुझसे पूछा Mom और Dad कब आये। ''मान्या कुछ घबराई सी थी – मुझे ऐसा लगा!'' बस, तुम्हारे जाने के कुछ देर बाद ही – मैनें कहा। शायद थकान की वजह से सो गये हैं–मैंने कहा। Hmm तो अब मैं बिल्कुल निश्चिन्त होकर जा सकती हूँ – मान्या ने कहा। मैं और मान्या बात ही कर रहे थे कि Mom-Dad की आंख खुल गई। मैंने मां को बताया कि कैसे मान्या ने मेरी मदद की। विशाल के न होने पर भी उसने मुझे अकेले होने का एहसास नहीं होने दिया।

''मान्या अपने साथ एक अन्य नर्स को लाई थी। पर जब मैंने उससे पूछा कि यहां नर्स की क्या जरूरत, तुम तो हो ही हमारे साथ –मैंने कहा। हाँ पर मुझे कुछ जरूरी काम है और अब तो Mom-Dad भी हैं। मैं जल्दी ही आऊंगी–मान्या ने कहा। अरे बेटी, तुमने इतना सब हमारे लिये किया। कुछ देर तो हमारे साथ रूको। देखो मैं पंचामृत खीर लाई हूँ। यह भगवान का प्रसाद है। राहुल को पंचामृत खीर बहुत पसन्द है। पर मैं पहले तुम्हें अपने हाथों से खिलाउंगी –मां ने मान्या से कहा। माँ के आग्रह करने पर मान्या ने माँ के हाथ से खीर खाई और फिर वह चली गयी। माँ ने उसे एक डिब्बे में थोड़ी सी खीर दे दी।

मैं समझ नहीं पा रहा था कि मान्या को ऐसा क्या काम आ गया कि वह माँ और पिताजी के आ जाने के बाद हमारे साथ कुछ देर भी नहीं रूक सकती थी। क्या वजह हो सकती है। मैं सोचता रहा। अगले दिन सुबह मेरा आपरेशन होना था। मैं मान्या के आने का इन्तजार कर रहा था। मैं आपरेशन से पहले उससे मिलना चाहता था। पर ऐसा नहीं हो सका। मैं अधिक समय तक उसका इन्तजार नहीं कर सकता था। आखिर मुझे ऑपरेशन के लिये ले जाया गया। डाक्टर को यह आपरेशन करने में लगभग 5 घण्टे लग गये। सुबह 8 बजे से दोपहर के 1 बजे तक क्या हुआ मुझे कुछ नहीं मालूम था। मुझे General Anaesthesia दिया गया था और फिर जब बाहर आया तो आंखों पर पट्टी बंधी हुयी थी। मां और पिताजी के साथ होने से मुझे कोई तकलीफ व असहजता नहीं हुई पर मान्या के वहां मेरे साथ न होने की वजह से मुझे दुःख अवश्य था। अपनी पट्टी खुलने के

समय मैं मान्या को अपने सामने ही देखना चाहता था। मैं उसे मेरी सहायता के लिए शुक्रिया बोलना चाहता था और उसके मेरे साथ न रहने की नाराजगी भी उससे व्यक्त करना चाहता था। वह मेरी बहुत अच्छी मित्र भी तो बन चुकी थी और अब मैं उसकी हर तरह से मदद करना चाहता था। मैंने पिता जी से मान्या को बुलाकर लाने को कहा।

मुझे मान्या के कमरे के बारे में कोई जानकारी नहीं थी। मैंने पिताजी से रिशेप्सन पर मान्या के बारे में जानकारी लेने को कहा। कुछ देर में पिताजी जब रिशेप्सन से मान्या के कमरे की जानकारी लेकर वापस आये तो बताया कि मान्या 3rd फ्लोर पर एक पेशेन्ट "अरमान" के साथ ही रूकती है। मैंने पिताजी से उसे बुलाकर लाने के लिये कहा। मेरे कहने के अनुसार ही पिताजी 3rd फ्लोर पर मान्या को बुलाने चले गये। मां ने मुझे डाक्टर्स द्वारा बताई गयी दवायें मुझे दीं। कुछ देर बाद भी पिताजी के ना लौटने पर मैंने माँ से पूछा, "माँ क्या पिताजी आ गये"।

मैंने माँ को रूम से बाहर देखने के लिये कहा। नहीं बेटा अभी वह नहीं आये हैं– मां ने मुझे बताया। मैं असमंजस में था। अब पिता जी को गये लगभग 30 मिनट हो रहे थे और अभी तक वह वापस नहीं आये थे। और फिर जब वह वापस आये तो माँ चीख उठी मां की तेज चीख से मैं घबरा गया। मेरी आंखों पर पट्टी बंधी थी और मेरे सामने सिर्फ अंधकार था। हमारे कानों में मानों सीटी बजने लगी थी। मैं जब तक माँ से कुछ पूछता तब तक माँ की आवाज फिर से कानों में पड़ी । क्या हुआ जी ये तुम्हारे शरीर पर खून कैसा– माँ ने पिताजी से पूछा।

वो मर चुकी है! और उसका साथी भी –पिताजी की आवाज मेरे कानों में पड़ी। माँ ये क्या हो रहा है। मैंने माँ से पूछा। माँ की चीख के कारण कई लोग मेरे रूम के पास आ गये थे। डाक्टर्स भी हमारे पास आ गये थे और जब उनमे से एक ने पूछा की क्या हुआ तो पिताजी के बुदबुदाते स्वर मुझे भी सुनाई दिये। खून ऊपर 3rd फ्लोर पर–पिताजी ने कहा। यह

सुनकर कुछ लोग ऊपर 3rd फ्लोर की ओर भागे। मैं तो निढाल हो चुका था। मेरे हाथ पैरों में मानों जान ही नहीं बची थी।

कुछ देर में ही हास्पिटल में पुलिस का जमावड़ा लग चुका था। पुलिस पिता जी को पूछताछ के लिये थाने ले गयी। मैं बहुत परेशान था। मुझे भी अगले 5 दिन तक हास्पिटल में एक कैदी की तरह रहना पड़ा। मेरे रूम के बाहर दो पुलिस वाले मेरी निगरानी के लिये लगा दिये गये थे। माँ का रो–रोकर बुरा हाल हो चुका था। न जाने मेरी कैसी बदनसीब किस्मत है–मैं मन ही मन सोच रहा था।

मेरे मामा जी जो कि हमारे परिवार के सबसे करीबी थे इन्दौर आ गये। लखनऊ में भाई को मालूम हुआ तो वह भी मानों पागल हो गया। हम पर दुखों का पहाड़ टूट पड़ा था। यह घटना अखबार के मुख्य पृष्ठ पर कई दिनों तक रही। मेरे पिताजी जो कि मेरे ही कारण से कातिल बन चुके थे। मेरा परिवार टूट चुका था। पांच दिन बाद मेरी आंखों से पट्टियाँ हटीं तो माँ का रोता हुआ चेहरा मेरे सामने था। मेरे पास पिता जी को मुसीबत से निकालने का एक ही उपाय था और वह ये कि "मान्या और अरमान" की मौत का इल्जाम मैं स्वयं पर ले लूं। मैनें ऐसा ही किया। क्यूं कि अब तक यह पुष्टि हो चुकी थी कि मान्या की मृत्यु Poison खाने से हुई है। मैंने कोर्ट में बयान दिया कि मान्या को Poison मैंने दिया था। पिछली रात जब मान्या मेरे कमरे में आयी तो मैंने उसे मिठाई में जहर की कुछ बूंदें डालकर दे दी थीं। पर मैंने जो खीर मान्या को खिलाई थी उसमें जहर नहीं डाला था। जहर तो सिर्फ उस खीर में था जो मैंने प्रसाद कहकर मान्या से अरमान को खिलाने को कहा था। मैं सोचता था कि अरमान की मृत्यु से उन दोनों को लाभ होगा। अरमान को घुटन से मुक्ति मिल जायेगी। वह जिन्दा बदनसीब अपाहिज ही तो था। जो कभी ठीक नहीं हो पाता और मान्या जो अरमान के खातिर अपना जीवन भी तबाह कर रही थी, बल्कि उसने अरमान के साथ मर जाने की बात कही थी। मैं मान्या की ओर आकर्षित था और उसके साथ सम्बन्ध बनाने की कोशिश भी की थी। जिसकी वजह से वह उस रात घबरा गई थी।

– यह मेरा बयान था जो कोर्ट के सामने मैंने दिया। यद्यपि इसकी पुष्टि में वक्त लग सकता था। परन्तु पहली दृष्टि का यही सच था। मैंने अपने इस फैसले की जानकारी किसी को नहीं दी थी। माँ, पिताजी को भी नहीं बल्कि माँ और पिताजी और सभी लोग इसे ही सच्चाई समझ रहे थे। मामला लगभग साफ हो चुका था। मेरे पिता जी ने तो सरकार से मुझे फांसी देने की बात तक कह दी। कुछ पेपर फार्मेलिटीज के साथ पिता जी को छोड़ दिया गया और मैं जेल में आत्मिक सुकून की अनुभूति के आंसू बहा रहा था।

आखिर सारा दोष मेरे नसीब का ही तो है। मुझे इस बात का गर्व था कि मैं पिताजी को जेल जाने से बचा सका। परन्तु यह प्रश्न अब भी मन में गूंजता था कि मान्या और अरमान की मृत्यु कैसे हुई यह ऐसे प्रश्न थे जिन्हें मैं खुद के सिवा और किसी से नहीं पूछ सकता था। माँ, मामा जी व पिता जी लखनऊ वापस लौट गये। मेरी मानसिक स्थिति बिल्कुल बेकार हो चुकी थी और मुझे अब यह चाहत भी नहीं थी कि मैं जेल से कभी बाहर भी आऊं। संसार में अगर मैं किसी के लिये सबसे घृणित था तो शायद वह मेरे पिताजी और मेरा ही परिवार था।

मुझे तो अब सिर्फ इन्तजार था कोर्ट के फैसले का। अगर मुझे मौत मिलती तो मैं मान्या के पास जाकर उससे उसकी मृत्यु की सच्चाई पूछता और यदि मुझे उम्र कैद होती तो मैं मान्या की आपबीती लिखकर खुद को संतुष्ट कर पाता। मैं और मेरा केस अखबारों और, समाचार चैनलों पर छाया हुआ था और सच्चाई से कोसों दूर मुझे विश्व प्रसिद्ध खलनायक बना दिया गया था। मेरी बीमारी को ऐसे तोड़ा मरोड़ा गया आंखों और तंत्रिका तंत्र से सम्बन्धित मेरी बीमारी को एक न्यूज चैनल ने कुछ इस प्रकार से लिखा

"मानसिक विकृति से जगी पिशाची प्रवृत्ति। अस्पताल में नर्स से सम्बन्ध बनाने की नाकाम कोशिश से आहत हो, नर्स को दिया जहर" मेरा चेहरा तो जैसे बीते कुछ दिनों में किसी Celebrity की तरह पहचाना जाने लगा था। नेहा को भी इस बात की खबर हो चुकी थी। एक वही थी जिसे इस बात

पर बिलकुल यकीन नहीं था कि मैं किसी का बलात्कार या कत्ल कर सकता हूँ। यही वजह थी कि वह जेल में मुझसे मिलने आयी।

एक असहाय और टूटे मन से मैं बैरक के एक कोने में बैठा था कि एक सिपाही ने मुझे आवाज दी और बताया कि एक लड़की जिसका नाम 'नेहा' है मुझसे मिलना चाहती है। मैं समझ नहीं पा रहा था कि आखिर नेहा यहां कैसे? सिपाही इतना बताकर वहां से चला गया और फिर मैंने सफेद सलवार सूट में किसी को आते देखा। वह नेहा थी, जेल की दीवारों ने भले ही शरीर को कैद कर रखा था परन्तु मेरा मन मेरी आत्मा अब भी स्वतंत्र थी। मैं ऊंचे आसमान में दुनिया से दूर नेहा के साथ खुद को महसूस कर पा रहा था। अचानक जिन हाथों से मैंने जेल की सलाखें पकड़ रखी थीं। उन पर मुझे नर्म स्पर्श का एहसास हुआ। मैं भावनाओं में खोया हुआ था। नेहा ने अपने हाथ मेरे हाथों पर रख दिये थे। मैं बस उसकी आंखों में देखता ही रहा। यह स्वाभाविक था मैं और नेहा दोनों ही रो रहे थे। मैंने उससे पूछा कि वह यहां कैसे?

काश, यह पहले मैं तुमसे पूछती कि तुम यहां कैसे –नेहा ने कहा। मैं जानती हूँ, इन आरोपों में तनिक भी सच्चाई नहीं है। तुमने झूठ बोला है। तुम ऐसा कुछ भी नहीं कर सकते हो। नेहा कुछ और कहती जिससे पहले मैंने उससे प्रश्न किया। तुमने अपनी माँ को क्या बताया। कैसे तुम मेरे पास आयी। और तुम्हारा भाई ... उसे क्या बताया तुमने – मैंने नेहा से पूछा।

मैंने सबकुछ छोड़ दिया है। मेरा परिवार भी, हमने वो मौके भले ही साथ ना बिता पाये हों जब हम खुश थे पर आज जिन्दगी के इन हालातों में मैं तुम्हारा साथ नहीं छोड़ूंगी–नेहा ने कहा। "मैं इन्दौर की उस जेल में अपनी जिन्दगी और मौत दोनों को देख रहा था"। मेरी माँ जो सारी बातें जानते हुए भी छुपकर आर्थिक रूप से मेरी मदद करती रहती थीं। कई पेशियां हुईं। मैं केस हार गया। अन्य दो बार अपील करके अब मैं थक चुका था। मेरी हिम्मत टूट चुकी थी। परन्तु नेहा मुझे इस मुसीबत के नर्क से निकालने के लिये हर प्रयास करने को तैयार थी। "इस दौरान जेल में मुझे लिखने के

लिये अच्छा वक्त मिल जाता था और मैंने मान्या की जिन्दगी को पन्नों पर लिखना शुरू कर दिया था''।

केस के दौरान मैंने जेल में रहते हुये लिखा। जाने क्यूं मुझे हमेंशा ऐसा लगता रहा कि वो सच्ची फीलिंग जो मान्या में अरमान के प्रति थीं। मैं उन्हें कभी शब्दों में व्यक्त नहीं कर सकता था। जेल के अन्दर लिखी गई यह जीवनी मैंने नेहा को यह कहते हुये दी कि यही मान्या की इच्छा थी कि मैं उसके जीवन को, उसके सच्चे प्यार को, समाज में पैठी कुप्रथाओं को लोगों के सामने ला सकूँ।

नेहा ने तमाम कोशिशें की और आखिर वह सफल हुई और एक सच्ची कहानी Publish हो गयी और फिर जो कुछ हुआ उसकी उम्मीद मुझे बिल्कुल भी नहीं थी। कुछ ही समय में Novel "BEST SELLERS" हो गई और हिन्दी में लिखी मेरी वह पुस्तक कई भाषाओं में प्रकाशित की गई। ऐसा लग रहा था मानों मेरी बदनसीब किस्मत पर ईश्वर ने कृपा कर दी थी। यह अनोखा अनुभव था। कुछ समय बाद मुझे जेल में नेहा से मालूम हुआ कि मेरे भाई की शादी हो चुकी है। मेरे परिवार ने मुझसे कोई Contact नहीं रखा था। माँ की तबियत खराब होने से अब वह कोई Contact नहीं स्थापित कर पाती थीं। नेहा ने बताया कि वह हर समय रोती रहती हैं।

दूसरी तरफ मेरी नॉवेल से हुये Benefits से नेहा ने इन्दौर में ही एक घर ले लिया। पर उसने कसम खाई कि वह उस घर में तभी रहेगी जब मैं उसके साथ होऊंगा। नेहा ने हर वह कोशिश की कि जिससे मैं बेगुनाह साबित हो सकता था और फिर ऐसा ही कुछ हुआ। जब उस दिन मान्या के साथ आयी उस नर्स ने कोर्ट में बताया कि "उस दिन जब मान्या राहुल के कमरे से बाहर आकर अरमान को देखने गई तो उस वक्त अरमान की हालत बहुत सीरियस थी। मान्या ने मुझसे बताया था कि अगले दिन सुबह उसे राहुल के साथ रहना होगा। जिससे वह राहुल की मदद कर सकेगी। मान्या ने बताया था कि अगले दिन वह अरमान को भी राहुल के पास व्हील

चेयर पर ले जायेगी। पर रात को अरमान की तबियत ठीक ना होने के कारण मान्या ने मुझसे राहुल को Observe करने को कहा था। क्यूं कि राहुल के साथ कोई नहीं था और मान्या की Request पर मैं मान गई थी परन्तु जब मान्या मुझे राहुल के कमरे पर लाई तो हमने देखा राहुल के माता–पिता आ चुके थे।

राहुल की माँ ने वह खीर का प्रसाद मुझे भी दिया था और मान्या को भी और उन्होंने स्वयं राहुल को भी प्रसाद चखाया था। अरमान की तबियत की वजह से मान्या तो प्रसाद खाने के बाद तुरन्त वापस अरमान के पास चली गई। परन्तु राहुल की माँ ने मुझे अपने पास कुछ वक्त रोक लिया था। राहुल की माँ मुझसे कुछ देर बातें करती रहीं और उन्होंने राहुल के ठीक होने के बारे में भी पूछा था।

कुछ देर बाद मैं वापस मान्या के पास यह बताने गई कि राहुल के माता–पिता के आ जाने के कारण अब राहुल को Observe करने के लिये वहाँ मेरी आवश्यकता नहीं है। और जब मैं यह बताने मान्या के कमरे में पहुँची तो देखा दरवाजा लॉक नहीं था, अरमान को खून की उल्टी हुई थी वह मर चुका था। मान्या ने भी जहर पी लिया था और उसने मुझसे यह कहकर यह सब किसी को बताने से मना कर दिया था क्यूँ कि वह राहुल के ऑपरेशन को और लेट नहीं होने देना चाहती थी और मरते वक्त उसने ये कहा कि कल सुबह वह अपना Promise पूरा करने अरमान के साथ राहुल को देखने आयेगी।'' कोर्ट के फैसले के अनुसार झूठ बोलने और कोर्ट को भ्रमित करने के आरोप में मुझे जितनी सजा मिली मैं अब तक उससे अधिक समय जेल में बिता चुका था।

कोर्ट के फैसले के अनुसार मुझे रिहा कर दिया गया। जेल से बाहर आकर दुनिया के जिस रूप को मैंने देखा वह पहले से बिल्कुल अलग और अनोखा था। इस बीत गये वक्त में बहुत कुछ बदल गया था और मैं एक गुमनाम युवक से Celebrity बन चुका था। एक "Famous Writer" शायद मेरी नॉवेल की सफलता और उसकी अपार बिक्री का कारण यह भी था कि

मैं उस वक्त एक विकृत मानसिकता का बलात्कारी व हत्यारा था। पर अब मैं सिर्फ एक Best Seller लेखक बनकर ही खुश व सन्तुष्ट नहीं हूँ। क्यूं कि मुझे समाज की उन बुराइयों को हटाना भी है।

कुछ ही समय बाद मैंने नेहा से विवाह कर लिया। हमने अपने परिवारों को फोन पर अपने विवाह की जानकारी दे दी थी, परन्तु हम दोनों अपने परिवारों से मिलने नहीं गये। मैं और नेहा दोनों अलग–अलग जातियों से हैं पर हम खुश हैं और शायद अब हम दोनों के परिवार हमें समझ सकते हैं।

जैसा कि Celebrities के साथ होता है। अगले दिन सुबह ही एक पत्रकार भाई मेरा इन्टरव्यू लेने के लिये आ गये थे। यद्यपि मैं अधिक वार्ता नहीं करना चाहता था। परन्तु पत्रकार द्वारा पूछे गये कुछ प्रश्नों का उत्तर मुझे देना पड़ा।

प्र0 1अपनी नॉवेल की अपार सफलता का श्रेय आप किसे देना चाहेंगे।

उ0शायद इन चारों को –ईश्वर को, मान्या को, नेहा को और मीडिया को ।

प्र0 2 सुनने में आ रहा है कि कुछ फिल्म इण्डस्ट्री के लोग आपके सम्पर्क में है, जो इस कहानी पर फिल्म बनाना चाहते हैं?

उ0हाँ, ऐसा है। पर मैं पहले अपने ईलाज के लिये लन्दन जाऊंगा। क्यूँ कि अब भी मुझे वो आवाजें सुनाई देती हैं। जब मैं शानत होता हूँ। इण्डिया के कई डाक्टर्स ने इसे समझ पाने में असमर्थता व्यक्त की है। लन्दन के एक बड़े डाक्टर जिन्होंने इस पर बड़ी रिसर्च की है, उनसे उम्मीद है कि शायद वे कुछ कर सकेंगे।

हम आपके जल्दी ही स्वस्थ होने की कामना करते हैं और इस बारे में फिर से आपके साथ होंगे – पत्रकार ने कहा।

कुछ दिनों में हमने तैयारी शुरू कर दी। डाक्टर से अप्वाइंटमेन्ट व होटल बुकिंग से सम्बन्धित सारे कार्य कर लिये। हमने इन्टरनेट के माध्यम से होटल की बुकिंग की।

London का होटल ''लैंगहम'' हमें हमारा कमरा नं0 बताया गया ''333'' उस दिन जब मैं और नेहा मानों सारी परेशानियों से दूर फ्लाइट से लंदन जा रहे थे। नेहा एक मैगजीन पढ़ने में व्यस्त थी। तभी कुछ पल के लिये मुझे नींद आ गई और उसी दौरान मुझे एक नये सीन और आवाज का अनुभव हुआ। तेज धमाका, सैकड़ों लाशें, चीखें, रोने की आवाजें अचानक फ्लाइट में कुछ उथल पुथल की आशंका से मेरी आंखें खुल गईं।

मैंने नेहा को देखा वह मैगजीन में अभी भी कुछ वेजिटेरियन व्यंजन बनाने की प्रक्रिया के बारे में पढ़ रही थी। मेरा माथा पसीना से भीगा हुआ था। मैं खिड़की की तरफ था बाहर आसमान में बादलों के ऊपर पूर्णिमा का चांद चमक रहा था। मेरा मन कुछ घबराया हुआ था पर मैंने नेहा को कुछ नहीं बताया और फिर से आंखें बन्द कर लीं। अगले दिन हम लंदन पहुंच चुके थे। थकान के कारण पूरा बदन दर्द से टूट रहा था और हमें आराम करने का मौका तब मिला जब हम होटल लैंगहम के अपने बुक किये कमरे में पहुंचे।

यह एक शानदार और सुनहरा मौका था और नेहा से शादी के बाद यह पहले ऐसा दिन था जब हम पूरी बेफिक्री के साथ एक दूसरे में खो जाने वाले थे। भव्य कमरा और लाजवाब, नर्म, मुलायम गद्दे पर नेहा और मैं एक दूसरे की बांहों में बाहें डाले एक दूसरे का आलिंगन कर रहे थे। मानों जिन्दगी के सबसे हसीन पलों का अनुभव हम एक साथ कर रहे थे। यह ईश्वर की कृपा ही तो थी जो ऐसा महसूस हो रहा था कि हम वक्त से भी बहुत आगे निकल आये थे। हमारे होंठ एक दूसरे के स्पर्श का एहसास करने ही वाले थे कि ऐसा लगा मानों बाथरूम का नल किसी ने अचानक खोल दिया है। नेहा ने चौंकते हुये कहा ''यह क्या हुआ''

मैं अन्य सभी आंकलन से दूर था और नेहा से यह कहकर नल को बन्द करने को कहा कि शायद वह फ्रेश होने के बाद नल को बन्द करना भूल गई होगी। ठीक है, मैं बन्द कर देती हूँ – नेहा ने कहा। नेहा बाथरूम में जाती है और तब तक रूम की लाइट्स स्वतः ऑफ हो जाती हैं। हम दोनों ही बहुत डर गये । नेहा वापस आकर मुझसे लिपट गयी। परन्तु अब जो मैंने सुना वह नेहा नहीं सुन सकती थी। नेहा और मैं बेड पर एक दूसरे से लिपटे हुये थे। मुझे एक आवाज सुनाई दी। राहुल मैं हूँ ! मैं .... तुम्हारे आपरेशन के वक्त तुम्हारे साथ नहीं रह पायी। पर मैंने तुमसे Promise किया था ना कि मैं अरमान के साथ तुम्हें देखने आउंगी। हमें दुख है कि हम उस दिन तुम्हारे साथ नहीं रह पाये – यह आवाज तो मान्या की है। मैंने मन ही मन सोचा।

राहुल मैं बहुत खुश हूँ, तुमने मेरा जीवन लिखा और समाज के गन्दे सच को लोगों के सामने लाये। पर अब मैं एक आत्मा हूँ, हर बन्धन से आजाद हूँ। शरीर इन्सान के एक जन्म को ही ध्यान रखता है पर शरीर से आजाद होने के बाद आज मैं अपने कई जन्मों को देख सकती हूँ और आज यहां मेरे इस रूम में होने की एक वजह और भी है।

जो शायद तुम नहीं जानते, मेरा 'अरमान' कभी यहां का प्रिन्स हुआ करता था और मैं उसकी प्रेमिका, समाज ने तब भी हमें एक नहीं होने दिया था और प्रिन्स ने इसी कमरे की विन्डो से कूदकर जान दे दी थी। तुम एक नेक और सच्चे इन्सान हो और इसीलिये तुम वो सब सुन सकते हो जो हर कोई नहीं – मान्या जैसे मेरे सामने ही बोल रही हो। राहुल अब मैं वो सब देख सकती हूँ जो एक इन्सान नहीं देख सकता और तुम्हें सुनाई देने वाली वो आवाजें तुम्हें दूसरों से अलग करती हैं। यह रूहानी मण्डलों की आवाजें तुम्हें भूत और भविष्य जानने में सक्षम बना देती हैं। बस तुम्हें अपने मन को एकाग्र कर इन्हें सुनना होता है। ये आवाजें तुम्हें भूत (Past), और भविष्य (Future) की जानकारी देती हैं। तुम्हारे गांव का वह कुंआ जो तुम्हें अपनी ओर खींचता है उसके पीछे भी रहस्य है। "तुम्हें वह सच्चाई नहीं मालूम" क्या है वो सच्चाई – मैंने डरे हुये शब्दों में पूँछा। मुझे सिर्फ रोशनी और

मान्या की आवाज सुनाई दे रही थी। अचानक मैं बोला, "मुझे क्या नहीं मालूम तुम किस सच्चाई की बात कर रही हो–" मैंने पूछा। ठीक है, मैं तुम्हें बताती हूँ –मान्या की आवाज मेरे कानों में सुनाई दी। आज मुझे इन पारलौकिक शक्तियों का आभास हो रहा था और फिर आत्मिक रूप में मान्या ने मुझे बताया। "राहुल जिस गाँव में तुम्हारा जन्म हुआ, बहुत साल पहले वह सोलापुर सल्तनत का समृद्ध गाँव नायाबगंज हुआ करता था। रूढ़ियों और परम्पराओं का जाल इतना फैला था कि प्यार करने वाले उस प्रेमी युगल जोड़े को उस कुयें में कूद कर अपनी जान दे देनी पड़ी थी।

उस वक्त तुमने उनको उस क्रूर बादशाह से बचाने के लिये बहुत प्रयास किये थे पर आखिर कूटनीति से उस बादशाह ने तुम्हें पकड़वाकर बन्दी बनाकर जेल में डाल दिया था। और दूसरी तरफ वह प्रेमी युगल जोड़ा जो जंगल में तुम्हारी राह देख रहा होता है। जिसे तुमने बादशाह से बचाने का वचन दिया था कि तुम शीघ्र ही वापस आकर उन्हें उस क्रूर, अत्याचारी बादशाह के राज्य से सुरक्षित बाहर निकाल ले जाओगे, पर तुम विफल रहे।

कुछ दिनों तक तुम्हारी रास्ता तकने के बाद जब तुम उनके पास नहीं पहुंचे तो "मुकुन्दराज और वजनगोरी" ने फैसला किया कि बादशाह के सिपाहियों के हाथ लगने से अच्छा होगा कि वह एक साथ कुएं में कूदकर अपनी जान दे दें। आखिर जब उनके बच पाने की उम्मीद नहीं रही। बादशाह के सिपाही उन्हें चारों ओर से घेर चुके थे। मुकुन्दराज और वजनगोरी ने आखिरी बार तुम्हें आवाज लगाई। पर उसके प्रत्युत्तर में उन्हें कुछ न मिला। बादशाह के सैनिक उन्हें ढूंढते भेड़िये की तरह आगे बढ़ते जा रहे थे।

मुकुन्दराज और वजनगोरी ने कुयें में कूदकर जान दे दी। तब से आज तक उस युगल जोड़े की आत्मा उस कुयें के आसपास भटक रही है, वो अब भी तुम्हारी राह देख रहे हैं। उनकी आत्मा को शान्ति तभी मिलेगी जब तुम यह सच्चाई उस गांव के हर शख्स तक पहुंचाओ, तुम उस कुएं के पानी में बीते समय को देख सकते हो यही कारण है कि वह तुम्हें अपनी ओर

आकर्षित करता है। तुम्हें मुकुन्दराज और वजनगोरी के मन्दिर की स्थापना करनी होगी। जिससे उनकी रूहों को हमेंशा के लिये शान्ती मिल जायेगी – उस प्रकाश में से आ रही मान्या की आवाज ने मुझसे कहा।

ठीक हैं, मैं ऐसा अवश्य करूंगा–मैंने कहा। ''कोई रौशनी अब मुझे अपनी ओर खींच रही है। मैं प्रिन्स का हाथ नहीं छोड़ सकती मैं हमेंशा–हमेंशा के लिये जा रही हूँ। अचानक पूरा कमरा रौशनी ने भर गया था और अरमान और मान्या जो रूहानी रूप में सफेद लिबास में थे, उस रौशनी के आने की दिशा की ओर देखने लगे। वह आत्मिक आनन्द से परिपूर्ण कर देने वाली रौशनी अद्‌भुत थी। सहसा मैं पूछ उठा– ''क्या मैं और नेहा भी तुम्हारे साथ चल सकते हैं।'' तुम्हारे साथ उस रौशनी की दुनिया में – मैंने पूछा। मान्या तेज आवाज में हंस रही थी हा – हा – हा। तुम नेक इन्सान हो, तुम भी आओगे, पर अभी नहीं –तुम लिखते रहना और हाँ याद रखना ''संयोग सिर्फ संयोग नहीं होता''

मान्या इतना कहने के बाद उस रौशनी के आने की दिशा की ओर बढ़ने लगी। मैनें एक इन्सानी फितरत की तरह उसे पकड़ने की कोशिश की पर वह तो आत्मा थी, मेरे हाथ ने जैसे हवा को चीरने की कोशिश की हो।

अचानक मेरी आँख खुली और एक भीनी खुशबू के एहसास के साथ मैंने खुद को बिस्तर पर लेटा हुआ पाया। मुझे याद आया कि मैं तो नेहा से लिपटा हुआ इस बिस्तर पर लेटा था और अब मैं अकेला था, मेरे मन में प्रश्न उठा कहीं नेहा उस रूहानी संसार में उस रौशनी के साथ तो नहीं चली गई। मैंने कुछ चेतनता महसूस की और अपने चारो ओर देखने की कोशिश की। तभी नेहा की आवाज मेरे कानों में सुनाई दी। आप उठ गये क्या? शायद मैं रात को बाथरूम का नल खुला ही भूल गई थी। अभी उसे बन्द किया है – नेहा ने बाथरूम से तेज आवाज में कहा।

मेरे साथ हो रही इन घटनाओं को समझने में मैं बिल्कुल ही असहाय था परन्तु वह प्रत्येक बात मुझे बिल्कुल सटीक याद है जो मैंने सुना और महसूस किया। मैंने प्रण किया कि मैं वह सब करूंगा जो मुझसे मान्या ने अपनी

आत्मिक अवस्था में कहा था। लंदन में अगले एक महीने तक डाक्टर्स ने हमारी कई जांचें की। कुछ रूटीन चेक अप भी। परन्तु उन सबके बावजूद डाक्टर्स किसी निष्कर्ष तक नहीं पहुंच पाये। मेरी चेकअप रिपोर्ट के आधार पर उन्होंने उन पर और अधिक लम्बा शोध करने की बात कही।

इस दौरान जब हमारे पास करने को कोई कार्य न होता तो मैं ओर नेहा रोमान्स के काल्पनिक चित्रण का मानवीकरण करते। दूसरे शब्दों में कहें तो यह ही हमारा हनीमून भी था। जब तक कि लन्दन के डाक्टर्स किसी निष्कर्ष पर पहुंचते उन्होंने अगले 6–7 महीने का वक्त और मांगा। इस कारण मैंने अपनी बीती घटनाओं पर और अधिक लेख लिखने व मान्या से किये गये वादों को पूरा करने के लिये भारत लौटने का फैसला किया।

कुछ दिनों में हमने फ्लाइट की टिकट बुक करा ली और फिर वह दिन भी आया जब हमने लैंगहम होटल को बाय–बाय कहा, पर कुछ ऐसा हुआ जिसने चलते–चलते हमारी कुछ प्राब्लम बढ़ा दीं। दरअसल चेक आउट के समय मुझे जानकारी दी गयी कि आपके रूम में लगे कई परदे फटे हुये हैं। ऐसा लगता है जैसे उन्हें किसी ब्लेड से काटा गया हो और हमें Hotel management की तरफ से कहा गया कि इन मंहगे परदों की कीमत आपको देनी पड़ेगी।

जहां तक मैं जानता था मैंने रूम के किसी परदे पर ऐसी हरकत नहीं की थी। फिर इन मंहगे परदों की कीमत मैं क्यूँ चुकाऊं – मैंने Hotel management से कहा। हमारा विवाद देर तक चला। उन मँहगे पर्दों की कीमत लाखों में थी! जिन्हें मैंने नहीं फाड़ा था।

इसी उलझन के कारण हमने अपनी फ्लाइट मिस कर दी। ऐसा लगा मानों मुसीबतें साथ छोड़ने का नाम ही नहीं ले रहीं। बहुत ही Discussion के बाद Hotel management इस बात पर तैयार हुआ कि वह उन परदों की आधी कीमत ले सकता है।

किसी भी तरह से मैं बस इन झंझटों से मुक्ति पाना चाहता था। मैंने उन पर्दों की कीमत चुकाई और तुरन्त एयरपोर्ट के लिये निकल पड़ा। हमें

अगली फ्लाइट अगले दिन सुबह की मिली और तब तक हम एयरपोर्ट पर ही रूके। अभी कुछ समय ही बीता था, यही कुछ लगभग 5–6 घण्टे, न्यूज पर खबर आयी कि इण्डिया जाने वाला वह विमान रास्ते में क्रैश हो गया है और सभी यात्री मारे गये हैं। जिससे मैं भी जाने वाला था।

मेरा शरीर पसीने से तर–बतर हो गया। एक बार फिर से मान्या के लिए लबों पर शुक्रिया था और आँखों में मारे गये लोगों के लिय आंसू। मुझे अचानक याद आया कि मान्या के आत्मिक शरीर के जाते समय जब मैंने उसे पकड़ने की कोशिश की थी तो मुझे किसी वस्तु के चीरने का एहसास हुआ था। मैं जान गया कि लैंगहम होटल में परदों का फटना और मेरी फ्लाइट का छूटना सिर्फ संयोग नहीं था। इन झकझोर देने वाले मेरे अनुभवों ने मुझे लिखने और लोगों को यह बताने के लिये विवश कर दिया कि ''संयोग सिर्फ संयोग नहीं होता।''

(और हम भारत लौट आये)

उपसंहार

''अचानक बिजली की तेज कड़कड़ाहट'' ने हम सबको वर्तमान में ला दिया। वह लेखक चुप हो गया। ईशान और श्याम जो अब तक उस लेखक की कहानी में खो गये थे। उन्हें उस बिजली के कड़कने से ज्यादा इस बात को जानने में रूचि थी कि ''राहुल ने भारत लौटकर क्या किया'' ईशान और श्याम ने बिजली के कड़कने पर ध्यान न देते हुए पूछा ''फिर क्या हुआ''

सुबह हो गई 6 बज रहे हैं, लेखक ने मजाक करते हुए कहा। जब तक वह लेखक कुछ और बता पाता उसके मोबाइल की घण्टी बजती है ! लेखक कॉल रिसीव करता है .....

हैलो नेहा – उस लेखक ने कहा (और फिर कुछ देर रूकने के बाद)

"I Miss You too Darling" – उस लेखक ने कहा।

ओह, तुम भी ना, अभी से तैयारी करने की कोई जरूरत नहीं है। हमें लन्दन अगले महीने जाना है – लेखक ने मोबाइल पर कहा। और फिर हमसे Excuse me कहकर वह लेखक अपने स्थान से उठकर कुछ दूरी पर जाकर बातें करने लगता है। पास ही बैठे लेखक के सहयोगी मित्र से जब ईशान और श्याम ने जानने की कोशिश की तो लेखक के उस सहयोगी मित्र ने बताया कि कॉल लेखक की वाइफ नेहा ने की है। कुछ देर मे वह लेखक वापस मेज पर आ गया था। फोन रखते वक्त उसने कहा I want to kiss you baby, पर तुम्हें पता है ना मैं Vegetarian हूँ? ईशान और श्याम मन ही मन यह समझ पा रहे थे कि क्या यह वही व्यक्ति है। अचानक माहौल में फिर से गर्मी आ गई थी सुबह उस ढ़ाबे के पास बने सुलभ शौचालय से फ्रैश होने के बाद लेखक उस घटना की कवरिंग में फिर से व्यस्त हो गया।

लेखक को घटना की कवरिंग के लिए उस चाय की दुकान से बाहर आना पड़ा। ईशान और श्याम के अनुरोध पर जाते वक्त उस लेखक ने ईशान और श्याम को अपना ID Card दिया।

doyouknowmeindia@gmail.com

RAKESH GUPTA (Writer)

9125022222

और फिर फ्रैश होने के बाद बारिश रूकने के साथ ही ईशान और श्याम राघव के घर के लिये निकल पड़े।

राघव के घर पहुँचकर देखा राघव की बेटी छुटकी (दिशा), जो कि चारपाई पर बैठी अपनी माँ की गोद में बैठी थी। वह चुप थी बिलकुल चुप बारिश की वजह से कई लोग उसके बर्थडे पर नहीं पहुंच सके थे। ईशान और श्याम ने राघव के घर पहुंचकर सबसे पहले प्यारी छुटकी को गले से लगा लिया।

वह फिर भी चुप थी और माँ के पास वापस चली गई पर जब ईशान ने वह प्यारा सा उपहार छुटकी को दिया तो वह खुशी से झूमने लगी मानों।

''लड़कियाँ भले ही अलग–अलग रूपों में हमारे जीवन में आती हैं, पर वही हैं जो दुख में भी अक्सर हमारे मुस्कराने का कारण बनती हैं।

कितना अधूरा है ये जीवन इनके बिना...

राघव ने बाहर बड़े से आंगन में कुर्सियाँ लगा दी थीं। बीच में मेज और उस पर कई मिठाइयाँ व अन्य खाद्य सामग्री भी रखी थी।

जो हमारे मुंह में पानी लाने में पूर्ण रूप से सक्षम थीं। आज हमें भारतीयता का पूर्ण आनन्द और पारिवारिक मिलाप की खुशी का अनोखा अनुभव प्राप्त हो रहा था। छुटकी की मुस्कान दिल में दबे सैकड़ों दर्द को भुला देने वाली थी। दिनभर गाँव के रमणीय वातावरण का आत्मसात कर मन प्रसन्न था।

तुम दोनों कितने दिनों बाद तो आये हो। अब आज तो रूकना ही पड़ेगा हमारे यहां आपको– राघव ने कहा। आखिर राघव की जिद को हमें मानना पड़ा और उस दिन हमने वहीं रूकने का फैसला किया।

शाम होते, राघव ने अपना कुर्ता पैजामा हमें और श्याम को पहनने के लिये दिया। जैसा कि राघव ने बताया था कि उसके गाँव में 10 घण्टे बिजली आती है। एक सप्ताह शाम 6 से सुबह 4 बजे तक तो अगले सप्ताह सुबह 4 से शाम 6 बजे तक और शायद यही कारण था कि बिजली की नियमितता होने से लोगों के घरों में बिजली चालित कई उपकरण मौजूद थे। शाम 6 बजे बिजली आते ही मानों अंधकार में लोप हो चुका वह गाँव अचानक चमक उठा हो।

राघव ने हमारे मनोरंजन के लिये टेलीविजन चालू कर दिया। परन्तु अन्य मनोरंजक चैनल्स न देखते हुये मैंने अपने मन के कौतूहल को शान्त करने के लिये चैनल पलटकर न्यूज चैनल लगाया। एक प्रतिष्ठित न्यूज चैनल पर धमाकेदार खबरें सुनते ही मैंने चैनल्स पटलना रोक दिया। अचानक मैं और श्याम यह देखकर दंग रह गये कि यह तो वही लेखक है। वही आलोचक जिसने हमें अपनी कहानी सुनाई थी। परन्तु इस समय वह एक न्यूज रूम में बहस कर रहा था। "श्याम ने मुझसे शान्त रहने को कहा।" और फिर हमने वह प्रसारण सुना जिसमें वह लेखक कह रहा था।

"जिसे तुम ISIS कह रहे हो दरअसल वह I yes I yes है।

यह केवल मेरे द्वारा रचित कोई काल्पनिक तथ्य नहीं है बल्कि सत्य है। "जी हुजूर हाँ हुजूर" करने वाले मानसिक रूप से विकलांग गुलामों की फौज है ये" इसे बिलकुल भी धर्मयुद्ध नहीं कहा जा सकता। दुनिया का कोई भी धर्म निरीह इन्सानों की बरबर हत्या की इजाजत नहीं देता। यह कैसा मुल्क बसाने की चेष्टा है जिसमें औरतों, बच्चों और बच्चियों को बेचने उनके शोषण करने और उन्हें गुलाम बनाकर रखने की प्रथा हो। मारने, काटने, खून की नदियां बहाने की पिशाचिक प्रवृत्ति को लिये हुये ये कथित ढोंगी अब जिस देश की ओर अपनी निगाहें तरेर रहे हैं। उन्हें ये सोच लेना

चाहिये। कि करोड़ों वर्ष पूर्व द्रौपदी का चीरहरण कौरवों के विनाश का कारण बना था।

आज वही स्थिति जो कथित ISIS के झण्डों तले मूर्त रूप ले रही है इनके ही विनाश का कारण होगी। मैं नहीं समझ पा रहा कि क्यों विश्व के वह बड़े और शक्तिशाली देश अब भी चुप हैं। क्या उनके द्वारा बनाये गये हथियार और अर्जित की गई शक्ति सिर्फ अपनी और अपने ही देश की रक्षा के लिये है। क्या विश्व के अन्य हिस्सों से हमारा कोई वास्ता नहीं।" फिर क्यों हम ग्लोबल वार्मिंग और विश्व शान्ति पर पूरे संसार की जिम्मेदारी तय करते हैं। क्या मानवता और इंसानियत का रिश्ता किसी की रक्षा और दुष्टों को नाश करने के लिये हमें प्रेरित नहीं कर सकता।

हमारे जैसे ही परिवार रहते हैं। सीरिया, लेबनान और ईराक में और विश्व में कहीं भी । हमारे जैसी ही संवेदना और रिश्तों के बंधन वहाँ भी हैं। एक ऐसी ही महिला आज हमारे साथ हैं। आईये हम उनसे जानते हैं–उन्होंने पिछले एक साल से मुझे बंधक बनाकर रखा था। मेरे साथ कुछ अन्य महिलायें भी थीं। पर उनमें से अधिकांश उसके घर के कार्यों को करतीं थी। ऐसा लगता था मानों कुछ पुरूषों ने 20–30 महिलाओं पर विजय प्राप्त कर अपना गुलाम बना लिया था। हम में से कोई भी उस विशाल जेल रूपी घर से बाहर नहीं निकल सकता था। वह जब जिससे चाहे अपनी पाशुविक काम पिपाशा को शान्त करने के लिये सेक्स करते थे। वह एक धनवान Commonder था, मेरा इठलाता मादक यौवन और मेरा कम उम्र का होना ही इस बात का सबसे बड़ा कारण था कि मैं उनकी हवस का शिकार सबसे ज्यादा हुई।

मैं बहुत शुक्रगुजार हूँ इस देश की जिसकी कार्यवाही की वजह से मैं वहां से उस नर्क से बचकर आ पाई। कितनी घृणित मानसिकता है ISIS की सोचिये ! – TV Anchor कि जब एक मासूम बच्ची के अधूरे उभरे वक्षों से उसके अपरिपक्व यौवन की मंहगी कीमत तय की जाती हो।

कितना घृणित है यह कि किसी नग्न स्त्री को गठरी में बांधकर उसे उसके खरीदने वाले के सामने परोसा जाता हो।

कितना घृणित है यह कि निढ़ाल, निरवस्त्र लड़कियों के कोमल शरीर पर बेड़ियाँ डालकर उन पर अत्याचार किया जा रहा हो।

कितना घृणित है यह कि उनका सर कलम कर देना, उन युवकों को एक कतार में खड़ा कर गोलियों से छलनी कर देना। जो तथाकथित ISIS के निर्मम गलत कार्यों का विरोध करते हों। मेरे विचार स्वतंत्र हैं और तुम्हें भी सोचने की स्वच्छन्द स्वतंत्रता देते हैं। ऐसे किसी भी संगठन का मैं विरोध करता हूँ। मेरा देश प्रेम और आपसी सौहार्द्र का देश है। जो मिसाल है भिन्नता में एकता की। मैं अपने देश को नमन् करता हूँ।

– जय हिन्द जय भारत

''मैं और श्याम भारतीय के नाते गर्वान्वित महसूस कर रहे थे। तभी कमरे में अर्शी भाभी आती हैं और T.V. बन्द करने के साथ ही कहती हैं देवर जी बाहर मेज पर खाना लगा दिया है। छुटकी के पापा वहीं हैं। आप भी चलिये, साथ में खाइये चलकर। तब तक छुटकी भी हमारे पास यह कहते हुये आ पहुँची थी। Uncle-Uncle पापा ने बाहर बुलाया है, चलिये! मैंने छुटकी को उठाकर गोद में ले लिया।

आपको भी हमारे साथ खाना होगा– मैंने छुटकी से कहा। ''उसे लेखक कहें या विचारक, आलोचक या फिर एक टी0वी0 एंकर, वास्तव में उसने हमें प्रभावित किया था। वह सब सच ही तो है जो उसने कहा। भोजन करते समय मैंने और श्याम ने राघव को उसके बारे में बताया।

भोजन करने के दौरान ही हमनें राघव से पूछा कि क्योंकि अब वह नये घर में शिफ्ट हो गया है तो क्या वह अपना पुराना मकान बेच देगा। तब राघव ने बताया कि उस पुराने मकान को वह बेचना तो चाहता है परन्तु इस गाँव में कोई भी उसे खरीदना नहीं चाहेगा। दरअसल उस घर में बुरी

आत्माओं का वास है। अब मैं तुम्हें क्या बताउं दोस्त हम पिछले एक साल से यह सब सहते आ रहे थे– राघव ने कहा। क्या, क्या सब–श्याम पूछता है।

हमारे पुराने घर के पीछे यहाँ के चेयरमैन का एक बड़ा खेत है और उसी जमीन पर एक पुरानी टूटी इमारत भी है। हमारे गाँव की तीन लड़कियां जिनकी उम्र 16 से 22 वर्ष के बीच की थी। वहीं मृत अवस्था में पाई गई। अब तो उस भूमि पर खेती भी नहीं की जाती। गाँव के ज्यादातर लोग तो अब उस तरफ जाते भी नहीं। कहा जाता है कि कोई बुरी आत्मा वहाँ रहती है। इसी कारण से हमने भी अपना वह पुराना घर छोड़ दिया।8

क्या हम उस जगह को देख सकते हैं – ईशान ने पूछा। नहीं दोस्त, वहाँ जाना एक बड़ा खतरा है – राघव ने कहा। तुम भी कैसी बातें करते हो, राघव अब तक तो तुम वहाँ रहते भी थे – ईशान ने कहा। तुम समझते क्यूं नहीं ईशान, हमारे घर और पुरानी टूटी इमारत में बस थोड़ी दूरी का फासला ही तो हैं। मैं तुम दोनों को किसी परेशानी में नहीं देखना चाहता– राघव ने कहा।

अब हम रोज तो यहाँ आते नहीं हैं। कल हम चले ही जायेंगे। वैसे भी अब मुझे उस जगह को देखने की बहुत इच्छा हो रही है। हम तुम्हारे पुराने घर तक तो चल ही सकते हैं – ईशान ने पूछते हुये कहा। ठीक है! पर हम जल्दी ही वापस आ जायेंगे। हमें अपने साथ एक टार्च और माचिस ले चलनी होगी। भोजन के बाद जैसा कि हमने राघव से जिद की थी। वह हमें उस जगह तक ले गया। हमने दूर से ही देखा। उस पुरानी इमारत में हमें कुछ रौशनी नजर आ रही थी। जबकि राघव के पुराने घर में पूर्ण अंधेरा था।

हमारें वहाँ पर पहुंचते ही उस पुरानी इमारत के अन्दर से कुछ चमगादड़ शोर मचाते इधर–उधर उड़ने लगे थे। अचानक एक वृक्ष से उड़ता हुआ बाज हमारे सिर के ऊपर से तेज आवाज करता हुआ गुजरा हम तीनों सकपका कर वहीं बैठ गये। तभी उस पुरानी इमारत के अन्दर किसी हाथ से चलाये जाने वाले नल की आवाज आई। यहाँ जरूर कोई भूत है– राघव ने कहा।

तभी श्याम ने टार्च की रोशनी उस इमारत के अन्दर डाली। अचानक नल चलना बन्द हो गया और उस इमारत की खिड़की पर पड़ने वाली एक परछाई दौड़ती हुयी नजर आयी। तभी किसी लड़की के चीखने की आवाज आयी। जब तक हम कुछ समझ पाते कुछ युवक एक लड़की जिसके मुँह में टेप लगा हुआ था उसे उस इमारत के अन्दर ले गये। यह सारा माजरा देख मानों हम समझ चुके थे कि यहां क्या हो रहा है। पर तभी राघव बोलता है। ''यह तो चेयरमैन है'', चुप, चुप रहो– मैंने राघव से कहा। हम समझ चुके थे कि यह सब साजिश चेयरमैन की है। तभी हमने चेयरमैन को एक व्यक्ति जो कोट पैन्ट पहने हुये था उससे कहते हुये सुना।

''सर अफीम को जब तक गाड़ी में लोड कराते हैं, आप अन्दर जाकर इस छरहरी हसीना का आनन्द लीजिये। बिल्कुल कच्चा और नाजुक माल है हमारे गांव का'' और अधिक देर वहाँ न रूकते हुये हम वापस राघव के घर आ गये। हमने रात को ही इस घटना के बारे में उस लेखक को कॉल करके बताया। लेखक ने हमें इस घटना का जिक्र किसी और से न करने को कहा।

आज उस घटना को 6 महीने हो चुके हैं। उस जगह अचानक मारे गये छापे में कई लड़कियाँ जो देश के अन्य हिस्सों से भी लाई गई थीं व भारी मात्रा में अफीम और शराब उस इमारत से जब्त की गई। चेयरमैन और उसके कई सहयोगियों को अफीम, शराब, व मानव तस्करी और बलात्कार में उम्र कैद की सजा सुनाई गई।

– पर अभी सबकुछ खत्म नहीं हुआ था –

केस देश की सबसे बड़ी प्रतिष्ठित जॉच एजेन्सी CBI को सौंप दिया जाता है। गाँव के उस चेयरमैन 'रघुराज' के सारे काले कारनामों से परदा उठने लगता है। एक छोटे से कस्बे से शुरू हुई इस जाँच में बड़े–बड़े नेताओं और कारपोरेट घरानों के तार जुड़ने लगते हैं। जुर्म के चक्रव्यूह के इस मकड़जाल की गुत्थियाँ जब कुछ सुलझीं तो सच्चाई हैरान करने वाली थी।

कई बड़े अफसर, मंत्री और हवाला के शामिल होने की शंका सच साबित हुई। और उनमें ही एक नाम एल0ए0 हिफाजती का था। यह वह व्यक्ति था जो पिछले चुनाव में पहली बार मेम्बर ऑफ पार्लियामेन्ट चुना गया था। एल0ए0 हिफाजती पर आरोप था कि इन्होंने उस रघुराज से पिछले चुनाव के दौरान शराब और रूपयों की खेप कई ठिकानों पर पहुँचवाई थी और CBI द्वारा डाले गये कई छापों में वहाँ उन ठिकानों से कई नाबालिग लड़कियों को बचाया जा सका चेयरमैन रघुराज द्वारा रूपये लेकर कुछ समय के लिये बेच दी जाती थीं। एल0ए0 हिफाजती जो पहले एक निम्न तबके के नेता के परिवार से था अब MP होने के साथ–साथ मंत्री पद भी हासिल कर चुका था।

लेखक राहुल ने अब तक एल0ए0 हिफाजती के बारे में सुना ही था पर जब अखबार में उसने उसकी फोटो देखी तो दंग रह गया।

लेखक राहुल जान पाता है कि एल0ए0 हिफाजती कोई और नहीं उसका मित्र लियाकत अली है।

उस लेखक का मन वेदना से भर उठता है, और फिर वह लेखक जेल में एल0ए0 हिफाजती से मिलने जाता है।

"मित्र तुम्हारे स्वभाव से मुझे ऐसा कभी नहीं लगा था कि तुम यह सब भी कर सकते हो। आज तुम्हारे इतने बड़े पद को पा लेने के बाद भी मैं एल0ए0 हिफाजती से नहीं अपने मित्र लियाकत अली से मिलने आया हूँ।" – राहुल अपने मित्र लियाकत अली से कहता है।

तुम ठीक ही कह रहे हो राहुल, मैं ऐसा नहीं कर सकता था। परन्तु मैंने ऐसा किया, क्यूँ कि मैं भ्रष्टाचार और सिस्टम में बस चुकी बुराईयों को खत्म कर देना चाहता हूँ। और यह सब सिर्फ एक आम इन्सान के बने रहते मैं नहीं कर सकता था। अहिंसा का रास्ता बिल्कुल उचित है। परन्तु आज हमें क्रान्तिकारी परिवर्तन की अधिक आवश्यकता है। ऐसी ही भ्रष्टाचार रूपी गतिविधियाँ और रघुराज जैसे दैत्य हमारे देश को खोखला कर रहे हैं। ऐसे

दीमकों को खत्म करने के लिए हमें उनसे भी अधिक शक्तिशाली होना पड़ता है। राजनीति में आना तो मैं कभी नहीं चाहता था। परन्तु राजनीतिक षड्यन्त्र में ही मेरे पिता की हत्या कर दी गई और तभी मैंने राजनीति में आने का निश्चय किया और संकल्प लिया कि इस जीवन को देश की राजनीति को शुद्ध करने में लगा दूँगा।

तुम्हें याद होगा राहुल कभी तुमने ही मुझसे कहा था। कि यदि कुछ अच्छा करने की चाहत और ऊँचा लक्ष्य हो तो सत्ता को पाने के लिये किसी भी तरह का प्रयास कर लेना चाहिए।

मैंने कुछ वैसा ही किया।

जिस रघुराज को तुम सिर्फ एक चेयरमैन समझ रहे हो दरअसल वह एक ऐसा इन्सान है। जो कई बड़े नेता MLA और MP के लिए काम करता है। चुनाव के दौरान वह उनकी जीत सुनिश्चित करता है। फिर चाहे उसे लड़कियों को परोसना हो या रूपयों और शराब को इधर–उधर पहुँचाना।

मैं आज जहाँ पर भी हूँ खुश हूँ। मैंने सिर्फ जीतने के लिय उस रघुराज का सहारा नहीं लिया था। मेरे लिये तो मेरा मकसद उसकी इन करतूतों को जनता के सामने लाना था और उसके लिये मेरा सत्ता में होना आवश्यक था।

राहुल, मैं जानता हूँ कि यह आरोप मेरी छवि पर एक दाग है। पर बुराई को नष्ट करने के लिए कभी–कभी हमें बुराई का सहारा लेना पड़ता है।

मैं जानता हूं कि मेरे अपराध की सजा मुझे मिलेगी पर मैं फिर भी खुश हूँ कि उस रघुराज के जुर्म की दुनिया का सच मैंने सबके सामने ला दिया है।

राहुल, तुम देखते रहो–अभी तो यह मेरी पहली पारी है। सत्ता की इस उथल–पुथल में मेरा मंत्री पद भले ही चला गया है। पर मैं अब भी एक M P (मेम्बर ऑफ पार्लियामेन्ट) हूँ। और जेल में होते हुये भी बहुत कुछ कर सकता हूँ। – लियाकत ने राहुल से कहा।

तुम एक अच्छे इन्सान हो लियाकत, निडर हो और सच्चाई तुम्हारा लक्ष्य है। सच कहें तो आज ऐसे लोगों की ही आवश्यकता है।

"लियाकत मेरे दोस्त शायद यह सच्चाई कभी कोई नहीं जान पायेगा कि तुम्हारी मदद से ही रघुराज जैसा दैत्य और उसके साथ संलिप्त लोग आज गिरफ्त में है।"

(दरअसल जब ईशान, श्याम और राघव ने चेयरमैन की करतूतों की जानकारी उस लेखक और पत्रकार राहुल को दी थी तो उस लेखक राहुल ने इस बात का जिक्र अपने मित्र लियाकत से किया था। और लियाकत के पावर और हस्तक्षेप के कारण ही रघुराज को मौके पर सबूतों के साथ ही गिरफ्तार कर लिया गया था।)